研究论文集

海上牧场

王祥 著

作家出版社

王祥

常用笔名康桥，鲁迅文学院研究员，中国作协网络文学委员会委员，中国作家协会会员。1983年毕业于南京大学中文系，在鲁迅文学院任教至今，长期从事文学创作理论研究与网络文学研究，先后开设小说创作、影视剧作、网络文学创作原理等课程，担任多种文学奖项评委，著有《网络文学创作原理》，系高校教材和网站培训教材。

前 言

本论文集收拢了作者十余年间主要的网络文学研究论文近二十篇，上编收录理论阐释相关论文，下编收录具体创作问题论述和作家作品评论文章。

作者致力于文学创作理论研究近四十年，从事网络文学研究已经十几年。根据创作实践和教学实践，作者把网络文学放在大众文艺谱系中进行考察，从网络文学——大众文艺的发生原理出发，提出了一系列的观念、主张，在世界文艺理论视野中，具有一定的独创性，并且能够在创作实践和批评实践中得以印证。这些论文记录了系列创新性观念的产生历程，有些观点在论文集中是多次论述。

兹将这些创新性的观念列述如下：

一、网络文学是在大众文艺的源流中发生发展的，是人类“想象——体验”知识谱系中最新形态的成员。

二、网络文学与大众文艺的基础功能是满足人类的情感体验需求，特别是快感体验和补偿需求。通过情感体验，使人类得到精神确认、纾解、补偿、抚慰与安置，在此基础上，体现文学的认知功能和伦理教谕等功能。

三、网络文学的基本形态是神话——传奇形态，网络文学领域通行的创作思维是神话——超现实思维。网络文学与好莱坞电影正在创造超越于民族地域文化局限的新人类神话。

四、网络文学的作者、主人公、读者，在读者的移情、摄入、认同、融合等心理活动中，形成愿望—情感共同体，这是网络文学行业生存发展的精神基础。

五、网络小说类型与影视剧类型的发生学原理在于人类具有各种愿望——情感需求，而人类的愿望——情感是自我实现的。

六、网络文学——大众文艺创作方法是愿望达成创作方法，主要写作策略是建立主角中心地位，跟随主角的行动构成故事情节。

七、网络文学——大众文艺具有伦理表达与濡化功能，伦理表达的主要机制是快感奖赏机制和惩戒机制。

八、网络文学批评的立足点是人类精神需求，批评的主要功能在于发现网络文学的想象——体验价值，建立网络文学——大众文艺与人类社会的精神连接，帮助人类社会发展想象——体验知识谱系。

希望本书对读者了解网络文学的创作与批评研究工作有所帮助，也希望本书对影视剧作和一般文学创作有触类旁通之功。

目录

上编

下编

上·编

网络文学创作方法与策略

网络文学是通过互联网发表传播的大众文学，反映大众愿望、价值观与情趣，它与神话、民间故事、明清小说、大众小说、大众电影电视剧具有显著共性，是为大众服务的“欲望叙事”，具有相似的愿望—动机—行为主题谱系，主角为获取权力、财富、爱情，或者为达到超能、长生、成神成仙的目标而努力，故事的核心关切是个人的欲求是否能够满足，以此赢得受众的私欲认同。大众文艺的成员，互相影响，不断传承，网络文学正是在这个欲望叙事传统的影响中发生发展的。同时，网络文学—大众文艺必然要以社会通行伦理规则，对欲望表达进行平衡与整合，用伦理表达的奖赏机制与惩戒机制，对故事走向与人物的结局进行安置，向受众伦理准则以及由此而来的阅读预期靠拢。

我们体察网络文学的作者创作实践与读者阅读心理，并在大众文艺谱系中进行印证，可以发现网络文学的基础功能是满足大众读者的情感体验与补偿需求。

生命体的每一种感觉、情绪、情感反应能力与过程，对于生命体的生存与繁衍后代，都具有重要意义，都是长期进化而来的宝贵的生命机能。在感觉—情绪—情感体验欲求的自我实现的过程中，追求快感与美感是生命运行的核心机制，是感觉—情绪—情感体验的价值指向，也是网络文学—大众文艺创作的原初驱动力，是读者、观众追寻文艺作品的主要目的。人们需要在文艺作品中寻求、汲取情感体验与补偿的机会，是因为特别渴望而现实生活中又无法达成，或者要付出昂贵代价才能达成的愿望和情感欲求，在虚拟的“生活”中，在故事情境中，可以通过主角追求愿望达成的进程，得到情感体验，从而令人类情感得以自我实现，补偿失衡的生命情感形态，特别是快感体验与补偿，可以令人类更为积极，更有主体性，人类是在追求快感体验的过程中，重新安置精神秩序。

因此情感体验与补偿功能是网络文学—大众文艺的基础功能和首要功能，是叠加其上的认知功能和伦理教谕功能得以实现的基础，网络文学的文学性、独创性，经常就是一些快感模式的审美指代，是欲望叙事的审美化成果。在网络文学中，人类的各种愿望、情感体验需求，特别是快感与美感补偿的需求态势都得到了呼应，创造了独特的快感美感模式的作品受到热烈追捧，快感奖赏机制与美感诱导策略在主角行为中的体现过程，就是故事情节的常规构造过程。

网络文学的属性与功能对创作方法与创作策略具有决定性作用，它们要求网络文学创作为达成读者愿望、达成情感体验和补偿功能而工作。

一、人类愿望与文学的愿望主题

人类的需求产生满足需求的愿望，人的情感活动围绕着自身需求的满足状态而进行，并驱动人类围绕愿望达成的目标而行动。直观的基础的人类需求，是求得自身生存以及繁衍后代所需要的一切资源和社会环境，为此，人类会努力获得财富、权力与爱情，表现为人的愿望—动机—目标—行动—结果的链条，而这也是大众文艺作品的基本故事情节结构。

我们可以从精神分析心理学与行为主义心理学两个维度，探讨人类的需求与动机。

精神分析学派重视个体发展阶段的成长问题，特别是婴儿期、青少年时期成长任务与发展障碍对人的需求—动机形成的影响。

精神分析心理学创始者弗洛伊德在《梦的解析》《图腾与禁忌》《创作家与白日梦》等著作中阐释了他的需求—动机理论。弗洛伊德认为，性欲及其能量（力比多）是生来即有的动能，在婴儿期就有性欲表现，在青春期性意识觉醒，对异性的兴趣增强，产生与异性结合的愿望，支配人类追求爱情，做好婚育的准备。弗洛伊德早期认为人类有两大基本本能：①性本能。②生存本能，包括安全本能，但生存本能仍是为了繁殖后代而存在的，所以性本能处于核心地位。后来他又认为人类有攻击与破坏本能。

弗洛伊德强调性本能对人类行为具有决定性影响，这些影响有时人们能意识到，有时则在意识内潜隐，对性欲过分压抑，会导致心理创伤和各种复杂的精神病患。弗洛伊德还认为，通过对性本能进行升华，可以推动文学、艺术与科学技术工作者的创新进步。

虽然后来的批评者对弗洛伊德的泛性论提出了很多批评，但是从自组织理论视野来考察人类欲望—动机系统，说人类为繁殖后代而生、而自我发展，为完成基因遗传任务而衰老、而死亡，并不过分。至少在青壮年时期，性—繁殖后代的欲望经常是人类行为的支配力量，力比多驱使人类奋斗，增强自身力量，获得财富权力爱情目标，以保障个体在种群繁衍链条中的任务得以完成，并从中获得快乐，促使人们进行连续不断的行动—快感激励过程。这是人类长期进化而来的自组织机制，攸关人类种群的存亡，正视人类性本能、正视人类基因遗传伟业赋予个体的根本任务，对个体需求—动机系统的支配性作用，正是弗洛伊德对人类的贡献。抛开弗洛伊德理论具体论证过程中的偏颇与臆测，弗洛伊德的需求—动机理论仍然是可靠的。人类追求爱情、繁衍后代，以及攻击、战斗的行为主题，在大众文艺—网络文学中是有充分表现的。

原初追随弗洛伊德的 C.G. 容格、A. 阿德勒、K. 霍妮、H.S. 萨利文等人意图纠正弗洛伊德过于偏执性本能的倾向，认为性本能只是人的本能的一个普通方面，人类生命力驱动着人类追求爱和发展。但其实人类追求爱与发展，固然有自我完善的动机，但并不会脱离人的性本能，不会脱离人类养育后代的根本任务，人类自我完善与改善社会环境的努力，在整体上可以归结为，正在为后代创造一个更美好的社会。

心理学家埃里克森的心理社会发展理论，承接了弗洛伊德理论，并有自己的拓展，他在其《童年和社会》和《同一性：青少年与危机》中，认为人的发展历经八个阶段，每个阶段都有相应的核心任务，每个阶段具有不同的需求—动机形态。当核心任务得到恰当的解决，就会获得较为完整的同一性，而停滞和适应不良就会带来精神危机，成功解决一个阶段的危机，会让人们对下一阶段的同一性问题做好准备。他的发展理论对婴儿期与青春期的欲求—动机的阐释尤为精良。

婴儿期（0~1.5 岁），面临基本信任和不信任的心理冲突，父母适时满足婴儿的生存和爱的需求，婴儿就会建立信任感，而信任感有助于增强自我的力量。儿童期（1.5~3 岁），面临自主与害羞（或怀疑）的冲突，儿童掌握了大量的基础技能，开始“有意志”地决定做什么或不做什么，这个时期也是养成自我控制能力的时期。学龄初期（3~6 岁），面临主动精神对内疚的冲突，此时幼儿表现出的主动探究行为受到鼓励，幼儿就会形成主动性，这为他将来成为一个有责任感、有创造力的人奠定了基础。如果幼儿的独创行为和想象力被嘲笑，那么幼儿就会逐渐失去自信心，形成被动型依赖性人格。学龄期（6~12 岁），面临勤奋对自卑的冲突，若儿童在学校教育中，能顺利地完成学习课程，就会觉得自己是勤奋的，对今后独立生活和承担工作任务充满信心。反之，就会产生自卑。青春期（12~18 岁），面临自我同一性和角色混乱的冲突，青少年本能冲动高涨，又面对新的社会要求和社会冲突，因而感到困扰和混乱，迫切需要建立新的同一感，塑造自身形象，建立自身在社会集体中的情感位置。如果他所处环境剥夺了他获得自我同一性的种种可能性，就会导致青少年对社会产生不满，产生抵抗情绪，甚至产生犯罪冲动，宁做坏人，也不愿做角色不明的人。

而成年以后，具有自我同一性的青年人，才敢于把自己的同一性与他人的同一性融合一体，进行恋爱婚育行为，从而获得亲密感，并完成繁育后代的任务。他们将会关心他人，承担社会责任，展现自身的创造力。

尽管埃里克森学术缺乏著名的追随者，但是它对于说明人类需求—动机的产生，却是有益的。也许人生阶段划分并不是如此具有确定性，也许个体差异会导致其目标和愿望产生的进程不同，但是我们可以在大众文艺特别是青少年读物的愿望主题中，找到对埃里克森发展理论的印证。获得爱与信任、力量、伙伴情义，追求自主精神、积极创造精神、角色的鲜明同一、爱恋与异性融合等目标，正是青少年文学的常见核心驱动力与愿望主题。

行为主义心理学家马斯洛在《动机与人格》与《自我实现的人》等著作中把需求分成生理需求、安全需求、爱和归属感、尊重和自我实现五类，依次由较低层次到较高层次排列，马斯洛后来还在这个排列之后，增加了自我超越需求。马斯洛需求理论体系，对于说明需求—动机产生的个体差异和社会文化差异，也具有重要作用。

生理需求，如呼吸、水与食物、睡眠、生理平衡、性以及生命系统的运行所需要的一切，是推动人类行动的首要动力，这些需要满足到维持生存所必需的程度，其他需要才能成为新的激励因素，未满足生理需求时，个体生命只想让自己活下去，思考能力、道德意识明显变得脆弱。

安全需求，如人身安全、健康保障、拥有财产资源、道德保障、工作职位保障、家庭保障，同样属于基础性的低级别需求，缺乏安全感时，觉得世界是不公平或是危险的，倾向于认为一切事物都是“恶”的，情绪紧张不安，防范心理上升，以保护自身安全。

情感和归属需求，如友情、爱情以及对社会组织的需要，与一个人的生理特性、经历、教育、宗教信仰都有关系，也可以表述为社交需求。情感和归属需要缺乏时，会怀疑自身价值，青少年为了融入社交圈中，会参与集体作恶，以强化集体归属感。

尊重的需求，如自我尊重、信心、成就、被他人尊重等需求，人们希望拥有稳定的社会地位，个人的能力和成就得到社会承认。能够确认自身在各种不同情境中，表现出能力和独立自主，受到别人的信赖和高度评价。尊重需要得到满足，会使人自我肯定，对社会充满热情。无法满足尊重需求时，变得容易被虚荣所吸引，青少年可能利用暴力来证明自己的强悍。

自我实现的需求，希望具备道德、创造力、自觉性、问题解决能力、公正度、接受现实的能力。达到自我实现境界的人，能自我肯定也能公正评价他人，能完成与自己的能力相应的任务，激发自身潜能，并从中得到快乐，能追求真善美至高人生境界。自我实现需求不能满足时，觉得空虚被动，容易被偏见左右。

马斯洛论述的五种需求中，生理需求、安全需求和感情需求属于低级需求，可通过改善外部条件予以满足，而尊重的需求和自我实现的需求是高级需求，通过内部努力才能满足，而且一个人对尊重和自我实现的需求是无止境的；同一时期，一个人可能有几种需求，但总有一种需求占支配地位，对其行为起决定作用，一种需求得到满足时，该需求就不再是激励因素；各层次的需求相互依赖和重叠，次序并非固定，也有种种例外情况。

马斯洛后来提出更高需求，自我超越的需求，人们追求自我实现之后的“高峰体验”，在经过努力完成一件艰难任务时，才能深刻体验到的这种感觉，如艺术家在圆满完成自己的作品时，那种强烈的“忘我”体验和圆满体验。

马斯洛等行为心理学家认为，一个国家多数人的需求状态，是同这个国家的经济发展、科技发展、文化和人民受教育的程度直接相关的。在发展中国家，生理需求和安全需求占主导动机者，更为众多；在发达国家，追求尊重的需求和自我实现的需求满足者，更为众多。批评者认为这些言论有种族主义之嫌，但其实在前现代社会，文学的愿望主题更多表现为财富、权力愿望和安全愿望的达成，如明清小说的愿望主题情形，而现代社会文学中，自我实现的愿望主题更为多见，却是事实。

上述两个理论维度所涉及的人类需求，可以较全面地覆盖或辐射人类的需求—动机领域。我们并不清楚人类愿望的全貌，而人类所有愿望无论在生活中是否曾经达成，都会在文学创作与阅读活动中、在想象与情感体验中寻求愿望的达成，文学作品已经表达或将会表达的人类愿望，其丰富性、其个性化、其细致具体的状态，永远是理论总结不能全面企及的。

人类的基本需求，人的生存、繁衍后代的关切，在古今大众文艺中表现为最常见的文学愿望主题：财富、权力、爱情、安全感、尊重感等愿望主题，这是各种类型网络小说都可能具有的愿望主题，是都市、历史类小说的常见的主导性主题。而人类渴求长生、拥有超自然力、成神成仙、主宰宇宙的愿望，尽管在生活中是不可能实现的，但却是更为深沉固执的愿望。它们是奇幻、玄幻、仙侠修真类小说的内在驱动力，是主导性主题，需要超现实的“世界环境”，才能充分达成这种愿望的满足。这些主导性主题，在超长篇网络小说中，也是可以相互交叉混杂的，或者在此基础上，被导向超越性主题。

在现代大众文艺中，超越性愿望主题，越来越成为强大的支配性力量。金庸小说《笑傲江湖》，网络小说《庆余年》《间客》《匹夫的逆袭》等作品，其主角的支配性愿望，可能故事开始时是努力获取权力、财富、爱情，而在主角的奋斗过程中，追求自由、平等、公正、正义的现代性社会理想的愿望主题，追求自我完善自我超越的愿望主题，逐渐成为主导性主题，并在主角艰苦卓绝的奋斗中得以实现。其主角既不是人间的饮食男女，也不是一般奇幻、玄幻类小说主角——经过修炼而成为主宰世界的神灵，而是在人间为社会理想而战斗的铮铮好男儿，演绎着超越世俗生活的壮怀激烈，豪迈洒脱的人生故事，令人怦然心动，让读者得到高峰体验，让人觉得人类正在上升。

在文艺作品中，普通人主角在追求任何一种愿望的满足时，表现出来的奋斗激情都具有某种超越意义，都可能突破人类能力的局限性，在文艺作品的高潮建构中起到重要作用。——最令人动容的，就是人类的激情。

二、网络文学的愿望达成创作方法与白日梦机制

我们还是从人类的精神实践，来看人类精神需求对创作方法的决定性作用。

（一）白日梦是人类不可或缺的精神生活内容

人的日常精神状态经常处于幻想之中，人的大脑中白日梦控制区域，是默认活动模式的，只有在现实中必须专心工作时，该区域才会减弱或停止活动，否则就是一直持续兴奋着的，白日梦状态占据着一般人睡眠以外的近半时间。而在虚拟情境中，让愿望得以满足，是白日梦的主要内容或主导性倾向。

依据自组织理论和当代脑科学、心理学研究成果，人们可以认识到，白日梦是生命体自组织的不可或缺的精神活动，是人类进化的结果，它不是一部分人的特殊病态，而是人类普遍具有的重要机

能。白日梦既是自由发散的，也具有可控性，围绕人们的欲望满足而蔓延。在白日梦中，人们创造虚拟世界，体验各种超越现实可能性、突破现实障碍的快乐进程，把精神创伤通过“变形”的幻想情节“置换”为愉悦性体验，它可以随时化解心理危机，是一种自我保护机制，也经常激发创造灵感，提升人们的创造力水平，耽于白日梦的人，很可能更为聪明更有创造力。事实上，愉悦性的白日梦活动是有益于人类身心健康的。

人类没有哪一种重要技能是无用的或者仅仅是有害的，它必然对生命体活动具有积极作用的一面。既往人们对白日梦的评估是过于负面了，白日梦不是对现实的逃避，而是对现实感受的重构，也可以是对未来的一种愉快展望。当然，抑郁症患者的幻想，会把“生活”想象加工得更为严酷压迫，更需要愉悦性想象来解救这种精神坠落的趋势。承认残酷真相的能力固然对人类很重要，特别是对于精英知识分子，这种能力尤其重要。然而人类更需要在累累绝望之时得到安慰，调适身心，对心理危机进行转化，所以，梦想成真的白日梦是人类自救所需，是安慰剂，也是营养品，起着积极的心理调节作用。

弗洛伊德在《梦的解析》与《创作家与白日梦》中，论述了梦、白日梦与文学创作都源自于人被压抑的欲望，人们从文学作品中得到愿望达成的满足等观念。这种文学观念对后世文学的发展影响深远，同时也不断被质疑、修正、超越。比如他在《创作家与白日梦》中断言：一个幸福的人从来不会去幻想，只有那些愿望难以满足的人才会幻想。这个断言就很容易被证伪，人的愿望是动态发生的，幸福的人也会有很多尚未满足的愿望，会不断产生新的愿望，也会在愿望达成的幻想中、在文艺作品中寻求快乐。美国心理学家保罗·布鲁姆在《快感为什么让我们欲罢不能》中认为，一般美国人闲暇时最爱做的事就是沉迷于白日梦，并从中得到快感。

我们可以认识到弗洛伊德的文学观念与网络文学—大众文艺创

作实际上非常契合，同时我们认为白日梦是人类生命体自组织的正常的心理活动，具有多方面的功能，特别是可以促进创造性工作，是文学创作不可或缺的精神基础。网络文学—大众文艺的故事形态，通常都是超现实的，意在把精神创伤通过“变形”的幻想情节“置换”为愉悦性体验，这是作品构成的底蕴。因此成功的网络文学作品具有显见的治疗作用，同时也在激发人们的创造力。

（二）愿望达成创作方法

网络文学创作的重心在于体现人们的愿望，在人物愿望达成的过程中，让读者得到各种情感体验和补偿，网络文学志不在反映物理事实与社会事实，幻想性长篇故事是网络文学的主要形态，营造愿望达成的故事是网络文学的主要创作方法，同时，网络文学追求幻想性与逼真性的统一，而这正与人类白日梦运行方式同构。

创造超越现实可能性、突破现实障碍的愿望达成的故事，是自神话产生以来的大众文艺实践中自然形成的创作方法，与人类的白日梦是同源同构的，是把人类的白日梦更集中更有美学意味地表现出来，随着人类幻想能力的发展和幻想资源的丰富，大众文艺的创作能力也在不断提升，我们可以明确判断，大众文艺的创作方法就是白日梦——愿望达成创作方法。

很多世界文学经典，具有其思想性、艺术性的突出优点，但是，它们用营造愿望达成白日梦的方法来构成作品主要内容，并在此基础上进行修正与装饰，以提供更完满的快感与美感，也是无须避讳的事实，那恰恰是它们受到大众欢迎的原因之一，是对人性的体贴尊重。

《红楼梦》作者曹雪芹家族迭经抄家问罪，从钟鸣鼎食的富贵顶峰跌入举家食粥的窘境，作者经历了困窘难堪的生活，而营造带有情色意味的“红楼梦”想象，被人娇宠疼爱的贾宝玉在大观园群芳中，体验温柔富贵乡百般况味的愿望达成梦境，在意淫中与审美对象进行生命情感交流，也许能够把作者的日常生活变得更有意味一些。

法国作家司汤达的小说《红与黑》中，清秀温柔而内心火热的主角于连（木匠的儿子），受到两个美丽的贵族女性的青睐，她们甘愿为主角奉献爱情，为他经受磨难。善良而敏感的市长夫人，对于连的爱情既渴望又害怕，两人的秘密情感如同地下的火山，高傲而浪漫的侯爵小姐玛特儿，对于连主动示好，渴望被他征服，却又希望于连能够展示出足够的魅力，显然故事构成并不是依据文学反映“生活本质”的现实主义逻辑，而是依据一种诗意的白日梦需求，是青年男性对贵族女子的意淫式想象，而这是《红与黑》广受男性青年知识分子欢迎的重要原因。

在莫言的《红高粱》中，“我奶奶”戴凤莲在出嫁的路上，为赶跑劫匪的轿夫余占鳌所吸引，三天后新娘回门，与余占鳌在红高粱地里激情野合（主角获得野性的爱情），戴凤莲丈夫与其父被人杀死，新娘勇敢地撑起了酿酒厂（“我奶奶”获得财富）。余占鳌在与一个土匪头子对抗后，回来在酒缸里撒了一泡尿，酿就了奇香的好酒（生命力的神秘想象）。九年后，日军强迫乡亲砍倒高粱修建公路，并将酒厂的罗汉大爷剥皮示众，已经成为土匪的余占鳌带领部下与乡亲报复日军，在红高粱地里，用神奇的着火的酒罐子炸毁了日军汽车，乡亲们全死了，“我奶奶”也死了，余占鳌父子站在火焰中亮相（死得英烈，活得雄壮）。在这个“红高粱”梦境里，作者个人的贫困压抑生活体验，与屈辱的民族历史记忆，置换成了愉悦的情色的雄壮悲歌，野性武勇的英雄、浪漫的野合、火烈神奇的红高粱酒与响彻云霄的酒歌，构成一个色彩强烈的富有动作性的白日梦。

现实主义文艺中，人物愿望的达成会受到现实生活逻辑情理的规约，部分倾向于乐观的“积极向上”的作品，主角的成功愿望得以达成，并以此为作品高潮与结局，其创作方法可能已经脱离反映

“生活本质”的志趣，而靠近读者的情感倾向。批判现实主义作品以主角追求愿望达成的目标失败，从而展现社会生活的不合理更为常见，这是与一般大众文艺的志趣相反的。

而在大众文艺中，生活中可能实现的愿望，固然会成为愿望主题，但大众文艺的突出之处在于，生活中不能实现的愿望，就一定会顽强地反复成为愿望主题，创作者与受众合谋让主角达成各种非现实的愿望，以愿望达成的激情体验为高潮性结局，以补偿人们的生活缺憾。有些悲剧性作品以主角的失败而告终，但是受众却感到满足，是因为主角的失败正是受众的愿望所在，是受众的愿望在故事中得以达成。所以文艺作品的愿望主题（支配性主题），可以是表面愿望（人物的愿望），也可以是深层愿望（受众的愿望）。

在文艺作品的人物关系建构中，建构愿望的对立冲突，也是必须的，主角、对手、敌人、配角，各方愿望并不一致，甚至是相反的，敌人在阻碍着主角的愿望得以达成，如果敌人代表着邪恶的一方，那么主角的愿望就必须达成，以主角的胜利告终。愿望达成的效果，以让受众得到充分的情感体验、最终的主导性预期得以落实为依归，所以，人物的愿望是否可以达成，最终决定于受众的价值观与情感伦理倾向。

现代大众文艺，特别是好莱坞电影与美剧，以专业制造白日梦体验来影响世界，同时具有成熟的机制，降低其欲望叙事冒犯大众伦理观念的可能。

而网络文学各个类型中，都通行着白日梦——愿望达成的创作方法，网络文学是强化的白日梦叙事，是结构复杂、更符合情感体验需求、提供高潮体验也更多样的白日梦。故事的基本构成方法，就是主角怀揣着自身的愿望，一切平凡庸常、饱受挫折的人物，因为置身于梦境，在伙伴的帮助下，经过努力，战胜了敌人，克服了阻碍，实现了自身的愿望，得到情感满足，并继续滋生更高的愿望，激励主角和主要人物不断奋斗，让人类主要的欲求都得到深度满足，最终主角到达了人类社会或者神话世界的顶峰。

因为他们代替读者为成功而奋战，必须如其所愿。

（三）愿望达成创作方法与真实感

生活事实永远是不圆满的，但是大众文艺创作——白日梦叙事遵循人的内心准则——追求愿望的圆满实现，是否反映现实生活的任何事实，其实与作品价值评判关系不大，它们追求的正是脱离现实的羁绊，到达梦想世界的自由圆满。

同时，白日梦叙事又必须营造愿望达成故事情节的实存感、逼真感，它们常常利用情节与细节的逼真性圈套，引诱读者进入一些不可能有或不能置信的情境中，需要把情境、细节描述与人们的经验相连接，调动人们的视觉、听觉、触觉等感官的感知经验，使得读者情感体验进程具有实时性、现实性，如《红楼梦》那样荒诞的意淫故事，因为作者所展现的细针密线的、写实的生活细节描写而显得真实。把快感梦境逼真地呈现出来，让梦想成“真”，是一种仁慈，因为真切可感的体验，才能调动读者身心参与，读者才会感受强烈，作品才能达成自己的功能。同时也因为美梦成真符合受众需求，受众因为“信”而觉其“真”，自觉捍卫大观园、西游打怪故事情节是真实的，或者是在真实原型基础上产生的，以证明自身的情感体验并不是虚妄的。

“真实”感并不一定与现实生活事实一致，在叙事作品中，假定性常常是故事的基本前提：假如作者对于故事发生是全知的，假定主角具有特异能力，假定故事是特定的时空、物理条件下发生的，如《西游记》中孙悟空的七十二变，它不可能是现实存在的或者可能存在的，而是顺从人类愿望所做的艺术假定，因为符合人类内心需求，而被人类欣然接受。

假定性并非写作者随心所欲的代名词，作品的假定性是作品构成的一个前提，一旦确立，就在读者内心建立了逻辑情理认知结构，作品就必须遵从逻辑情理的一致性，不能任意改变，在作品演进中，体现出这种一致性，比如孙悟空拔根毫毛吹口仙气，叫声："变！"可以变出无数的化身，人们接受了这种假定性，那么每次一拔一吹才变出同样的孙猴来，人们就觉得是"真实的"，作者改变读者已经接受的这种设定，通常是吃力不讨好的事情。

反过来说，符合逼真性需求的作品，其故事的"真实性"常常经不住生活的逻辑推敲，如贾宝玉衔玉而生，这块宝玉是他的命根子，一旦丢失就会陷入呆傻状态。贾宝玉作为唯一的男人，在大观园这个充满诗与温柔的富贵乡中得趣得意。哈利·波特学会了魔法，并大展神威，都让你感到是"真切"的，但都不可能是生活的真实，由于这些作品满足了人们的快乐需求，人们善意地为作者、主角化解了真实性追问。

对于叙事作品，生活真实常常是"有害"的，将历史与现实中是实存的或者可能发生的事情，但不符合读者内心需求的，或者不符合作品构成逻辑的，搬入作品，反而显得不"真实"，比如历史事实中的关羽有很多自私行为（与作品中义薄云天的关二爷形象不相符），诸葛亮有很多平庸行为（与诸葛武神的睿智不相符），是不可以在《三国演义》作品中存在的，而符合读者内心偶像崇拜需求的，"忠义之神""智慧之神"的形象，恰恰是虚构的，因为符合大众期待，符合人物形象的内在一致性而显得"真实"。

一些教科书把《金瓶梅》与《红楼梦》等作品看作是反映了生活真实的百科全书，把作品中梦境的"逼真性"呈现，当作是生活事实或者历史事实，这显然是愚蠢僵化的，把白日梦做得"真实"，把愿望达成的故事做得牢靠，是作家的基本功，也是为读者营造快感体验之必须。

不是具有大量写实内容的小说就是现实主义作品，要看作品构成的逻辑情理是什么，是像现实主义理论定义的那样，反映现实生活的"本质真实"与"历史发展规律"，为读者提供认识功能、教育功能，还是用呈现生活景象的逼真手段，制造愿望达成的白日梦梦境？《金瓶梅》与《红楼梦》故事的主体是建构在男性白日梦的基础上的，按照主角愿望达成的情理铺陈情节的，最后又依据色空与因果报应思想来安排结局，《红楼梦》更是系统地建构了现实世界之上的神话世界，作者也明确宣示“红楼梦境”是一种意淫，它们与现实主义精神、作品的基本构成逻辑是完全相悖的。

以现实主义文学标准要求网络文学—大众文艺的写作，会使得写作者不知所措，因为二者的写作目标是完全不同的，大众文艺用白日梦——愿望达成的方法，进行欲望叙事，致力于为受众提供情感体验与补偿功能，文学的认知功能主要是让读者在文学作品的情感体验过程中，对人类生命情感的运行，对人类的各种精神景象有所体悟，以及对一些生活经验、历史知识有所了解。但是，显然不能主张从白日梦叙事中，了解生活的“本质”和历史发展的规律（假如存在这些本质和规律的话）。

认为网络文学—大众文艺具有认识现实生活、认识客观世界的功能，是一个危险的说法。叙事艺术作品的基本构成方式是虚构，用虚构反映生活，如同用谎言反映真理。作者在自身的愿望情感驱动下，选择某些现实生活的材料化为想象的故事情节，按照愿望达成的逻辑去构成作品，那些来自现实生活的材料，在艺术作品的意义结构之中，会呈现出与生活事实似是而非的意义或意味，何况作者会任意改变事实，以符合作品构成的需要。每一个严肃的学者都会告诉你，如果你把文学作品中呈现的现实与历史的“知识”，作为写作政治、经济、历史、军事等学科的学术著作的依据，通过被作者主观愿望所组织起来的现实与历史的资料，去认识生活真实与本质真实，那显然是不可靠的，那一定是可笑的外行行为，那么，一直被强调的，文学的认识功能究竟有几分可靠呢？

三、愿望情感共同体

网络文学的属性与功能，决定了写作者与读者的关系。网络文学重视营造读者对作品主角及其故事情境的代入感，创造文学的愿望—情感共同体，这是网络文学功能得以实现的主要通道。

（一）代入感

营造代入感是大众文艺—网络文学实践中的普遍策略，读者能否对作品主角产生“代入感”，亦即读者能否认同、融入主角，感受主角的情感与行为，一起迎接故事情节的高潮，这种读者与主角的融合感是作品成败的关键之一。

对主角或主要人物，甚至是反面角色产生代入感，是普遍存在的文艺接受反应现象。《红楼梦》的读者，对于林黛玉、薛宝钗、贾宝玉、王熙凤等人物，因为高度认同而代入其中，成为“红迷”一族；张爱玲作品的人物，引起女性读者的迷恋和代入感；J.K. 罗琳的小说《哈利·波特》的人物对于青少年读者的吸附；好莱坞众多电影如《泰坦尼克号》主角引起女性观众的代入感，等等，是普遍的文艺接受反应现象，但是一直就缺少贴切、恰当的理论阐释。

欧美接受反应文论，为人们探讨网络文学的代入感问题提供了系列路标。阐释学开路人尧斯把接受反应研究重点指向了读者与主角的关系，诺曼·N. 霍兰德在其所著的《文学反应动力学》中，则把儿童口唇期的摄入需求当作问题的起点，儿童口唇期常常通过幻想把外界摄入自身，与自身融为一体，以此被动地实现自身需求，而成年人在欣赏文艺作品时，会退化到口唇期的幻想状态，使人们能够对文艺作品的人物与故事，进行摄入、同化，并进行带有个性色彩的幻想。

而我们依据自组织理论，则可以认识到，在幻想中摄入外部事物，是人类生命体天然的本能，原本就以遗传密码的形式在人类的身心中潜藏着，只是可能在儿童口唇期显性化而已。而随着人的成长，这种能力不断得到强化，成为人类至关重要的幻想能力，由此产生创造力与接受、同化外部世界的能力。从文艺作品中摄入、同化、融合人物的身心感受，成为一种愉悦的体验，鼓励了人们的幻想性欣赏行为，并成为习惯性依赖，而文艺创作则顺应并怂恿了人类的这种本能。做对人类有益的事情，就会受到人类生命体快感奖赏机制的激励，让人不断进行能带来快乐的事情，对艺术欣赏训练有素的人们，对于代入人物就越发驾轻就熟。显然这种能力的使用不应该被描述为是在向婴儿期退化，而是应该看作是人的成长，当作是人的自我实现的必要步骤。

（二）愿望—情感共同体

成功的作者善于把握人的愿望，把握受众的接受反应心理，为受众认同主角开辟通道。当读者、观众遇合文艺作品中的主角，对于主角的愿望与动机、情感与伦理倾向产生了认同感，把自己代入主角，一起行动，一起经受挫折考验，一起实现人生愿望，把主角的情感体验，摄入、融合为自身体验，特别是混合着快感与审美冲动的高峰体验，带来震撼感、透亮感、痛快感，此时，幻想界专业人士（作者）、主角或主要人物、摄入者（读者、观众等受众），因为融合行为的发生，就构成了三位一体的愿望—情感共同体、命运共同体，因为拥有相通的愿望、情感体验、命运期盼而与其他人群不同。

而影响受众认同主角的关键性因素，是主角在自身愿望—动机的支配下，采取行动，去战胜困难，努力实现愿望的进程。经过受众对主角的移情、代入与融合，随着主角经历奋斗，获取胜利，愿望实现，主导人的快乐水平的荷尔蒙分泌显著上升，令人迷醉于喜乐之中。这是很多生化实验证明了的生理现象，也是无数阅读体验能够证明的艺术心理现象。所以网络文学—大众文艺显著强调故事主角的中心地位，脱离主角而发展故事情节，缺少主角与对手的对抗与冲突的情节，是不受欢迎的，因为主角不在场或者没有积极行动的情节，读者失去了关注焦点——愿望与行动，缺少激励因素，因而不会产生兴奋反应。

在网络文学实践中，即时写作、即时连载的小说创作形态，现在进行时的故事形态，令特定作者—主角—读者情感融合而成的愿望—情感共同体，陷入命运未定感、紧迫感，主角愿望得逞后带来的快感就更为强烈。读者对故事中愿望得逞的快感奖赏机制，产生了上瘾—身心依赖的情形，如同烟瘾、酒瘾，因为期待而焦急，因为满足而快乐，很多作者善于利用上瘾机制，吸引粉丝，作者也因此被粉丝追赶，不得“安闲”，精彩的能够不断提供情感体验与补偿的、有节奏发生的故事，是读者的心灵家园，对此读者是感激和依恋的，希望它天长地久，不要完结。作者要创造出比读者预期更殊异、更强烈、更过瘾的快感体验，才会成为读者膜拜的、主宰精神旅程的大神。一个成功的网络小说家，意味着有一个不断扩张的愿望—情感共同体风雨同行，他事实上主宰着共同体的行进方向、喜悦与哀伤，作者也就从中得到精神上超越于大众的快感。对于读者干预故事情节进程的能力不宜高估，对于读者追求情感体验与快感补偿的欲求则不能低估，对于创作自由的可能性也不应该低估。

同时，网络文学即时写作即时发表传播的情态，读者对作者的赞美与支持，也给予作者及时的快感激励，使得作者倾向于持久写作，延长共同体的快感进程，这是网络小说颇多鸿篇巨制的内在原因，也是网络文学行业存在的心理基础。

四、遵循主角定律

正是因为愿望—情感共同体在主导读者接受反应活动，决定了大众文艺—网络文学创作必须遵循主角定律，这是大众文艺不断印证其效果的叙事策略，网络文学实践中更是显示了主角定律的威力。

古往今来，大众文艺受众的关键性接受反应心理是主角认同或主要人物认同，因而产生了愿望—情感共同体，受众尤其希望主角的愿望能够实现、能够成功、得到更多尊荣，所以在心理趋势上偏向主角，这是由人的自利倾向决定的，主角好就是自己好，偏向主角就是偏向自己，就是在加固愿望—情感共同体，所以，作品偏向主角以赢得读者好感的叙事策略，像山岳一样稳固，这就是通行于大众文艺以及部分知识精英文艺和官方文艺的“主角定律”。

（一）主角的中心地位

在大众文艺中，世界必然是围绕主角运转的，主角站在高处，头顶光环，其他人物像向日葵一样朝着主角开放，故事按照主角的愿望向前发展，在整个人物关系中，主角处于令人艳羡的地位，主角的愿望、意志决定了故事结局，作品会给予主角好运气，让其他人物做出符合主角需要的行为。

电影《十诫》作为宗教题材的宏大叙事，以庄严崇高的姿态示人，却通行着男性白日梦特色的主角定律。在故事中，主角摩西是处于奴隶地位的希伯来人的弃婴，上一代埃及公主的养子，成年后身居高位，但是知道真实的身世后，毅然选择回归希伯来人奴隶身份，甘愿与本民族同苦，并因为对希伯来人的神耶和华的坚定信念，而得到神的眷顾，具有与神沟通的特权；主角深受女性欢迎和爱慕，这一代公主深爱他，因为得不到爱的回报而又深恨他，疯狂报复他，主角被流放后，遇到七个美丽的姐妹，个个喜欢他，希望成为他的妻子，其中六个在他面前用舞蹈展现魅力，任由他挑选中意的人，而摩西选择了兼具美德、美貌的长女为妻；因为埃及法老想杀死每户希伯来人的长子，而希伯来人的神耶和华令埃及人的长子死去，并且曾经深爱主角的公主成为法老的妻子，也形同背叛了主角，所以公主的亲子死亡（大众文艺的铁律，背叛主角者会受到惩罚）；最终备受埃及人欺凌的希伯来民族，在摩西带领下愉快地进军“应许之地”约旦河谷，而迫害希伯来人的法老受到惩戒。

主角定律隐藏在宗教神话情境中，使人忽略了主角得到好运气、处于优越地位的真正的缘由：偏向于主角，就是偏向于代入主角的受众，遵从主角定律带来的快感体验，可以令受众的信仰之心更为坚定，这也是重要的宗教传播策略。

《金瓶梅》主角西门庆的欲望满足进程是作品构成的主线，女性人物潘金莲、李瓶儿等扮演着男性欲望对象的角色，潘金莲是热波荡漾的床战伙伴，总在创造极端的淫行，是色情狂的象征，带来特别的感觉体验；李瓶儿在两次婚姻中与西门庆相互追逐，是狠毒无情的荡妇，最终被西门庆收入家门，却立刻贤淑深情起来，这都是为对应主角欲望而存在的，不同风情对应主角欲望的不同部位。

《红楼梦》主角贾宝玉自谦自抑，而主要女性角色林黛玉、薛宝钗、史湘云、王熙凤等都处于优越地位，各有自己的美丽优雅，都有自己的愿望—动机—行为线索，使《红楼梦》故事呈现出多个女王同住的蜂巢形态。所以她们都成为读者代入对象，都有自己的粉丝人群，“红迷”其实是多个粉丝群体的集聚。这是《红楼梦》独有的叙事策略，为男女读者代入故事情境，留下了多个舒适的入口。但是其实“女王们”都在乎、疼爱贾宝玉——这个大观园中的唯一男性，是不言自明的中心，只有少数次要人物才漠视他，让他领悟了他不能得到所有人的眼泪。贾宝玉没有建立什么丰功伟业，但是他出走了，《红楼梦》故事就没有存在的必要了，一切就结束了。

（二）创设垫脚石

为了凸显主角的地位，大众文艺常常为主角设置垫脚石式人物，令主角形象更为高大。

在《西游记》中，历史上真实存在的，为求佛法西行取经、经受生死考验的佛教高僧玄奘大师，被严重矮化，“唐僧”反复被妖怪所害，束手就擒，等待徒弟、菩萨与各路神仙相救，是一个软弱无能、教条僵化、好坏不分、心胸狭窄、缺乏主见、遇事慌神的可怜虫。这当然是对历史不负责任的，但是真正的原因不是作者对佛教和历史不敬，也不是要消解崇高，而是大众文艺的主角定律使然，唐僧不幸成为主角孙悟空的垫脚石了。唐僧显示弱点的时刻，都是孙悟空显示优点的时刻，他具有与唐僧相反的品性，勇敢、忠诚、是非分明，是饱经磨难、委屈而不改其志的英雄。孙悟空一脚踩着唐僧的后背，还有一脚踩着猪八戒的后背，猪八戒自私、世俗、愚蠢，经常给取经团队带来灾难，而孙悟空忠于团队，大公无私，牢记使命，总能够解决难题。

类似情形还有《红楼梦》中的贾琏、贾环、薛蟠，他们用自己的猥琐粗俗的行为，凸显贾宝玉的高雅、被女性角色疼爱的优越地位；《金瓶梅》中西门庆的朋友应伯爵等人物的小气猥琐，凸显了主角的豪爽性格与威势，李瓶儿两任丈夫在满足女性欲望方面的无能，凸显了西门庆生理功能的壮大；金庸《笑傲江湖》中令狐冲的垫脚石林平之，同样经历磨难，林平之趋向于身心变形，而令狐冲越加豁达豪放。

这些配角作为垫脚石，一步一步垫高了主角的快感，他们存在的理由与行为逻辑，就是不断尽力成为主角的增高器。以通常的文学标准来看，潘金莲、李瓶儿与唐僧等人的行为表现，是不符合人物自身性格逻辑的规定性的，但是在世界小说史、电影史与网络小说中，通行着这种不由分说的主角定律：好事归于主角，男女配角围绕主角的欲望运转，并按照主角需要改变自身，若违背这个主角定律，让主角围绕配角的欲望而改变，受众就会对作品百般挑剔。

当然，如果主角使人讨厌，不能使受众产生代入感，则主角偏向就会加倍令人反感。

（三）升级、金手指与打脸

网络小说变本加厉地继承发展了主角定律，如同单一神祇的神话，故事主体是主角欲望实现的进程，主角是故事世界中重要成果的享有者，写作的中心任务是让主角爽、让主角身心得到全面快慰。大多数网络小说作品主角的结局，是大获全胜，圆满美爽，——要死也要死得美丽好看，死得悲壮，那是更为对症下药的白日梦偏方。

网络文学秉持主角偏向的宗旨，发展了升级策略与金手指策略。目前，网络文学读者群体主要是青年，更为强化主角不断成长升级的快感，故事通常是从主角弱小时开始，经过努力，战胜对手，克服困难，在人生旅程中、在社会台阶上、在修炼等级上，不断取得进步，这种愿望达成的态势导致作品为主角设置了许多升级台阶，直至世界顶峰，主角从胜利走向胜利不断升级的形态，显著影响了人物关系设置、故事情节走向与作品的整体格局。

而在主角弱小时，为了在起步阶段能够快速成长，超越同侪而显得英明神武，经常为主角安排“金手指”措施，比如穿越小说中，主角穿越到古代去，利用现代知识、知晓历史发展过程的优势，占古代人的便宜，如果再带上装满现代知识的笔记本电脑和太阳能电池，那就能把整个现代知识体系搬到古代去，可以创造古人艳羡佩服的奇迹；奇幻小说主角获得古代典籍，其中藏着重大秘密，或者是一个戒指中隐藏着无所不知的古老灵魂，帮助主角在修炼道路上迅速超过同辈，如此等等，都是老套而又有效的，偏向主角赢得读者好感的招数，只要稍微变换一些花样就行。当然，过度使用金手指策略是有缺陷的，它使得主角的胜利来得过于容易，减少了奋斗的快感。

网络小说盛行打脸策略，主角的对手、竞争者会各种倒霉，乃至无过错死去，有些人气作品几乎在故事每个阶段，都会为主角安排一些配角，被主角欺辱，在身体上或者精神上被主角“打脸”，让主角和读者感到爽，“打脸”成为跨类别的写作策略，却普遍不怎么在意平衡处置，主角肆意妄为，就使作品显得幼稚和俗气，这是网络文学还处于少年时代的显著标志。

而有些作品拐一个弯子打脸，则是隐蔽性打脸策略，如《间客》的打脸情节就隐藏在与兄弟情义之中。主角许乐与施清海以及其他兄弟的同伴之情，热血、硬朗而温暖，让读者感到不孤单。施清海死后，许乐和七组（著名的战斗组织）战友，带着他的遗体，去落实他的每个遗言。比如他中毒之后，救助了他的小护士黄丽，被前男友，一个有前途的医生抛弃，他与豪门千金订婚，表达了对小护士的蔑视。许乐帮她折服豪门权贵的阻拦，让小护士在英俊的前男友右脸上扇了七个耳光，左脸上扇了六个耳光，这不是因为被他遗弃，而是因为她给他打了七个月的午饭，洗了六个月的袜子内裤，以此讨还。事毕走出豪门公馆，许乐微笑着告诉车厢中黑色冰柜里的漂亮男人，这一件遗愿完成了。

这就把低级趣味的打脸情节，变成了主角为实现好友遗愿，且主角动用豪华战斗阵容，只是为实现一个平凡小女子的打脸情结，而不惜得罪诸多豪门的煽情情节，是有一点温馨感的。这种爽，光明正大，可与人分享，是猫腻对读者打脸欲望的体贴之处，读者因而舒坦从容。

五、欲望叙事的审美化与伦理安置策略

一般网络文学作品由于直白的欲望叙事和严重的主角偏向，没有对欲望表达和主角偏向进行平衡，导致其失去读者尊敬，缺乏经典品相。网络文学创作需要加深欲望叙事的内涵，进行伦理安置，改变直奔欲望满足的初级阶段形态，这是网络文学最需要向世界经典文学作品学习的地方，也是创造经典作品的必要步骤。

（一）欲望的审美化、伦理化表达

一些世界经典小说，以欲望叙事为基础，却折腾出人性深度或者社会思想意义，提供特殊的快感与美感，也提供伦理判断，看起来与大众文艺差异很大，但是两者之间并无不可逾越的鸿沟。经典作家如梅里美、莫泊桑、司汤达、托尔斯泰、茨威格、纳博科夫等等，是不同社会背景、不同时代的表现人类欲望、描画人类灵魂的高手，其作品具有一个共性，就是他们对人类欲望进行了显著的审美化、伦理化处置。

托尔斯泰的《复活》故事构成就是一个典型的男性本能（占有纯洁的少女）与道德欲（救援风尘女子）的欲望叙事，这两种欲望的诱惑是男人一生中通常会面临的，有时候男人会同时具有这两种相反的欲望。男主角聂赫留朵夫公爵，大学时代引诱了姑妈家的养女兼婢女喀秋莎（后来名为玛丝洛娃），一个有点斜眼的美丽少女，男主角对她始乱终弃，喀秋莎怀孕后被赶出家门，后来沦为妓女，因被指控谋财害命而受到审判。男主角以陪审员的身份出庭，认出了从前被他引诱的女人，良心受到冲击，因此为她奔走申冤，并要同她结婚，以赎回自己的罪过，玛丝洛娃悲愤地指责他，是在利用她来拯救他自己的灵魂。上诉失败后，聂赫留朵夫陪她流放西伯利亚，她感动了，原谅了他，但为了不损害他的名誉和地位，她最终

没有和他结婚，而同一个革命者结合（多么体贴主角，道德欲得以满足，却不用承担代价）。故事主体与一般大众文学的欲望叙事相似，但故事是在主角宗教精神复活的过程中展开的，作品为思想性评判提供了特殊领域，它就“经典化”了。

这种转一个弯子的欲望叙事，审美化、伦理化的欲望叙事，是一个很重要的文学传统，也是作家面对市场的一个策略。中国现代作家郁达夫的作品《沉沦》《迟桂花》《春风沉醉的晚上》，虽然情景不同，但其实都是同一个故事范式，一个伤感的文弱的男主角，在肥白的母性味道浓烈的女性那里寻求温柔的安慰，在此过程中，通过男主角“偷窥”女性，建立感觉体验的根基；张爱玲作品的主角总是在暧昧情感中冒险与挣扎，却与人性、与社会变迁具有复杂的勾连；沈从文作品中，淳朴的故乡、美丽的村姑，是对游子身心的最后承接；贾平凹的才子书《废都》更是围绕着男性欲望而建构，男主角备受女性人物的疼爱、仰慕。然而在这些欲望叙事的容器里，勾兑了独特的审美情趣，经得住岁月淘洗，能永久发出自己的人性光华。

日本文学中，介于纯文学与通俗文学之间的“中间小说”，主要叙事策略也是如此。如渡边淳一的《失乐园》，男女主角在肉欲中挣扎，又对生命与爱情深感绝望，于是按照计划好的那样双双殉情，其实是在表现爱欲与死亡想象的极致体验。村上春树的《挪威的森林》也有相似性，男主角渡边与一个精神状态异常的女孩直子陷入情欲纠缠，又与温暖人心的女孩绿子互生爱慕，纯情、伤感与精神猎奇相混合，提供了鸡尾酒式的情感体验过程，很能讨好全世界的文艺青年。

网络文学并不会自外于文学传统，也不必低估读者的审美欲求和能力，在受到广泛赞誉的网络文学作品那里，可以很清晰地看到审美化、伦理化的欲望叙事策略，为文学批评提供了言说的理由，把欲望叙事向上超拔几公分，令人有爽洁之感。树下野狐的作品，如《搜神记》的女主角都极有个性辨识度又独具美态，令读者用“搜神”的眼光看待异性；烟雨江南的《亵渎》由于对人性深度的挖掘，对宗教伦理的颠覆性、反叛性重构，为读者提供了精神迷宫，影响了同类作品的创作；猫腻的作品《庆余年》《间客》中的男女恋爱过程颇具“审美性”，犹如兜兜转转的现代校园爱情，作品用理想照亮了个人欲望，既有男欢女爱，男女之间也充满彼此尊重，有情有义，能为理想共赴艰险，故事游走在纯情与欲望叙事、人性探索与精神猎奇的中间地带，在这种充满雄性荷尔蒙的气色中，剧情与伦理表达却都是鲜明透亮的。这种调和文学理想与市场属性的策略，增强了作品的审美价值，增加了作品的社会接受度。

（二）主角偏向的平衡问题

主角定律经常造成大众文艺中的情感、伦理偏向，主角永远是对的，对手自然是错的，创作者会让主角的敌人死，竞争者死，背叛主角者死，伤害主角利益的各种角色都会受到惩罚，有时候主角的敌人、竞争者的死亡经过伦理包装，也就是说他们犯了该死的错，主角报复惩处他们时在伦理上没有瑕疵。但是有一些竞争者、对手无过错死去，仅仅因为他们站在了主角的对立面，这是赤裸裸的猴群“正义”使然，这就会影响到作品的声誉。

比如在《水浒传》中，很多英雄人物嗜杀，挖心剖肝，为底层男性泄愤，如武松杀嫂，如同恶犬弑人，“血溅鸳鸯楼”滥杀二十几个无辜者，主角需要泄愤，就杀得痛快，杀个干净，还大书杀人者武松，如此恶质歹徒，头顶主角光环，作者不吝赞美，而成为亿万读者喜爱的英雄，武松的最后结局也就是断臂出家，“惩罚”显然与其罪行不相称。这些主角偏向缺少平衡处置，显得幼稚狭隘，是作品的负资产。“血溅鸳鸯楼”式的英雄传统，对中国人的伦理认知起着负面的作用，是形成网络文学暴力倾向的精神基因之一。

成熟的文明，要求对大众文艺的主角偏向进行限制与平衡。用大众文艺的伦理表达机制对主角的功绩与错责进行安置。

在大众文艺的接受反应实践中，在愿望—情感共同体形成的过程中，受众对主角愿望实现的快感，产生了上瘾——心理依赖的情形，接受与依赖一种快感模式，就会认同其合理性，就可能外化为行为模式，读者与人物的身心感受相连，而创作者的伦理表达正是通过给予人物愿望达成、成功圆满的快感，以奖赏作者认可的人物品性、行为，这就是伦理表达的快感奖赏机制；通过给予人物（及其关联人物）身心痛楚乃至于死亡结局来惩戒其负面的品行、行为，亦即伦理表达的惩戒机制；通过具有伦理判断意味的悲喜剧结果，给予故事整体以伦理安置。这些举措旨在通过身心的快感与痛楚记忆，把伦理准则内化为接受者的身心律条。

电影《乱世佳人》是充满了伦理争议的大众文艺作品，是分析主角偏向以及进行平衡处置的较有代表性的案例。女主角塔拉庄园的小姐斯嘉丽，在美国南北战争爆发前夕和战争中，先后拥有多名男性爱慕者并有两位丈夫为她而死，留下了遗产，后来与一直爱她的白瑞德结了婚（英俊而多金，对主角的奖赏）。女儿邦妮出生，白瑞德把全部感情投注到她身上（女儿成为主角感情的竞争者），女儿邦妮意外坠马摔断了脖子（竞争者死去）。女主角的另一个竞争者贤德女性梅兰妮，因怀孕和操劳过度卧病不起，临终（竞争者死去）前，她把自己的丈夫艾希礼和儿子托付给斯嘉丽（竞争者做了主角期待的事情），斯嘉丽不顾一切扑向自己一直喜欢的艾希礼怀中，紧紧拥抱住他，丈夫白瑞德无法忍受转身离去，与她彻底分手（对主角的惩戒）。主角最终失去了所有男人，但是她还拥有土地和财富。

流潋紫的《后宫·甄嬛传》中主角偏向显然与此相似，面临的批评也相似。甄嬛的女性竞争者全部死去，她们总是想害主角，却最终帮了主角的忙，最终阻碍她得到最高权力的皇帝也在关键时刻死去，主角成为最高统治者太后，主角的每一个愿望都能实现，包括得到热爱与赞誉，但是主角最终也成为孤家寡人。

主角为了生存和成功而不择手段，主角的竞争者死去等，其实反映了人类的利己本能的欲求，生存（利己本能）可能是一种难以否定的本能，但是利他主义美德，显见对于人类整体的文明延续意义重大，所以这类作品的主角偏向的平衡处置，是让主角最终失去爱情，失去亲人，但是走向了独立自主的人生。这样处置可以平息一些争议，而那些配角的冤死仍然会令人感到心中不安，给人们带来持久的伦理困惑。

网络文学是大众文艺、欲望叙事谱系之一员，大众期待从文艺作品中得到欲望满足的快感体验，也期待得到欲望与伦理关系的答案。数千年来的艺术实践说明，伦理表达是大众文艺天然的功能，大众文艺在基本的伦理判断上，给出明确的答案，或者揭示伦理表达的新课题，帮助读者适应社会变迁，是争取大众欢迎的基本策略之一。正是大众的需求推动了文艺伦理表达机制、范畴的形成。

人类及其伦理直到今天，还是未完成的继续进化的状态，对于个人来说，本能与社会伦理的冲突是长期的。由于社会的发展变迁，不同的伦理信念的冲突也会带来新的伦理挑战，对大众文艺的伦理表达提出新的要求，而网络文学是正在奔跑的少年，伦理表达的自觉与能力尚不充分，理应在全人类文艺经典的视野中，创造网络文学伦理表达的经验，以铸造自己的伦理形态。

参考文献

理查德·道金斯,《自私的基因》，北京：中信出版社，2012。

普里戈金,《从存在到演化》，北京：北京大学出版社，2007。

弗洛伊德,《梦的解析》，北京：中华书局，2013。

弗洛伊德,《图腾与禁忌》，北京：中央编译出版社，2005。

弗洛伊德,《弗洛伊德文集》，长春：长春出版社，2004。

埃里克森,《童年和社会》，上海：上海学林出版社，1992。

埃里克森,《同一性：青少年与危机》，杭州：浙江教育出版社，1998。

诺斯罗普·弗莱,《批评的剖析》，天津：百花文艺出版社，1998。

马斯洛,《动机与人格》，北京：中国人民大学出版社，2007。

马斯洛,《自我实现的人》，北京：生活·读书·新知三联书店，1987。

保罗·布鲁姆,《快感为什么让我们欲罢不能》，沈阳：万卷出版公司，2011。

汉斯·罗伯特·尧斯,《审美经验与文学解释学》，上海：上海译文出版社，1997。

诺曼·N. 霍兰德,《文学反应动力学》，上海：上海人民出版社，1991。

王祥,《网络文学创作原理》，北京：中国人民大学出版社，2015。

发表于《网络文学评论》2018 年第 2 期，
署名王祥

网络文学中的愿望——情感共同体

——读者接受反应研究之一

文学的发生，源于创作者的欲望，但是文学行业的存在，则是根基于社会需求，向创作者支付报偿的需求者，会表达自己的意志，并影响着创作的形态、发展脉络。

网络文学，特别是标举“读者主权”的付费阅读小说，是如何契合、满足读者（报偿支付者）需求的，读者反馈又如何影响作者写作的，这是探讨读者接受反应的重要课题。网络文学一直面临“过度迎合读者”的指责，但这不是真正的问题，深入探讨读者接受反应的心理机制，才能回答网络文学的功能、社会角色，以及何种文艺作品会受到读者欢迎等问题。

在网络文学实践中，作者与读者最为关心的问题，是读者能否对作品主人公产生“代入感”，亦即读者能否认同、融入主人公，经历、感受主人公的情感与行为，一起迎接故事情节的高潮，这种读者与主人公的融合感是作品成败的关键之一，也是读者选择阅读、追捧作品的主因，因而“代入感”已经是网络文学活动中的关键词和常用词。

对主人公产生代入感，这样的接受反应现象，也并非网络文学实践所独有。《红楼梦》的读者，对于林黛玉、薛宝钗、贾宝玉、王熙凤等人物，因为高度认同而代入其中，成为“红迷”一族；张爱玲、玛格丽特·杜拉斯等作家的作品人物，引起读者特别是女性读者的迷恋和代入；小说《哈利·波特》的人物对于青少年读者的吸附；好莱坞众多电影如《泰坦尼克号》主人公引起的女性观众的代入感，现有的读者接受反应文论，未必能够予以贴切、恰当的阐释。而很多网络文学作品为何受到读者强烈迷恋，读者如何对主人公产生代入感，并接受作者的价值观、审美倾向，等等，需要得到贴身贴心式阐释。

欧美接受反应文论，为我们探讨网络文学的接受反应问题提供了系列路标。阐释学开路人尧斯从文学阅读阐释活动中，总结出读者与作品主人公之间，相互交流认同的五种形态[①]，这些形态所描述的读者与人物之间显然有着清晰的距离，人心隔着皮肉，与"读者代入主人公"这一重要接受反应现象仍然隔膜。但是它们指向了读者与主人公的关系，这个接受反应迷宫中最宏阔的房屋，因此仍然是可靠的路标。

诺曼·N. 霍兰德所著《文学反应动力学》致力于揭示文学的接受反应是如何发生的，他从精神分析学出发，把儿童口唇期的摄入需求当作问题的起点[②]。儿童口唇期常常通过幻想把外界摄入自身，与自身融为一体，以此被动地实现自身需求，这样的能力在人的潜意识中隐伏下来，或者幻想作为本能，无论何时被唤醒，原本就在人类的身心中潜藏着，这是作者创作与读者阅读体验的心理基础，它使我们能够对文艺作品进行摄入、同化、融合，伴随文艺作品的情感游行而移情，得到心醉神迷的高峰体验。

虽然霍兰德的"摄入"论是指向文艺作品整体的，但仍然是很靠近"读者代入主人公"这一现象了，而他关于"检查者"的论述，又一次敲击在网络文学的锣心[③]。读者将作品摄入自身，并进

---

① （德）汉斯·罗伯特·尧斯：《审美经验与文学解释学》，转引自王岳川主编20世纪西方文论研究丛书《接受反应文论》第143~145页，金元浦著，山东教育出版社。

② （美）诺曼·N. 霍兰德：《文学反应动力学》，潘国庆译，第84~86页，上海人民出版社，1991。

③ 同上，第102~103页。

行个性色彩的幻想，但醒着的“自我”中，有一个“检查者”（来自弗洛伊德早期概念）自定的检查线，如果面对的是娱乐性作品，则宽宏地抬高此线，任由无意识展开摄入与幻想，而面对“杰作”，读者反应更多是在意义和意味层面上，而较少融汇和摄入的原始的幻想层面上的活动。

这就能够解释面向大众的网络文学，为何其幻想性品质得到大众读者鼓励与期待，而习惯于严肃文学批评话语的“职业读者”，却指责它们现实关照太少。因为两种“读者”的期待与心理朝向不同，各自的“检查者”的工作态度很不相同。而网络文学的读者代入主人公，在幻想中驰骋的心理态势，与他们脑中的“检查者”自我放任有着很大的关系。恰恰网络文学的成绩主要来自于飞奔的想象力，来自瑰丽的幻想，——那正是对读者需求的回应。

“读者需求”一词中的读者，是很日常的人们，而非“职业化读者”，一个文学教授在日常而非职业状态下，同样可以融入武侠、玄幻、言情小说的情境，——只要“检查者”不在岗，把自己代入孙悟空，代入贾宝玉、林黛玉，都是无须他人同意也无损体面的事情。人们需要幻想性文艺作品，源于日常生活平庸重复，人生苦短，成功缺失，高潮体验缺失，人类特别渴望而现实生活中又无法实现的欲求，天然需要在幻想中得到抚慰，得到心理补偿，高潮替代，而文艺作品比之于生活，是更适宜的“摄入”对象，更完满，更贴近情感起伏曲线，文艺作品中高潮涌动的节奏，能够契合、调谐人的生命节奏。提供幻想的文艺作品是人生必须的副本，是一种自我证明。

当“摄入者”遇合文艺作品中的主人公，当彼此因为拥有同样的愿望与动机，或情感与伦理倾向，摄入者把自己代入主人公，一起行动，一起经受挫折考验，一起实现人生愿望，把主人公的成功体验融合为自身体验，特别是混合着快感与审美冲动的高峰体验，带来震撼感、透亮感、痛快感。此时，幻想界专业人士（作者）、主人公、摄入者（读者），因为融合、同一行为的发生，就构成了三位一体的愿望—情感共同体，命运共同体，因为拥有相通的体验、相似的心事而与其他人群不同。

网络文学显著强调“故事性”，而故事是主人公的故事，脱离主人公而发展故事情节是不受欢迎的。这是阅读快感之所必须。经过读者对主人公的移情、代入与融合，行动性冲突性的故事情节，令人肾上腺素增加，紧张焦虑，随着主人公的胜利，欲望得逞，主导人的快乐水平的多巴胺分泌显著上升，令人迷醉于喜乐之中。这是无数生化实验证明了的生理现象，也是无数阅读体验能够证明的艺术心理现象。艺术作品的故事情节比之于生活更加“体贴”，是低成本的自我实现，自主的随时可达的体验。比如爱情，能够提升多巴胺水平，给人以快乐、幸福感，那是伟大的生命构造对于生育繁衍后代的奖赏，如果没有爱情在每一个环节给人以快乐，人们也就没有动力去承担繁衍后代的责任，这样的快乐—奖赏机制，遍布人类行为之中……而文艺作品中的爱情故事，由于读者对主人公的代入与融合，读者从中得到富足的、比生活中更完满、排场的跌宕起伏的爱情体验，却无须因此而承担代价。人类拥有幻想能力，拥有文艺作品，是伟大的造物主对人类的整体的奖赏。

文艺作品为读者提供“逼真性”体验，与读者的人生经验、生活情理认知相和谐，可以增强故事情境的真实感，帮助读者代入主人公，享受梦境，而明显挑战读者人生经验的情节，容易使读者脑中的“检查者”清醒过来，令读者因为被迫出戏而恼怒。但是如美国批评家乔纳森·卡勒所说，“逼真性”只是读者的主观感受①，与“真实性”标准似是而非。事实上，符合读者逼真性需求的作品，其故事构造却常常经不住“真实性”的逻辑推敲，如贾宝玉衔玉而

---

① 参见美国批评家乔纳森·卡勒对于阅读期待和阅读体验中的逼真性论述，王岳川主编20世纪西方文论研究丛书《接受反应文论》，金元浦著，山东教育出版社第302~306页。

生，在温柔富贵中厮混一遭；哈利·波特学会了魔法，并大展神威，其真实性是悬置的，它让你感到是“真”的，但并不是真的，由于这些作品满足了人们的梦想与快乐需求，人们善意地为作者、主人公化解了真实性追问，人们对文艺作品的程式性“虚假”，对各种设定，欣然接受。

在网络文学实践中，即时写作即时连载的小说创作形态，现在进行时的故事进展，令作者—主人公—读者共同体陷入命运未定感、紧迫感，主人公愿望得逞后带来的快感就更为强烈。读者对这种愿望得逞的快感奖赏机制，产生了上瘾——身心依赖的情形，如同烟瘾、酒瘾，因为期待而焦急，因为满足而快乐，主人公身上浸泡的各种药剂：伦理、观念、情感倾向，在不知不觉中，读者就被濡化融合了，它比严肃的居高临下的“教育”，要内在化得多，有效持久得多。很多网络小说与它们的前辈一样，拥有上瘾机制，确实具有精神控制的可能，正因如此，在某些时代，不惜工本地控制人类灵魂工程师——作家，才非常具有诱惑力。

上瘾——满足机制是网络作家吸引粉丝，娱乐行业吸引控制接受者的秘密之一。这是行业存在的心理基础。上瘾——满足进程要直接有效，围绕读者身心愿望下功夫，作品必须足够长（数百万字小说，几十集几百集电视剧，角色、故事不断以旧翻新的类型化电影），以给予接受者重复可控的快感奖赏，令接受者甘心付出金钱、时间、精力，换取身心满足。精彩的能够不断提供快感体验的作品，读者希望它永不停止，而愿望—情感共同体永不褪色。对于这样能够提供快感体验的作者，读者是感激和崇敬的。一个成功的网络小说家，意味着有一个不断扩张的情感共同体风雨同行，他事实上主宰着共同体的行进方向，喜悦与哀伤，人们叫这样的小说家为“大神”。

在成功的网络文学作品中，主人公的“愿望得逞”勾引读者代入，进行逼真性体验，是快感实现的主要通道。愿望得逞是愿望—情感共同体的内核，故事情节是围绕主人公愿望得逞的主线来展开的，愿望的类型决定着小说的类型，小说的类型化是对人类愿望体贴的分门别类的安置。这里分析网络文学的几种常见愿望得逞模式，它们并不是小说类型本身，但应该是小说类型形成与命名的内在依据。

韦爵爷的大功告成

人的日常愿望是获得权力、财富、情爱。我们从世界各地的民间故事中可以发现，寻宝，获得美人垂青，获得父母或者国王的信任重用，是人物常见的行动目标。明清小说，欧美大众小说，这些自发产生的，用于满足“读者需求”的“市场化”小说中，人物追逐权力、财富、情爱老三样目标，是最常见的显性的愿望—动机主题。

被称作贩夫走卒与教授作家都喜欢的金庸作品，也许经常笼罩着家国理想、民族大义的碧纱笼，都有武侠故事脉络，但是，主人公总是能够在这老三样方面大获成功（不管是有意追求还是“被迫”接受的），尤以《鹿鼎记》的主人公韦小宝，开创了迅速获得权力、财富、美人的典范，对于网络文学中的历史类小说具有显著影响，“韦小宝韦爵爷”左拥右抱、大权得享、腰缠万贯是一种愿望得逞的显性模式。

韦小宝出生在扬州妓院，不知其父，是无钱无地位无尊严无前途的人员（吸引华人底层男性的身份认同），因为被反党茅十八掳入皇城，冒充太监（命运改变的契机），和康熙帝成为伙伴，并为之建立功勋（与最高统治者建立密切关系，灿烂人生的开始），从此，周旋于各种政治势力、江湖帮派之中，特别是在朝廷与各路“反贼”之间，脚踏几条船，每条船都争抢他，委以重任，同时经过勾兑、追逐，得到各色美人七名（含公主、郡主、帮主夫人，艳色各别，性格有异），儿女多多，为了自由，脱离政治漩涡，携美人财宝逃隐江湖，最终过上了幸福美满的生活。这种愿望得逞的路径，最令华人青年迷醉，人生主要愿望都得到妥善安置，这是男性愿望自我实现的典范。

网络小说中，人气最高的“历史”类小说《回到明朝当王爷》《极品家丁》等作品[1]，时代背景各异，故事情节都有自己的精彩，但是愿望得逞的模式却是“韦爵爷大功告成”的翻版。《回到明朝当王爷》的主人公杨凌，穿越到明朝北疆鸡鸣驿附近，附体于一个垂死的穷秀才身上，家无余财（起点很低），在抵抗“北虏”侵略的过程中，获得功勋，被荐入皇城，成为未来皇帝的伴读（与最高统治者成为伙伴——碰巧这些皇帝都珍视友情），从此建言献策，奔驰在平叛、抵御外敌的战场上，整合体制内外力量，建立工商企业，鼓动政治改良，主持对外扩张，功勋卓著，加官晋爵，财富车载船装多得不可测量，而美人，公主是必备的，各色身份、性格、功能的美人皆备，且忠诚和顺，且团结互助，且不闹纠纷。——男主人公对她们挺平等的。最后，主人公带着部下、妻儿老小，远征西伯利亚，受封西伯利亚王（在没有自由选择的紧张的皇权社会安全着陆）。

《极品家丁》在这个模式基础上有较大进化，主人公的美女队伍数量、功能有很大扩展，各种身份、性格、种族的美女纷至沓来，泡妞也更卖命——拿命换来许多可歌可泣万分辛苦的爱情。但是欲望得逞的路径不变，主人公林晚荣穿越到一个架空的朝代大华朝，投身商人家庭做家丁（起点低，上升空间大，普通读者更有身份认同感），大展商业才能，同时与皇家产生了密切关系，得到皇帝好感与信任，有机会继承皇位却坚决拒绝，所以更得皇帝信

---

① 《回到明朝当王爷》作者：月关，起点中文网连载。
《极品家丁》作者：禹岩，起点中文网连载。

赖，——只是为了能够娶公主和更多美女（后来娶了两个公主及其美女师傅），才答应皇帝效劳朝廷，练兵，改良朝政，打垮北方游牧民族，功成身退后，退隐西湖，但不时奔波远方去探望情人（比如某处女王），自己与公主的儿子继承大华朝的皇位，其他儿子们在天下处处开枝散叶，代代荣华。

许多男人的白日梦是相似的，韦小宝，杨凌，林晚荣，在追逐权力财富美女目标道路上，从胜利走向胜利，年纪轻轻就已经荣华富贵，安享尊荣，不管如何在政治、社会、文化、民族主题上进行包装整合，当网络文学的男性读者眯起眼睛，识别出韦小宝大功告成梦境的基本元素，他的快感预期就会升腾，眼前这个世界，是按照主人公愿望得逞的需要而运转的，从不让深入其境的男性失望。在这个男性快感模式中，女性被对象化，哪怕是拥有强悍个性的女王，也是为了男性欲望得逞的快感更为强烈而存在的。“公主”与“女王”是权力、财富、美色的融合体，是功能性很强的身份符号。

宫　斗

在女性愿望自我实现的一种类型化景观——宫斗戏中，扮演欲望对象化角色的当然是男性，他真俊美，真酷，他心胸真宽阔，真温文尔雅，真神秘，真粗犷，女性读者需要他是什么，就有一个“他”出现，而且“他”真心爱你，为你疯狂。这些围绕女性欲望繁衍的作品中，女性的基本愿望是在尊荣富贵的环境中，在各种阴谋阳谋明枪暗箭中取得胜利，得到各种尊荣、各种爱情、各种羡慕嫉妒恨的眼神，因此得到各种快乐，这是经常被展现的女欲。

被普遍看作是宫斗戏的创世祖的，是由香港电视广播有限公司出品的清装剧集《金枝欲孽》，在大清嘉庆皇帝后宫中，女主人公们（后妃们）为了争宠，争夺权力、尊荣，拼命讨好皇帝，并且还能够保留自己情感的后花园——与其他帅哥暧昧。对后来的小说与影视剧《大清后宫》《宫心计》《美人心计》《宫锁心玉》《步步惊心》《甄嬛传》等等都有着深远、直接的影响。在宫斗戏中，最高统治者皇帝是女主人公的男人，与韦小宝模式中，男主人公与最高统治者具有密切的姻亲关系一样，彰显出一种中国特色的权力梦想。

《后宫甄嬛传》与《步步惊心》这两部网络小说[①]，因改编电视剧的热播而广为人知。它们对女性欲望照顾疼爱，比之于前辈更为淋漓尽致，女性读者与观众痴迷的深度广度，为人传颂。

小说《后宫甄嬛传》中，主人公甄嬛因选秀入宫，凭借美貌聪慧，逐渐夺得一个架空朝代皇帝玄凌的恩宠（同名电视剧中，坐实为大清雍正皇帝），开始影响皇帝治理天下，甄嬛家族也一荣俱荣一损俱损……有了尊荣，就该体验情爱了，因为受到陷害，开罪了皇帝，女主自请“出宫礼佛”（网络文学读者评论中，习用“女主”而不是女主人公，其中况味很是有趣），多情种子皇弟玄清有了充裕的时间、空间向女主表现情意，积极主动冲破礼法牢笼，女主（很无辜地）接受了这份感情，双方情深似海，海誓山盟，暗结珠胎，因为女主听说外出的玄清身死，为了孩子的未来，甄嬛设计回宫，玄清回来后，木已成舟，护送甄嬛入宫，女主继续得宠与宫斗。后来玄凌怀疑甄嬛与玄清有染，让甄嬛送毒酒给玄清。玄清为保护甄嬛，偷换毒酒，喝下身亡，爱人为救自己，死在自己的怀抱里，何等哀艳。这是女性愿望自我实现的常见招数，无辜地被动地得到他人奉献，男角以自身死亡换取主人公的生存，如此这般伟大的爱情，令女性接受者身心震荡，得到高峰体验。皇帝玄凌也及时

---

① 两部小说与同名电视剧的情节有很大的不同。
《后宫甄嬛传》作者：流潋紫，17K 小说网连载。
《步步惊心》作者：桐华，晋江文学城连载。

死了，年少的皇太子于灵前继位，皇贵妃甄嬛上徽号“明懿”，时称“明懿皇太后”，敌人尽皆落花流水，甄嬛的主要人生愿望实现，到达尊荣顶端，高潮啦。

《步步惊心》欲望得逞的规模更为宏大。现代社会的白领女性张晓，因为意外事件灵魂跨越时空，在康熙年间重生于一个叫马尔泰·若曦的十六岁女孩的体内，卷入了“九龙夺嫡”狂潮，若曦的命运无可避免地与众位亲王阿哥们交织在一起……不，是康熙爷各种能干英俊的儿子们，为了若曦，为了代入若曦的女性读者展现了各种魅力。概而言之，女主与最温文尔雅风流倜傥的八王爷，谈了很透彻的恋爱，其他阿哥们纷纷向女主表达了爱意、情义、友谊，女主进宫，成了最有权力的那个男人雍正皇帝的女人，然后宫斗了，然后女主要得到自由，她就在八王爷、十三王爷等人的帮助下，迫使雍正同意她出宫（可怜的雍正），女主就在蓝颜知己十三王爷的护送下，去往另一个雄性魅力十足、而且巨爱女主的十四王爷那里，风花雪月一番（与此同时，他们并未停止对女主的争夺），在一个美丽的日子里，死在爱人的怀抱里……她要爱人把她的骨灰迎风抛撒，因为这样就可以得到灵魂的解脱，回到现代社会（小说情节到此终结，在同名电视剧中，梦想得以继续）。是的，女主在现代社会醒过来了，她想追寻这“过去二十年”，究竟是大梦一场还是确有其事？她在博物馆里得到了证明：一张照片或画像上，她与王爷帅哥们站在一起，她抬起泪眼，看见了穿着皮夹克的“雍正”，穿过博物馆的展柜，迎面走来……爱恋着的人，所有的分别，都是为了重逢。在女欲的网络小说里，在电影电视里，世界为了女主愿望而运转不停，大干快上。

升　级

人类的日常欲望，除了取得权力、财富、情爱之外，长生、拥有超能、成神成仙也是强烈的与生俱来的欲望，只是随着人生的深化，大部分人不知不觉地屏蔽了这些梦想，比较而言，身心都还新鲜的青少年读者，更靠近那些玄幻世界。在玄幻、修真、武侠类作品中，主人公经过努力修炼、不断晋级、拥有超能、成就神仙事业就是欲念得逞的主要线索了，特别是“小白文”，不断战斗不断“升级”就是主要情节构成[①]。集中于特定读者群的特定愿望，展开不间断快感奖赏模式，因为单纯，所以愿望得逞的快感更为强烈，这其实是类型文学特别是中国网络奇幻、玄幻、修真、仙侠等类小说的一个重要特征。

小白文的典范，超高人气小说《盘龙》[②]中，主人公林雷，一个被人小瞧的男童，为了尊严，为了家族复兴，刻苦锤炼自己，在魔法师与战士两个系列的台阶上，不断前进，而最好的锤炼是与敌人战斗——适合的敌人总是及时出现，重大战斗之后，就会升级，这样的奖赏激励机制，令主人公总是斗志昂扬，令读者不断在肾上腺素、多巴胺的轮番刺激下，渴望“经历”战斗，渴望出现恰当的敌人，如同孙悟空师徒面前不断出现妖怪，读者会自觉为不合逻辑的战斗情节辩护，捍卫自己的快乐奖赏机制，也捍卫这些战斗背后的世界观、价值观。《盘龙》主人公在人、魔、地狱、光明等不同“位面”[③]的战斗中，给家族亲友带来尊荣与安全，救赎了自己的祖先，得到多种“神格”，融合了几大分身之后，成为超越天地的存

① 网络文学江湖上，人们把主人公不断追求升级、不停打斗、情节单纯、一条线平推的网文，称作小白文。主要读者群为人生经验与知识准备较为空白的青少年。

② 《盘龙》作者：我吃西红柿，起点中文网连载。

③ 位面：游戏、玄幻小说中经常出现的时空概念设定，通常是拥有独立法则的宇宙空间。

在，打破了宇宙壁垒，与宇宙创造者“鸿蒙”称兄道弟，并开始创造他自己的宇宙。

在这些作品中，主人公因为不断晋级的神通，取得了在人类社会的特权和影响力，享受人类的信仰，并最终主宰世界。也许阶级社会的秘密根基就在于此，当你在童年的时候，就已经因为各种原因，信奉等级观念，并把能力升级当成是获取权力、尊严、财富的通道，然后开始爬升，并捍卫其中的快乐奖赏机制，而你可以通过玄幻小说、影视剧作品，强化、复习这些快乐，补偿成功渴求，缓解身陷低等级处境的焦虑。

另一部仙作《神墓》从另一个角度突出了升级模式的力量①，开始阶段主人公辰南（他是一个沉睡的大神之子）从“神墓”中苏醒，游历天下，找寻伙伴，陆续出现的许多人物都很有辨识度，主人公性格倾向于绵软、幽默，情节也很精彩瑰丽，但是受到许多读者鼓噪，认为情节太松弛，紧张感不够，升级脉络不明显，作者无奈转型，增加了搏杀情节，主人公因为搏杀而升级，而搏杀总是需要价值观、心理与性格依据的——主人公的心性忽然变得冷酷嗜杀，却缺少足够转弯半径。当然作者还是在寻找各种战斗的理由，强调天地道义，强调为人类的尊严、自由而战。在读者期待与作者个人的文学理想之间，找到一条可以左顾右盼的中间路线，这可能是许多作者的梦魇，但那也确实是文学的生长点，《神墓》运用行动性、冲突性情节来表现各色人物心理、性格的深邃与雄奇，爱与恨的情感张力，令人惊艳，所谓“文学性”，本身就是一些快感模式的美学指代。

其他玄幻小说名著如《恶魔法则》②，展现人在不可回避的命运支配下，走向搏斗升级的人生，命运之所以被人接受，是因为它在磨砺你的同时，向你展示隐秘的快乐。《佣兵天下》展现战争中的友

① 《神墓》作者：辰东，起点中文网连载。

② 《恶魔法则》作者：跳舞，起点中文网连载。

情与爱情[1]，战斗与升级，链接了人性之温暖与快感奖赏机制，剖白了不同人物欲望之间的关联，这些都拓展了玄幻小说的边界——升级是必须的，但是升级之路可以延伸到很多隐秘深邃之处。

民族主义裸奔狂飙

在当代中国，最能够得到认同的公共情感，是民族主义情绪，其中的群体愿望满足模式仍然以个人快感为基础，以群体情绪相互激荡反馈，为主要通道和增强器，它具有强悍的情感与行为的同化能力，能够迅速肉身落地，裹挟现实中的人群。一个人裸奔，容易暴露他的各种弱点，一群人裸奔，既安全又有摄人心魄的气势，民族主义狂潮就是这样的集体裸奔。

在影视剧与网络文学的民族主义叙事中，民族主义与民粹主义合流的迹象很明显。这里有着世界最大的民族主义愿望—情感共同体，也有着相应的市场行销模式。而这一波次的抗战题材电视剧，最具价值观主导性，影响也最大，它们有着相通的气息。《亮剑》中李云龙妻子被俘为人质，在他淳朴的妻子的“要求下”，李云龙下令开炮，把妻子与鬼子同时炸死，李云龙后来得到年轻漂亮的女学生为妻；《狼毒花》的主人公常发，经常犯错甚至犯罪，他对淳朴美丽的梅子始乱终弃（为他生了孩子），后来在战场上，为免梅子被鬼子侮辱，用刺刀捅死了梅子，梅子“含笑而死”，后来得到了梅子的孪生妹妹夏雨的爱情，而夏雨得到了死去的（一直未同房）的丈夫家的财产经营权；《大刀》中的人物强奸了民女，将要被枪毙的时候，被强奸的民女高喊：别杀他，让他去打鬼子！

正是好人有好报！这些创作者用隐秘的欲望得逞的快乐奖赏，用民族主义蜜糖包裹犯罪快感，利用民族感情，把杀人强奸悍匪习

① 《佣兵天下》作者：说不得大师，起点中文网首发。

性包装为激情燃烧的质朴浪漫，以此强化他们的“民族至上”的理念。

网络文学中，这类荒谬的民族主义的裸奔更为汪洋恣肆，肆无忌惮。在男欲的小说里，世界围绕男性愿望而运转，在女欲的小说里，世界围绕女性愿望而运转，而在民族主义叙事里，世界是围绕中国特色的“民族情感”而运转的。

《全球三国》[①] 中，主人公李亦奇（未来人）驾着飞船（科技工业作弊器），降临东汉末年，收拢三国英雄，建立工业体系，统一国家之后，去征服全球，让人民信奉“一个种族一个文明一个皇帝一个国家”，因此纯洁而幸福，世界最大的种马就是主人公，那些碍事的敌人刘备与周瑜就去做汉奸好了，对他们的惩罚是正义的，他们的女人与世界各地敌酋的女人，都成为主人公温顺忠诚的女宠。

在《铁血帝国》[②] 中，一群对现实不满的军人、知识分子，利用时空机器实验室的管理漏洞，携带大量武器与科技资料、设备，集体穿越到了晚清，建立了一个军国主义国家。主人公刘云与女儿刘千桦是军人集团的两代领袖，两代皇帝，带领军事集团进行着压榨人民征服世界的旅程。战争可以增大军事集团的利益，所以他们热烈地高喊着民族至上的口号，因为极端民族主义意识形态，是他们的根本利益的最强劲表达。

这两部作品是统治世界的经典游戏格局，建立在身心快感机制上的一种帝国梦境，读者代入主人公，化身为统治者，享受着操纵一切的快感，他们不再是生活中的屌丝、路人甲乙丙丁，而是世界的中心，被崇拜被追随。

民族主义叙事快感——满足是丰润的，为读者提供“正义”的复仇与杀戮体验，令人多巴胺狂增，得到无负罪感的生理快乐热潮，英雄角色扮演与主宰世界的荣耀快感，天天激情，夜夜高潮。

① 《全球三国》作者：比萨饼，起点中文网首发。

② 《铁血帝国》作者：月兰之剑，起点中文网连载。

使得接受者成为一群拥有共同体验、情感倾向的巨大的共同体，随着累积效应，民族——想象的共同体，变为心身体验相通的情感共同体，“民族同胞”的同一性幻象，强化了民众从众、服从头领的心理倾向，使民众对民族主义快感模式产生依赖，并期待不断得到满足，这也是“民族感情”成为重要娱乐市场的原因。同时，在一定条件下，这种同一性的“民族情感”，迅速转换为现实生活中的同一性行动，以至于看起来他们拥有庞大而严密的组织，而其实是同一性的行为模式使然。

20世纪前期，民族主义包括敌我认知意识，在一些弱小国家抵抗外来侵略，构建民族国家的过程中，是有正面意义的，起到了凝聚民众组织民众的作用。然而在世界各地，皇权社会向公民社会过渡的历史窗口期，一个重要的普遍现象，就是民族主义的合法性被不断加固，以延长服役期，对冲民主主义潮流，转移国内矛盾，主要方法就是塑造强大的外部敌人和各种内奸。敌人、内奸的存在对这一模式非常重要，依据各种历史仇恨、现实利益冲突，乃至想象中的敌方阴谋，“创新”文艺作品与制造战略研究“新发现”，是重要而有效的，用以强化被害感与仇恨感，维系“敌、我、内奸”的人类群体结构认知，清除异见，加强内部控制。

在民族主义热潮中，能够对它的欺骗性具有清醒意识的文艺作品很稀少。网络小说《1911新中华》[①]展现了民族主义的双刃剑威力，具有特殊的品质。主人公雨辰穿越到辛亥年间，率领一帮热血青年军人不断取得军事上的胜利，统一了国家，与日本、欧洲列强正面对峙，始终风姿卓绝，成功地把自己塑造成革命元勋、民族英雄的形象，是新中华的民族精神象征。带领民族、国家，不断取得成功是很有快感的，“做”一个民族革命的圣人，万民景仰的主人公，更有快感。端立舞台中央，独享聚光灯是对英雄的奖赏。

作品的可贵之处，是写出了中国民族国家构建过程中，不同社

① 《1911新中华》作者：天使奥斯卡，起点中文网连载。

会道路之争的实际境况，一个民族富强的梦想，孕育在逼真性历史环境中，使这种快感体验比较结实而且端庄。作品中，知识分子主张实行宪政民主，中国成为文明世界的一部分，才是民族与人类的福祉，而民族主义的军人团体及其附庸则认为民主派是汉奸，中国应该走德国式道路，以铁血精神"淬炼"民族意志，在一个领袖、一个党团、一个民族、一个国家理念下，强调对核心力量和领袖的崇拜与服从，以达到国家"超常规"发展、军人团体拥有更多权益的目标。

长期的军国主义思想宣传，军队不受法律约束舆论监督等因素，使"新中华"军队暗流涌动，国内矛盾恶化，导致青年军人断然进行军事暴乱，以清除汉奸为口号实行夺权，但是雨辰才是睿智无敌的主人公，——在雨辰事先洞察、暗中布置、突然回师首都的胜利进军下，暴乱立即瓦解，追随他共同缔造军队与国家的何燧（倾向宪政民主）、李睿（军国主义团体代表），这两种极端对立的理想主义者，都自杀了，但是他们不屈的灵魂，依然在看着这个国家究竟走向何方。

利用民族主义却能够不受民族主义反噬，这种想象中的快感不断的好事只存在于文艺作品中，根据历史实践来看，民族主义狂飙的国家，会受到多重伤害，其一，敌视外界导致对外关系紧张，"清除内奸"导致社会分裂，因此民族主义"自我实现"为民族内外的敌对关系，助长暴力倾向，社会长期处于准战争状态。其二，由于长期的封闭性、排他性愚民化教育，精神控制，使得国民认知能力、心理整合能力、创造能力，整体落后于世界趋势，接受外来文明会产生扭曲感，妨碍现代化进程，社会走入歧途。其三，民族主义狂潮，很容易推动一个国家走上军国主义道路，发动对外战争，并为此付出无穷尽的成本，由于它必然的孤立而必然导致战败，害人害己。其四，在多民族国家内部，民族主义会加剧族群对立和分离倾向，并且难以化解，如果旧有社会秩序崩溃，国家分裂也随之而来。

公民社会的建立过程，也是对民族主义精神操控进行祛魅的过程。在人民共识的基础上，制定公平的社会规则，信息公开，价值多元，拥有众多符合伦理的精神快感模式，特别是群体愿望实现模式，由人民自主选择，是破解精神控制的良方。比如表现人性的光辉、灵魂的救赎主题，以宽恕与理性精神，构成超越对手的心理优势，那同样是一种快感模式，弘扬超越民族主义的人道理念，最终得益的是整个社会。

创作的伦理并非空话，创作者不可避免地要为接受者提供快感，乃至让接受者对某种快感模式形成上瘾与依赖，但是一个作者或一群作者，作为愿望—情感共同体中的主动轴心，不能滥用读者信任，用精神控制损害接受者的智慧与伦理水准，以达到个人私欲，那是邪恶的骗术。创作是一种精神领域里的权利，它也要受到公共监督，——任何使接受者上瘾依赖的事物，公众都应该给以足够警醒。

发表于《南方文坛》2013 年第 4 期，

署名康桥

网络小说中的民族国家想象

一

20 世纪 90 年代以来，中国民族主义潮流狂飙突进，特别是随着互联网技术的发展，亿万青年的生活方式网络化，民族主义情绪也愈加日常化，一些涉及中外纠纷的事件，可能迅速发酵膨胀为网络舆情事件，并且向现实生活扩散。而网络小说中的民族主义情绪也成为显著辨识特征之一，成为网络小说意识形态的组成部分。

但是要准确把握这一波“民族主义”的脉搏却并不容易，大体上是既往民族主义思潮的堆积，世界范围内的民族主义历史实践的投射，与现实时空的“中国人”的处境，相互碰撞激荡而致。

民族主义并无统一明确的定义，认可度较高的是本尼迪克特·安德森所说，“我主张对民族作如下的界定：它是一种想象的政治共同体——并且它是被想象为本质上有限的，同时也享有主权的共同体。”① “民族归属，或者，有人会倾向使用能够表现其多重意义的另一字眼，民族属性以及民族主义，是一种特殊类型的文化人造物。”②

民族主义思潮产生几个世纪以来，随着它在世界各地的滚动而

---

① 《想象的共同体——民族主义的起源和散布》第一章《导论》，作者（美）本尼迪克特·安德森，吴叡人译，上海人民出版社 2003 年版。

② 同上。

不断附着新的内涵。当民族主义于16世纪在英国兴起时，高扬的是“主权在民”原则，臣民转变为享有权利的公民。这样一个“民族”的范围包含全体人民，它是基于人人平等、自由主义—个体主义原则之上的“公民民族主义”，成为建构宪政国家的权力伦理基础。在法国，大革命推翻了王权，国王与贵族被消灭，自由和平等的思想激励了法国人，法兰西民族和人民主权，成为法国人新的效忠对象，在法兰西“民族英雄”拿破仑的带领下，法国人走上征服欧洲的道路，英雄崇拜勾兑进了民族主义。到了德国，德意志民族精神，是反抗欧洲先发国家英国、法国的压迫和侵凌，凝聚成德国式集体主义的重要武器，民族主义是德意志民族“特别优异”的思想根据，演化成为种族主义，成为引爆两次世界大战的祸根。①

正因为如此，现代欧洲人对于民族主义抱有强烈的警惕，和痛彻的反思。英国学者伯林说，民族主义是民族意识的一种“发炎红肿”状态，常常是一种受自卑感折磨的人的过度反应，类似压弯的树枝反弹②，是一种敌我认知的体系，——如果你不知道你是谁，就看看谁是你的敌人。因为这些反思和现实利害关系，那些作为世仇的“欧洲列强”拥抱在一起，产生了欧洲人认同和欧洲共同体，并把各自国家权力逐步让渡到欧盟，形成一种超国家的政治经济共同体。

而在美国，虽然那些最初的“美国人”是欧洲人特别是英国人后裔，但是在美国独立战争中，民族主义是“美利坚民族”和美国形成的重要基础，同时自由主义思想一直在场，形成了一种“宪法爱国主义”和“自由民族主义”，并以此强化来自世界各地，种族、

---

① 参见《民族国家：现代化五途》，作者（美）利娅·格林菲尔德（Liah Greenfeld）之《民族主义：现代化五途》（Nationalism : Five Roads to Modernity）。Greenfeld, Liah. Nationalism : Five Roads to Modernity. 哈佛大学出版社，1992. ISBN 0674603192。

② 《扭曲的人性之材》，第249页，作者（英）以赛亚·伯林，岳秀坤译，译林出版社，2009年1月出版。

文化背景殊异的移民的国家认同。

“二战”之后，亚非国家先后兴起了反对欧洲殖民主义，建构民族国家的潮流，世界上的独立国家总数迅速增加，但是人民主权的落实，却普遍有所延宕，现代国家形态的形成过程充满波折。

中国在欧亚大陆这一端，两千多年来形成了独特的“天下观”，中原政权是一种以中华文明为核心的帝国形态，帝国的国家认同是超越种族的文化中心主义，承认以儒家价值为核心的天下秩序，就可以纳入到中华文明帝国的朝贡体系。鲜卑等民族在中原建立政权之后，主动融入华夏文明，蒙元与满清这样的异族（对于中原来说）统治政权，只要承认孔孟为膜拜对象，就继承了统治的法统。正如韩愈所说：“孔子之作《春秋》也，诸侯用夷礼则夷之，夷而进于中国则中国之”[①]，梁漱溟说：“它不是国家至上，不是种族至上，而是文化至上”，“在保国与保天下之间，保天下是最重要的。”[②]

改朝换代不断，而华夏文明体系亦不中断。这种天下共同体延续到了晚清，面对西方的船坚炮利和社会达尔文主义冲击，发生了瓦解，——“物竞天择，适者生存”被中国人普遍接受，自强以保民族生存，成为压倒性思维。在这个过程中，存在着去华夏文明化倾向，特别是儒家思想被当成维护专制皇权的工具而批倒批臭——人们可能忽视了儒家思想本身蕴含着普世价值观，正像西方文艺复兴以来逐渐形成的普世价值观，同样可以从古希腊古罗马思想资源中寻求源头，而“物竞天择，适者生存”基础上的社会达尔文主义，更可能成为集权主义的工具。

近现代民族国家思想反复激荡着中国人的“天下”，交替影响着中国人，而强国梦则代代相传。那些累积的民族国家知识和民族主义情绪，在当代中国人心中生根开花，也在网络小说作者们的心

① 《五百家注昌黎文集》卷一一《原道》影文渊阁四库全书本。

② 梁漱溟：《中国文化要义》，《梁漱溟全集》第 3 卷，山东人民出版社 1990 年版。

中荡漾，在作品中折射出无数种民族国家想象奇观。“穿越”历史小说，是最方便作者把自己的民族国家观念、社会意识付之于“实践”的，现实中的一些限制，被作者甩脱，而读者也喜欢那些恣意的梦想实现过程。既往的历史小说通常假定“我们”能够知道历史中发生的“真实”现象，企图“再现”历史事实，其实这本身就是一种“假定”，是否符合历史真实，根本无从证明，——作者不是无所不知的上帝。而穿越历史小说也是借助于一种假定——现代人能够（身体或灵魂）穿越时空，进入任何一段历史，带着我们的知识，带着现代民族国家的组织理念和方法，去改变历史，——那是我们的“亲身经历”。

从民族主义和民族国家想象的角度考察网络小说，可以靠近、抵达当代中国青年的思想渊薮，那些可能被日常生活秩序所屏蔽的欲求，可能才是真实的愿望，而日常话语恰恰可能是一种掩饰或策略性表达。

去穿越吧。

二

同样是穿越，有人会穿越到平稳的历史时期，有人会选择历史危急关头，这种选择其实已经设定主人公的行动的范围。虽然网络小说中大多数穿越者，是因为偶然事件而“被迫”穿越到古代，如雷击、车祸临头，那确实是人力不可抗拒的，但是这显然来自作者的选择。

如果主人公穿越到了皇权稳固的时期，与皇权主导的权力体系合作，与皇帝建立特殊的友谊，是最为便捷的成功之路，然后在很短（尽可能短）的时间内，在朝政、抵御外患、挫败谋反、开办工商企业和建立新的机构等方面，建立功勋，——这些对于皇权的稳定至关重要的政绩，有助于主人公快速获得权力、财富和美色等等，顺便把自己作为现代人所知道的，现代民族国家社会组织理念和方法，通过影响皇帝而改变历史进程，达到“人生意义”最大化。

受到读者热烈追捧的《回到明朝当王爷》（作者：月关）和《极品家丁》（作者：禹岩）就是这样的代表作品。[①]

《回到明朝当王爷》的主人公灵魂穿越，附身到了明朝中叶长城脚下、鸡鸣驿的一个穷秀才“杨凌”身上，因为与长城守军一起，抵抗了关外游牧民族的攻击，展现了“军事才能”，受到朝中大员的赏识，而成为太子——后来的正德皇帝“伴读”，开始了他们不平凡的友谊。正像金庸的《鹿鼎记》里的韦小宝和少年康熙一样，这种彼此信赖的关系，显然是主人公迅速成为“少年大官”并影响朝政的关键因素，然后，杨凌和韦小宝一样都娶了公主（都是“被迫”的），成了皇权网络的重要一环。

杨凌给贪玩而且厌恶“腐儒”说教的太子（正德皇帝）灌输了很多近代民族国家的意识，把晚清闭关锁国落后挨打的情况，假托海外“天方国”故事说给他听，极力主张开放海禁，开展对外贸易和编练海军，使中华民族具备向外开拓的精神。杨凌认为，要改变明朝后来亡于满清和近代中国落后挨打的历史轨迹，在明朝中叶调转航向才是最佳时机。当杨凌掌握权力以后，建立了融合工商企业与情报机构于一体，并凌驾于臭名昭著的特务机构东厂、西厂之上的“内厂”，纠合了大量体制外力量，南下江浙，平息“倭寇”，招降四大海盗——那是海军人才啊（所谓倭寇，其主力和首领都是中国海盗），又得到葡萄牙海军世家之女阿德妮（因涉嫌叛乱流亡中国）等西方人士的帮助，改良火炮，编练火器部队，在亚洲建立了最早的近代武装，趁势南下，占领了海外贸易的咽喉要地马六甲

① 《回到明朝当王爷》作者：月关，起点中文网连载，《极品家丁》作者：禹岩，起点中文网连载。

海峡，进行武装殖民，——正像西方列强曾经干过的那样，西方后来的工业化、自由贸易和殖民主义，由于这些穿越者到了古代，由“中国人”提前进行，因而中国领先于世界——在穿越者的时空里。

而对长城以外敌对的游牧民族，杨凌力主“顺我者昌，逆我者亡”式的“制服”和强行融合的政策，主人公声称：“一个民族的英雄，往往会成为另一个民族的恶魔。如果一定要付出血的代价，才能换来和平的永恒，那么，就让我杨凌，来充当这恶魔的角色吧”[①]。杨凌带着他的军队一路向北征服，最后成了大明朝的“西伯利亚王”，远离中原和大明权力中枢，既永久消除了大明王朝的北方威胁，也避免了受到皇权社会的猜忌，落入功高震主、狡兔死走狗烹的结局。

若不是杨凌与正德皇帝的超级友谊，杨凌的那些违背祖制、违背儒家理念的行为，足以让他死无葬身之地。正德皇帝无条件支持他，是否也有另一重原因，基于皇权架构的“改良”运动，最大的推动力仍然来自皇权对于江山永固的渴望？

《极品家丁》中的主人公林晚荣，因为在泰山旅游坠落山崖，而穿越到了一个“大华”朝。这个朝代不在我们熟知的历史中，而是在一个被改变的时空——当初刘邦、项羽争天下，是项羽赢了，因此“历史”岔了道，天下几番鼎革到了大华朝。林晚荣到达的时间约等于“真实历史”中的明朝末年，历史条件也与明朝末年相似，——这样“架空”历史，当然给作者带来很多便利，比如大华朝的北方不是满蒙民族，而是一个强大的突厥国家，不必囿于历史真实事件的限制，完全根据主人公的行动线索来编织“历史”景象，因此，更能体现作者个人的思想意识。

林晚荣穿越到达大华朝的金陵之后，从大商人家族的家丁开始做起，迅速以穿越前（销售经理）的商业技能和享乐主义精神，开始了大华朝情景下的创业。他的商业头脑和手段，大华朝人民闻所

---

① 《回到明朝当王爷》第 450 章《初履兀者卫》。

未闻，见所未见，对国家、社会与文化的见解也十分令人惊奇（当然了，多了几百年的见识嘛），现代享乐主义者的泡妞大法也大获成功。正像一个普通的现代青年，并非时刻想着国家民族的责任，林晚荣是为了自己和亲友的感情，才去报效国家。他一直在回避做官，回避上前线，——但实在是自己的才能太大（包括军事才能），大华朝非他不可，因为众多的老婆中有两个是公主，才为皇帝服务，才立功，才从军。果然是修身（阴阳双修）、齐家（发财、泡妞、平衡各色美女老婆争风吃醋）、治国（阴谋诡计心黑手狠）平天下（民族主义胜利进军），这就是享乐主义者的爱国想象，一路泡妞泡到权力中枢，泡出国门，泡出国家利益，凭意淫可以跨越任何国家必然要面对的现实困难。

林晚荣遇到的民族大敌，是强大的突厥国，该国骑兵一直压着大华的军队打，恰如宋、明两朝军队的遭遇。林晚荣擅长使用火炮，并且使用现代的方法练兵。以大华朝的军队实力，战胜突厥军队几乎是不可能的，但是林晚荣做到了。趁着大华与突厥大军在国境线对峙，突厥后方王庭空虚，林晚荣率领万余人从西北大沙漠绕行，准备突袭敌方中枢。然而，他遇到了假扮行商的突厥女王——一个美丽而野性的女子月牙儿，在大沙暴中，在与天地搏斗中，在互相征服中，在彼此敌对与爱慕中，完成了军事冒险的旅程。在大华军队突袭突厥王城的过程中，女王月牙儿连珠箭几乎灭杀了她的爱人与敌人林晚荣。当突厥军队崩溃，在双方的停战谈判中，二人再次面对自己的爱恨情仇，白天，为国家利益，双方针锋相对，夜晚在国境线密会，彼此抵死缠绵，最终月牙儿代表突厥在不利于己方的条约上签字。特别是在国境线上建立自由贸易区的政策，提倡和鼓励双方贸易、迁徙、通婚、自由往来，以贸易为纽带，迅速打破民族隔阂，让两个民族互融共处，——这种方法显然比战争更有益于双方，是消融敌意的有效手段，也是让突厥民族逐步放弃自身游牧特性的慢性药物。在全球贸易的时代司空见惯，在大华朝却是一个创举。

显然，凭好莱坞式的爱情和“现代意识”化解民族与国家的冲突，在大华朝，非穿越者林晚荣莫能办也。

在大华朝，有一个“玉德仙坊”，其理念和组织形态类似于宋明理学和道家修炼术的集合，门人弟子遍及天下，一直被看作是大华朝的精神支柱，凌驾于皇权之上，他们高举仁义和天理的旗帜，反对奇技淫巧，反对林晚荣等人开办的近代西方色彩的学校，更反对公主肖青旋与主人公的结合，因此林晚荣率领军队，炮轰“玉德仙坊”，以威胁朝廷的非法组织之名，取缔了该组织。虽然是娱乐化的处理手法，但是很明显透露出很多现代中国人的想法：儒家与道家这些本土思想是实现富国强兵的障碍。在穿越小说中反对、讥讽儒道思想，也是常见景象了。

那么林晚荣的恣意妄行，就不会被看作是对皇权社会的威胁吗？不会，因为大华朝的皇帝和他有特殊的缘分，皇帝因为没有儿子，只有一个亲王弟弟还是叛逆，所以皇位继承人空悬，他打算让林晚荣冒充他的儿子，而林晚荣不愿意接受皇帝这个苦差——最终是林晚荣与青旋公主的儿子继位。（架空历史的便利之一，不受历史规则约束）。

享乐主义者通过与最高权力勾兑，既得到荣华富贵，也能展布家国情怀，建立近现代国家框架下才能有的社会、经济组织，经常显示一下对权力并无兴趣——最后功成身退，在集权社会里来去自由，做一个独立、潇洒的富贵闲人。这样把严肃问题娱乐化，意淫式穿越作品常见而且广受欢迎，还是耐人寻味的。

现代人的独立意志、民族国家理想与皇权结构下的臣民社会之间，可以和平共处吗？另外一些穿越架空历史小说告诉我们，不行。

三

有一些网络小说具有人们熟悉的人文气息和思考维度。如果愿意面对，当然会知道集权式君主社会与自由意志之间；“普天之下莫非王臣，率土之滨莫非王土”，与“你是你自己的主人，国家是你的国家”，这两种思想意识之间会存在怎样的紧张关系。

《庆余年》（作者：猫腻）[①] 的主人公，此岸世界里的多余人，身患肌无力重症，濒临死亡。他的灵魂穿越、附身于异时空之东方社会，庆国，一个身份复杂的婴儿范闲身上。他一睁眼，就看见血腥的残杀，有人要杀他，而两个救他的人，是“他”那个婴儿母亲忠诚的部下、仆人。

这个时空的庆国，是一个深受范闲生身母亲叶轻眉影响的国度，很有些（我们这个世界）近代社会的面貌。中原是强大的庆国，与北齐、东夷城三足鼎立，中原之外还有西蛮，北蛮等游牧民族国家，国家地理格局则与宋朝或五代时期相仿佛。叶轻眉的灵魂是另一个来自“现代中国”的穿越者（可能是理工科女博士），她帮助现任皇帝继位，并且和他生了一个儿子——后来被范氏收养的范闲，她给庆国带来了近现代工商业，邮政系统，国家政治军事机构，特别是监察文武百官的监察院。但是她被谋害了。

范闲作为庆帝与叶轻眉的私生子，作为一个庆国人，长大后在亲友故旧的帮助下，开始了走向权力、财富、情爱的神奇之旅。在“一切为了庆国”的口号下，为朝廷建功立业，消弭叛乱，与敌国势力拼杀，接手母亲留下的工商企业，改善经营，清除贪腐，接手母亲留下的监察院，治理腐败。在朝廷倾轧中，始终站在皇帝一边，全力为庆国统一天下尽力，而皇帝也特别欣赏喜爱这个奇特的私生子。

---

① 《庆余年》作者：猫腻，起点中文网连载。

但是庆国皇帝具有强大的控制欲，你要么成为他的附庸，要么成为他的敌人而被消灭。你可以荣华富贵甚至贪腐，甚至欺压小民，这些特权也许正是给你的奖赏，但是你要绝对忠诚于皇帝，不可以有独立思想和意志，对于“忠君爱国”的宠臣，也许是如鱼得水，而“自由人”或者尚有朴素正义感的人，必然不能忍受。

当范闲知道“母亲”叶轻眉死于庆帝和庆国军方的合谋，当他知道监察院门口的牌坊上原本铭刻着什么，而又被屏蔽了什么。他开始准备复仇。为了“母亲”而向“父亲”复仇。

监察院门口的石牌上原本铭刻着：“我希望庆国的人民都能成为不羁之民。受到他人虐待时有不屈服之心，受到灾恶侵袭时有不受挫折之心，若有不正之事时，不恐惧修正之心，不向豺虎献媚，我希望庆国的国民，每一位都能成为王，都能成为统治被称为‘自己’这块领土的，独一无二的王。”①

每个人都能成为王，自由，不屈服于他人，这种主张正是叶轻眉被害的原因，如果说工业化、自由经济最终会导致个人权利的觉醒，但并不是立即显示出其利害，正像我们这个世界无论是东方还是西方，皇权社会向公民社会的转变，都是伴随着工业化城市化的漫长旅程，而叶轻眉寄望于庆国人民的，却会立即威胁到皇权和权贵阶级，人民丢弃了奴性，皇权社会马上崩溃。因此她必须死。叶轻眉死后，她建立的工商企业变为权贵阶层捞钱机器，政府机构变为官场倾轧的工具，她建立的监察院原本是为了监督皇帝和官员，则变身为庆帝控制人民的特务机构——皇权社会就有这样化神奇为腐朽的能力。

叶轻眉带来了庆国的强大，帮助庆帝登基并成为傲视天下的武学大宗师，她使庆国国民具有了一些现代国家意识，她却因此而死。对于范闲来说，与其说是杀母之仇，还不如说是灵魂的同类被害带来的伤痛。您不能安享您的荣华富贵，而蔑视灵魂的呼喊。

---

① 《庆余年》第七卷《天子》、第九十四章《监天察地不肯退》。

范闲给自己的报仇定位为私怨，只求两个人公平一战。虽然北齐、东夷城——另外两个中原国家势力，因为惧怕庆帝的暴政，愿意携手对抗庆帝，但范闲不愿意私怨牵扯到国战，为私怨而与敌国携手，过不了自己的国家情怀这一关。——而范闲并非庆帝的对手，杀死他的是范闲的妹妹，范诺诺，另一个遭受庆帝控制又在范闲影响下觉醒的青年，她扣动了一支狙击步枪的扳机，那是叶轻眉留下的礼物。

觉醒的还有原监察院院长陈萍萍，一个受到叶轻眉平等对待的太监，庆帝眼中的忠诚的狗。在庆帝已经要清除他的时候，陈萍萍冒死来见庆帝，当面控诉其谋害叶轻眉的罪恶。

“血是很难洗清的，你当然不会让血流到自己的手上……你的双手依然洁白，你永远是无比的光明正确，手上有血的只是龙椅下面那些愚蠢或是暴戾的人们……”

（庆帝）睁开了双眼，眼眸里一片平静与肃然，说道：“那又如何？……朕身为庆国之君，必要为天下百姓负责。”

“和百姓有什么关系？”陈萍萍冷冷地看着皇帝，“……你忽然发现她的想法，对于这把椅子有太大的伤害，就算她现如今不做，但她留下的火种，说不定什么时候，就会把这把外表光鲜，实则腐烂不堪的椅子烧成一片灰烬。”①

陈萍萍被千刀万剐，凌迟处死。庆国百姓围观、欢呼，嘲笑陈萍萍双腿之间是空的。他们并不知道陈萍萍残缺的是身体，而他们自己残缺的是灵魂，是一些容易被蒙骗，为残杀感到刺激欣喜的灵魂，如同鲁迅笔下追逐人血馒头的那些生灵。

《明》（作者：酒徒）② 带着理智的态度和现代文明的基本准则，构想了现代人穿越之后所能遇到的情景。

工程师武安国意外穿越，到了明朝朱元璋时期的北平之北，从

① 摘录于《庆余年》第七卷《天子》、第九十四章《监天察地不肯退》。

② 《明》作者：酒徒，起点中文网连载。

开办小钢铁工厂开始，聚集了很多工匠、市民，开办学校，把财产权利和平等理念带给了人们，逐渐带动了北平地区及河北山西等北方六省的工商业革命，由此改变了社会基础，营造了一个工商阶层，与官员、军人、平民多赢的局面，建立近现代的社会经济组织如证券交易所，报纸，民众自卫军和议会等等，开始了议会制时代，复制了英国式的改良道路。

在北方之王朱棣尚未取得全国政权的时候，北方的强大，有益于他的地位稳固和话语权，所以他是武安国的同路人。而在南方，朱元璋死后，太子朱标继位，形成朱棣北方新政，与南方皇权下理学治理的对峙。朱元璋与朱标知道新政可以富国强兵，但是更知道实行新政后，国家将不为朱姓所有。

在这种对峙中，北方越来越强，终于赢得了天下人心，但是朱棣和其他朱姓王爷，会心甘情愿地放弃实质性皇权制度，而推行“虚君”的立宪制吗？大明朝民众感受到享有自身权利的好处，和皇权对自身利益的危害，以及不受制约的权力是怎样导致官吏贪污腐败、不作为、对民众的掠夺欺压，导致社会溃疡的。经过艰难的斗争，最终在更多的觉醒者的推动下，大明朝选择了君主立宪制，通过议会来解决权力冲突，放弃用武力争夺国内权力分配的诱惑，取得改良成功。

主人公本人并不追求绝对权力，是清教徒式的理想主义者，克己，率真，但不折不挠。穿越到了古代也绝不妻妾成群，而是恪守现代文明准则。他也不是大圣大仙，而仅仅是把现代社会常识性知识带给大明朝，由大明朝民众自己选择道路。作品中许多内容都不是围绕主人公展开的，但在不断觉醒的人们的行为中，却处处表现出主人公的影响。呈现了君主社会向立宪社会转变过程中的社会变化，也不回避“民主初级阶段”必然会出现的简陋可笑之处。

在主人公克己的理想主义的行为后面，折射了作者对近现代中国历史的思考，——克己就是一种明智，如果你放纵自己的权力欲望，做支配天下的英雄，享受“试问天下，谁主沉浮”的豪情，权力最终会使你异化，走向自己的理想的反面。那么，谁是英雄呢？

主人公在南京玄武湖立下了纪念碑：“五年来，在所有战争中，为了保卫国家，保卫民族，保卫百姓利益而牺牲的英雄永垂不朽。

“五十年以来，那些反抗一切暴政与外辱，为国家与民族而牺牲的英雄永垂不朽。

“由此上溯到五千年前乃至更古，从那时起，为了反对一切压迫者与入侵者，为了保卫国家不受侵犯、民族不受奴役，保卫个人的平等、自由和尊严不被践踏而牺牲的英雄永垂不朽！”[①]

异族的奴役不能忍受，那么来自本民族的奴役就该忍受吗？或者奴役其他民族就是应该的吗？反抗一切奴役，为人民争取自由和尊严的人才是英雄。这是民族主义者都该面对的问题。

四

在穿越目的地历史条件相同的情况下，如何对待种族问题与国家制度安排，不同的穿越者做出了不同的选择。同样是三国题材，《全球三国》与《商业三国》呈现出截然相反的面貌和价值观。

《全球三国》（作者：比萨饼）[②] 设定的是一个公元3000年后，基因改造过的具有长生不老性能的人类李亦奇（字：核心），驾驶着时空飞船，因故障，降临到中国汉朝黄巾起义之前夜，江南绍兴附近的山越族的地面，强人李亦奇立即成为山越族群崇拜的神灵，他开始建立“黄埔军校”，组织军队，用基因技术改造了粮种，开矿，打造兵器，在剿灭黄巾军的过程中，创下名头，得到官职，因而以江南为根据地，——正像其他三国诸侯所做的那样。三国时代

① 摘录于《明》第三卷《国难》、第十二章《英雄》。

② 《全球三国》作者：比萨饼，起点中文网连载。

来临，李亦奇已经以现代社会组织方式和工商组织方式，建立了富裕强大的“大元王国”，领先其他诸侯很多，他不断把三国英雄们收做部下，并不断把三国美女，特别是各路敌对诸侯的妻女收进自己后宫。

占领北方的曹操为了笼络他，把女儿嫁给他，后来李亦奇势力比曹操势力强大得太多，曹操毅然退位，把政治军事势力，都交给李亦奇，——他们是一家人，而李亦奇的敌人刘备、孙权、周瑜等则流亡投靠异族，做了“汉奸”（夺他们的女人和江山，再从道德上彻底污名化，——一种自我实现的想象和言说策略：敌人按照你的愿望去扮演角色）。

李亦奇统一中原后，开始征服世界。他把蒙元大军和西方殖民主义、种族主义者干过的事统统干了一遍，培养了一大批种族主义者和军国主义者，让他们在对外征战中获得富贵和荣誉。他们经过李亦奇洗脑，对待异族已经没有任何道德负担，因为无耻而无敌，他们席卷全世界。在大元帝国成立的阅兵典礼上，“李亦奇发狠道：蒙古人有强卓无比的武功，却无相应的文治，结果，这个大元帝国很快就衰落了！今天，新的大元帝国诞生了！李亦奇的嘴角掠过一丝笑容：他不会重蹈旧辙的，（其实李亦奇抢在蒙古人之前了），他要以强过蒙古人的武功，不只是横扫欧亚，而是要横扫全世界！然后再以包容性极强的中华文化，去同化全世界！他的文治，将和他的武功，相得益彰！世界，终将是中国人这个黄色人种统治的世界！”①

这类意淫，在很多网络论坛上很常见，这种意淫方式根本就不是中国特色，“包容性极强的中华文化”与种族主义是不兼容的，中华文化的根本主张是反对种族主义屠杀的，而是主张以“仁义礼智信”作为价值观，吸纳异族和同化异族，建立文明帝国。这是欧亚大陆东端为何是一个分久必合的“华夏”统一国家，而历史上的

① 《全球三国》第三章《一统三国》篇、第三十八节《开国大典》。

欧洲为何是几十个不相融的国家的重要缘由。而近现代中国人在接受社会达尔文主义和民族主义之后，欧洲人从惨痛的种族主义仇杀中清醒，寻求建立共同价值观基础上的国家联盟。东方与西方向对方跑去，彼此擦肩而过时，都向对方骂了一句：野蛮人！

李亦奇的根本主张是：一个皇帝、一个宗教、一个民族、一个帝国。所有的近现代民族国家的政治、经济、军事组织方式，都是他加强个人权力、强化民众忠诚的工具。为了防止腐败和提升社会效率，他也赐给民众议政和监督官吏的权利，在基层建立了类似议会的机构——乡议局，但最高权力牢牢掌握在他自己手里——不，掌握在得到他信任和授权的后妃们手里（因为他相信她们的忠诚），由于后宫庞大，而且很有不同地区、种族的代表性，他在后宫里建立安理会和三权分立的制度，立法司法和行政相互制约，治理天下。他本人则率领军队继续去占领更多的土地和女人。在意淫中，原本不兼容的皇权社会与现代国家机器，拼接在一起，一种工具实用主义，——而李亦奇准备做上一千年的皇帝。

这是一个关于欲望的故事，个人欲望和种族主义欲望集合在一起，并得到最大化的满足的叙事模式，但它并不是作者一个人的白日梦故事（这种杀尽异族独占全球的网络小说很常见），而是一批种族主义者的共同心理模式：一个足够大的群体，他们为自己做任何事都具有合理性，任何敌人都该清除——因为他们是“一个伟大的民族”，而敌对民族敌对势力非常“配合”地，表演着低劣丑恶的形象，就像希特勒眼中的犹太人。

在现实世界中，被种族主义“激情”所魅惑的民族国家，一定是暴起暴落的，因为种族主义必然是排外、以世界为敌的，内则清除异己，外则发动侵略战争，当然也被世界所孤立乃至联手打垮。法西斯德国和军国主义日本，殷鉴不远。以连贯性的通约的价值观作为国家的根基，是明智的负责任的，证之于历史，能够长治久安的“文明帝国”才是真正的强国，才是对人类文明具有较大影响力，对他国人民具有吸附力的国度，如中国之汉唐，西方之古罗马。

《商业三国》(作者：赤虎)[1] 以弘扬公民精神和契约精神为主旨，呈现的是关于民族国家联邦建构的理想，而不是个人欲望。

主人公领着几个教师身份的伙伴，去野外考察，意外坠入时空隧道，穿越到了汉末的泰山，遇到刘备等人被强盗劫杀，因而冒充刘备的身份。黄巾起义在即，天下大乱将至，他们无意投身镇压黄巾以博取功名的“时代大潮”中去，而是招募工匠与流民，进入辽西屯田，筑城自守，开始工业生产，取得明显优于时代的军工优势，并很快回头占领了青州，以此为根基，建设自己的国家。

同时以商业文明，以公民权利、契约关系来构建社会，以元老院决策的城邦共和体制为基础，建立联合不同地区、民族的邦联体系，任何个人与组织都不拥有绝对权力。塞外部族和三韩地区，自愿加入了这个能够保障各自权利和安全的邦联，并逐渐接受了青州的理念和制度。青州与中原各路诸侯的竞争，既是军事力量的竞争，也是制度的竞争，用保障公民人身安全财产权利的制度，来吸引民众归附。即使军事力量已经明显领先于诸侯，他们也无意于杀人夺地，因为，他们更希望建立一个以文明和法制为基础的国度，而不是无数治乱循环的朝代之一。他们借鉴的榜样是古罗马这样的“千年法律帝国”和英联邦法理制度(公民权利伦理基础上的内政治理，法律框架下的各地区关系)。

到青州去，成为“公民”，还是在留在其他诸侯治下，朝不保夕，甚至充当菜人？千千万万的民众做出了选择，到青州去！

在很多穿越三国的小说中，“刘备”是个虚伪的人物，因为他讲“仁义”，十万民众相随刘备逃亡，都是被骗，这些作者相信，“绝对的实力”才是根本，——可是，如果没有民众跟随聚集，又何来“绝对的实力”？

---

① 《商业三国》作者：赤虎，起点中文网连载。

《商业三国》呈现的制度保障下的公民权利，不仅仅是情感色彩的“仁义”和道德号召，“青州”的民众知道自己的权利，更知道自我组织起来保护自己的权利，无须像其他诸侯那样，先掠夺民众，积攒财富，再花钱养兵，“青州”受到威胁时，民众按照预备役制度，瞬间可以组成百万大军，因此“青州”不可战胜。这样的社会制度和理念，当然会对皇权社会下的诸侯（他们自己想当皇帝，是“皇帝预备役”）形成压力。“曹操”开始模仿青州制度，但是他能够学到的，是一些诸如民兵预备役这些外在模式，而不是民权理念，从把民众当成“菜人”充当军粮，到强制民众服兵役，民众都是一种有用的物品，与“青州”价值观、逻辑起点的不同，导致他的模仿效果有限。现代社会组织方式，如果撇开它的理念基础，只当作一种社会工具来使用，是不可获得长久的效果的，而最终，这些“工具”会脱离统治者的掌握。

《商业三国》中的刘备，在获得诸侯竞相争夺的“传国玉玺”之后，并没有看作是登基称帝的吉兆，而是当众摔碎了玉玺，——虽然他的实力和威望，无人可以挑战，刘备克制了自己成为威临海内千古一帝的诱惑，你的权力的成功，意味着你的理想的失败，多少好汉，在这种诱惑下，从万民敬仰的英雄堕落为独夫民贼。刘备与伙伴们要开创一个文明的时代，而不是个人和子孙的荣华富贵，他们压迫诸侯和大汉朝廷，接受了君主立宪、三权分立、丞相任期制、保障公民权利和地方权益的法律制度，接受了“青州”的制度和理念，大汉皇帝与中央政府还在延续，但是“青州”赢得了天下。

他们赢了。华夏民族赢了。

而另一些穿越者还在为了自己和子孙的功业征战着。他们都会赢的，人类很少在“意淫”中，想象自己最终会成为失败者。

五

在穿越小说中，不仅现代人的思想与古人的主张，存在对立的紧张关系，在这些人造“历史”景观中，不同的现代理念和主义之间也存在冲突。

皇权社会形态向公民社会形态的过渡，英国用了数百年反复博弈，法国在民众革命与王权复辟之间来回拉锯，德国的法西斯主义和日本军国主义，更是给世界给其本国带来灾难，最后在外力压迫下，过渡到公民社会。俄国在改良与革命中轮回，无论是改良路径还是革命路径，都充满了历史性波折和主义之间的搏杀。在中国近现代历史上，改良与革命、宪政与专制、对外开放与排外保守，反反复复，进进退退，伴随着被侵略的历史，民族主义情感分外复杂。

《曲线救国　二鬼子汉奸李富贵》（作者：无语中）[①] 的主人公是一个思想另类的穿越者，其他穿越者无论政治主张如何，纷纷扮演民族英雄的角色，而“李富贵”明知自己的行径会被看作是“汉奸”（其实那是洋务派的宿命，在中国历史进程中，洋务派的真实处境是生得憋屈、死得窝囊），李富贵却坚定地走自己“曲线救国”的道路。

一个大学生穿越到了清朝咸丰年间（太平天国已经起事）的苏北，生活无着，只好投身教会，成了二鬼子，充当买办，利用洋人赚取了第一桶金，开办实业和银行。在太平天国席卷天下时，操办团练，利用洋人、朝廷与苏北民间势力，发展起一支近现代军队，稳定苏北皖北局势，在战乱中开创新天，在局部地区实现工业化和地方自治。得到另一个穿越者“李叔”支持，洋务运动得以实质性成功，在经济、军事实力和政治体制优势上，把其他地区、其他势

① 《曲线救国　二鬼子汉奸李富贵》作者：无语中，起点中文网连载。

力远远抛在身后。在纵横交错的国际关系中，利用列强之间的矛盾牟利，因为与洋人打得火热，而不怎么讨好忠君爱国人士，被朝廷和民间视为汉奸二鬼子。但是他的实力强大，反对者也只能望背兴叹。

李富贵依赖工商阶层，并给治下民众带来实际的好处，所以追随者众多。并尽量以和平方式统一中国，把退位的清帝放到日本做“中日友好委员会委员长”。把俄国势力从东北、西北驱赶出去。——国人这才发现，这个“汉奸”才真正维护了国家利益，那些高喊爱国口号的人，要么私心自用，要么成事不足败事有余。李富贵成了大英雄，国人蜂拥而上，拥戴李富贵称帝，建立第二唐帝国，但李富贵旋即谋求把帝国改为共和国，以议会为国家最高权力机构。自己操纵议会弹劾自己，以废帝身份自我流放夏威夷，清醒地克制自我欲望，权力，财富，美色皆不多取——终成一代伟人，万世楷模也。

这部作品与民族主义叙事、革命叙事逆流而动，展现了一种勇气，但比较起沉重的历史事实，还是太轻松了，——晚清年间面临“五千年未有之变局”，并不是可以在权力场中来去自由的时代。

《1911 新中华》(作者：天使奥斯卡)[①] 呈现的场景比较接近于中国的历史进程——虽然主角们换了一茬人。故事依然来自幻想，但那似乎是对历史状况的想象性重组。

一个在现代社会无所作为而又心有不甘的小白领雨辰，在与女友分手之际，被一道蓝光击中，到了另一个平行世界的辛亥革命爆发之际。在南京以东，遇到新军第九镇攻打南京失败的败兵，雨辰当即冒充孙中山先生的部属，带领这帮军人去上海进攻制造局、政府机构，光复上海 (辛亥年间，陈英士等人干过的事情)，成立军政府，铸造有雨辰头像的银元，成立光复银行，迅速扩建军队，自命中华苏沪革命军司令。率领一帮热血青年军人攻下南京后，与没

---

① 《1911 新中华》作者：天使奥斯卡，起点中文网连载。

有实力却热衷争权夺利的民党逐渐分离，“在建设更好的新中国之前，保持自由行动的权利。”（雨辰语）

在民族主义旗号下，雨辰率领着青年军人们北伐，从苏北一隅之地，开始新政，尝试地方自治，直到打败、整编北洋军，统一国家，与日本、欧洲列强正面对峙，始终高昂着理想主义者的头颅，成功地把自己塑造成革命元勋、民族英雄的形象，取得了民族国家的执政合理性。这个“新中华”要在贫弱、散漫、愚昧的国度里，同时完成几个历史使命——富国强兵，实现工业化，建立现代政治体制，成为主导世界局势的大国。像民国早期那样，在这个“新中华”，各种西方进口的政治理念，各种利益阶层，特别是议会民主体系与强人政治二者之间的冲突贯穿始终。自由经济、议会、政党政治与现代军队，这几种力量构成现代国家基石，但在“新中华”，彼此的作用却是对抗性的。

宪政民主理念和军国主义思想争夺着这个国家的前途。宪政民主要分权制衡，特别是对最高领导人和军队实行制约、监督，这些宪政派认为英美道路是正确的选择，而激进民族主义的军人团体则认为中国应该走德国式道路，以铁血精神“淬炼”民族意志，在一个领袖、一个党团、一个民族、一个国家理念下，强调对核心力量和领袖的崇拜与服从，以达到他们国家“超常规”发展、军人团体拥有更多权益的目标。国家日益强大而前途选择越发急迫。个人或集团争取权利最大化，并无奇异之处，差异在于，有些社会权力斗争按照公平规则进行，失败者能够平安退出，而有些社会只靠强权争夺，赢家通吃，失败者死无葬身之地。

在“新中华”走向现代化的过程中，现代军队的建立是一个起点，它要承担抗击外侮的重担，也要起到组织社会、组织民众、构建国家的重要作用，是最有效的组织方式，但它也是最难以控制的组织。雨辰在革命早期，就通过理想主义团体“青年军人联合会”控制他的军队，试图对民族主义情绪既利用又控制。当这些青年军官排成两排，在那里对着孙中山（象征着革命法统）和雨辰（实际效忠对象）的相片宣誓的时候，神圣感、归属感降临——

“‘余誓以至诚，拥戴中山先生和雨辰师长。为刷新政治，打倒不良政府，诛绝国贼而奋斗终生。保持军官本色，不怕死，不爱钱。坚决服从雨师长的一切命令。如有违此誓，愿受组织最高制裁。’

“当宣誓完毕后，这些青年军官们好像之间的感情都不相同了。互相点头微笑致意，目光中闪烁的都是兴奋。

“是啊，冬夜，隐秘的小屋，年轻的同伴，远大的志向，严格的纪律，追随的偶像……这些对青年们有着无比的吸引力。他们一个个地单独离开了小屋。每个人都是胸口火热，只想呼喊大叫，未来就在我们的面前！”①

他们效忠的对象雨辰，始终保持着朴素的革命的民族英雄形象：身穿没有军衔标志的军服，胸前别着一枚小小的青年军人联合会徽章，生活简朴，对事业充满热忱，永远能够做出正确决定，带领军队和国家从胜利走向胜利，是新中华的民族精神象征，他的妻子作为爱国的新时代女性，经常在战争一线的医院陪护伤兵，她在美国国会的饱含民族情感的朴素演讲，感动了美国人，推动美国成为新中华的盟友。

而其实，雨辰是一个清醒的现实主义者，这个国家没有工业基础，没有宪政传统，没有共识，他由于“预知”历史走向，洞悉世道人心，才能把各方势力玩弄于股掌之上，才能掌控国家的方向。他利用民族危机，比如袁世凯与日本签订密约，伪满密谋独立之际，调动国民的民族主义情绪，摧毁袁世凯集团的政治合法性，另立军事中央，大举派兵东北，收拾河山；用强国梦想感召、收拢人才，特别是军事人才如蒋百里、蔡锷等民国名人，大量新式政治、金融、科技人才，纷纷来投。

---

① 《1911 新中华》第二卷《经营江北》、第五章《青年军人联合会》。

雨辰尊重或利用民国宪法，用联邦党作为台面势力，取得合法性，就任大总统，直管国防外交，由国民党之宋教仁就任责任内阁总理，主管内政，这就使他更具有现代性色彩，赢得英美化知识分子的好感。

雨辰利用第一次世界大战前夕，欧洲战云密布，德国急于寻找东方盟友的心理，借势打压英法日等国在新中华的特权思维，谋得德国的大量军事援助和英法等列强的让步，鼓励美国与中国结盟。而后又站在世界大战的胜利方协约国一边（他当然知道战争进程），收复德国租界，打败抢夺山东半岛的日本军队，利用第一次世界大战，发展“新中华”的军工业和工商业，借力英法全面武装中国军队，实现军事近现代化——代价是中国派出几十万陆军，进入欧洲战场绞肉机。

同时，雨辰利用日本的军国主义思想造成的少壮派军官下克上冲动，暗中支持军事政变，促使日本提前进入战时体制，拖垮日本经济，打乱其节奏，使其成为一台愤怒而盲目的战车，不顾世界各主要国家的反对，提前发动对华全面战争，而新中华却因为得到协约国全面武装，一举打垮在华日军，收复日占领土，东北、华北、台湾一起回到新中华怀抱。雨辰的降临，带来了现代化的军事思想，现代武器如重炮（重炮连续轰击）、坦克（闪击战）、飞机（制空权和对地轰炸）及其先进的战略战术，远远超越了第一次世界大战的军事水准，领先日本一个时代，而日本还停留在近代之前的军事意识、军事组织方式，两国军队的差距是时代的差距。就如同那段真实的近现代历史中，日本国家、军队与中国国家、军队之间的差距。

少壮派军事政变导致的仓促发动侵华战争，彻底葬送了日本陆军，也葬送了日本现代强国之国运。中日两国互为民族主义者的敌人，——在雨辰大总统的时代，倒下的是日本。

长期的军国主义思想宣传、军事冒险的不断成功和军队不受法律约束，同样也导致新中华军队暗流涌动，军国主义是裹着蜜糖的毒药，不可能只享受其好处，却能避免其伤害，——但总有人幻想自己可以例外。雨辰如何应对、把控？

日本少壮派军人的政变并攫取国家权力，为新中华的青年军人做出了榜样，而民国议会动议对军队进行约束监督，刺激了他们的神经；新中华的建立，迫切需要得到工业化强国的支持，进行互利合作，利益交换甚至是让步，——这种让步总是由甘愿牺牲形象的宋教仁出头承担，雨辰大总统“被迫无奈”地接受，受害者的“悲情”是民族主义情绪的春药；搭上了协约国快车，工商阶层大获其利，而浴血奋战激情燃烧的军人却并未获得什么利益，出身底层的青年军人，为国拼命，而其亲人却是官僚资本的压榨对象，阶级矛盾为不满和失望添加了燃烧剂，鼓动着他们采取行动。所有的理想冲突，个人对权力的渴望，在几股势力如李睿（迷信极权主义的军人团体核心）、惠英慈（特务组织头目，野心家冒险家）、杨度（“帝王师”，荣华富贵追求者）合谋下，首都军人叛乱爆发，他们的目标是消除议会制度，清除文官政府中的“卖国贼”，建立以大总统雨辰为核心的“高效廉洁”、富有理想的军国主义国家。

暴乱在雨辰事先洞察、暗中布置、突然回师首都的胜利进军下，立即瓦解，但是追随他共同缔造军队的何燧（倾向宪政民主）、李睿，这两种极端对立的理想主义者，都自杀了，并且带着不屈的心，睁着眼睛，看着雨辰，看着他怎样选择，带领这个国家走向何方。

雨辰带着强烈的意志，用民族主义和现代民族国家知识，创造了兴盛的“新中华”，个人权威达到顶点，民族英雄——国家政权体制已经深入人心。当兵变结束，已经没有任何能够制约他的力量，他将会做出什么抉择？这个选择拷问着一个时代，而且不会是唯一的一次拷问。

现实历史中，在强国梦和民族主义潮流中，很多后发国家做出了自己的选择，承受了选择的必然后果——或者正在承受，或者即将承受。

网络小说呈现的民族国家想象、思想理念，是如此丰富繁杂，它们可以是社会思想正在多元化的证据，也可以是社会内部存在着紧张关系的证据，——唯一确定的就是，一切并不确定。

发表于《文艺争鸣》2011 年 10 月号，
署名康桥

网络文学的伦理表达

一

网络文学作为大众文艺的一部分，与神话、明清小说、电影电视剧具有相同的欲望叙事的属性。大众期待从文艺作品中得到欲望满足的快感体验，也期待得到欲望与伦理关系的答案，数千年来的艺术实践说明，大众文艺在基本的伦理判断上，给出明确的答案，或者揭示伦理表达的新课题，是文艺争取大众欢迎的基本策略。正是大众的需求推动了文艺伦理表达机制、范畴的形成，伦理表达是大众文艺天然的功能。

依据进化论和自组织理论，我们可以认识到，人是自然演化的自组织生命体，人类的伦理系统演化也同样遵循自组织规律，其发展变迁是一个渐进的、连续的累积过程。

可以从几条线索来考察人类伦理的发生与发展。其一，人类伦理起源于人类远祖的生命官能反应形态，在爱欲的快感奖赏机制的推动下，生命体的生存与生命繁殖活动得以进行，人自然亲厚自己的基因遗传链条——父母与后代，以及基因相近之兄弟、姻亲，因为通婚群体对个体的生存繁衍的保障作用，爱吾子伦理扩展到人之子，又由于通婚范围的扩大直到全人类，而基因亲厚的爱与平等的情感范围也扩展到全人类，伦理范围不断扩大对人类基因遗传与进化有巨大益处，可以说人类的伦理根源于基因遗传的本能需求。

其二，在人类的进化中，人类认识到合作活动对个体与群体生存的重要，人在与猛兽竞争中能够保存自己，得以在大自然中胜出，全靠真心诚意的合作，合作就需要个体与群体遵守信义伦理，信义对于个体生存和繁衍，是一种重要的保障，自私和背叛行为就会使合作失败，导致所有人都成为输家，人类认识到符合伦理的行为就是最优策略。在合作伦理的基础上，产生了部落、民族和国家的公共伦理，特别是正义观念，人类全球合作活动产生了人类世界共同遵守的规则，比如国际法和各种行为准则，把伦理法制化、制度化是人类合作的必然结果。

其三，从宗教与文艺发展的线索来考察，可以发现原始氏族制社会以降，神话与灵性、神性宗教的发展（秉持多神论、万物有灵论），促使人类伦理体系向宗教化、艺术化变迁，一些道德准则以禁忌的形式表现出来。如希腊神话与神庙的兴盛，推动了神话故事与戏剧对伦理禁忌的表达，大众文艺开始形成自己的伦理奖赏机制与惩戒机制，比如“俄狄浦斯”的故事，就是通过惩戒机制来表达人类的重要伦理规则。

在人文宗教如基督教佛教出现之后，宗教和伦理高度融合，并使宗教与伦理的规范趋于统一，比如摩西十诫就是如此产生的，人类的理性和伦理自觉显著提高，追求社会赞誉、道德完善行为，成为新的生命愉悦感来源（如耶稣为人类受难的范式）。在现代社会中，借由人文宗教、教育体系与大众文艺的共同作用，人类伦理与人类创造性不断调适，社会伦理更趋合目的性、规范化和多样化。人类及其伦理直到今天，还是未完成的继续进化的状态。

宗教、教育和大众文艺在确定伦理表达的机制、范畴、规则的过程中，作用巨大。大众文艺的发展史，也是发挥其伦理教谕功能的历史。网络文学是正在奔跑的少年，伦理表达的自觉与能力尚不充分，理应在全人类文艺经典的视野中，寻求伦理表达的经验，以铸造自己的伦理形态。

二

网络文学与大众文艺诸多门类的伦理表达是在作品快感实现进程和故事结局中实现的，读者把自己与人物特别是主人公的生命情感体验历程相融合，对主人公愿望实现的快感，产生了上瘾——心理依赖的情形，而读者接受与依赖一种快感模式，就会认同其合理性，就可能外化为行为模式，所以伦理表达与作品快感奖赏密切相关，同时主人公遭遇挫折或者惩戒所感受的痛楚，也会传导至读者身心感受上。

而作者的伦理判断正是通过给予人物成功圆满的快感，以及人群的赞誉，以奖赏作者认可的人物品性、行为，这就是伦理表达的快感奖赏机制；通过给予人物（及其关联人物）身心痛楚乃至于死亡结局来惩戒其负面的品行、行为，亦即伦理表达的惩戒机制；通过具有伦理判断意味的悲喜剧结果，给予故事整体以伦理安置。这些举措旨在通过身心的快感与痛楚记忆，把伦理准则内化为接受者的身心律条。

奖赏与惩戒以及各种伦理安置的伦理尺度，是随着作者和大众接受者的愿望而定的，人们接受、认同文艺作品中的伦理安置，主要看人物的行为与奖惩的伦理安置，是否平衡，是否符合普遍的伦理认知。

主角的欲望达成，是最能传递作者对人物的肯定性伦理态度的，网络小说中的主人公经过修炼战斗，不断升级直至成为他们的世界的主宰，或者获得财富权力爱情方面的成功，都显见是用快感奖赏给予人物行为以正面肯定。快感奖赏的后面必然附带着一定的价值观，多少庄严的价值观宣扬后面也都隐藏着快感奖赏，电影经典《勇敢的心》可算是经典案例，其主角华莱士，为了苏格兰的自由而反抗英王统治，浴血奋战，悲壮身死，他得到奇特的奖赏，敌国英格兰的王后热爱他、他们的儿子成为英国统治者——当然都是虚构的，作品给予热血战士深切赞誉，标举了自由精神，正因为它是反历史的虚构的，才更彰显出大众文艺伦理表达奖赏机制的威力。

伦理表达的惩戒机制在神话中就已经很多见，用来强化人类文明的基本伦理禁忌。这里以乱伦惩戒为线索，考察古今文艺的伦理惩戒机制的表达情态。经过神话、文艺、宗教传谕人类，乱伦禁忌深入人心，使人类摆脱了乱伦的漫长历史，建立、巩固了生殖婚姻文明，成为人类核心伦理信条。

索福克勒斯戏剧《俄狄浦斯王》，源自于希腊神话，是表现乱伦禁忌惩戒的命运悲剧经典，呈现了人类由野蛮走向文明的心灵烙印。

俄狄浦斯生父拉伊俄斯年轻时犯下数种罪错：背叛了自己的恩人、同性恋、杀人，所以被诅咒将会被自己的儿子杀死。拉伊俄斯后来成为忒拜国王，与伊俄卡斯忒结婚之后，诅咒又被“神谕”再一次印证，拉伊俄斯在恐惧中把刚出生的婴儿抛到荒山中（遗弃亲子的罪过）。

但是婴儿被牧羊人解救，并因受伤的双脚被命名为“肿胀的脚”，即俄狄浦斯，后来成为忒拜的邻国国王的养子，并被定为王位继承人，因为德尔菲神殿的神谕说，他会“弑父娶母”，俄狄浦斯为避免神谕成真，便离开这个国家并发誓永不再回来。

忒拜国王拉伊俄斯希望通过神谕，找到击退正在肆虐害人的妖怪斯芬克斯的方法，在走向德尔菲神庙的途中，与朝着忒拜城方向行走的俄狄浦斯狭路相逢，因为争道，发生斗殴，俄狄浦斯盛怒之下杀死了拉伊俄斯（罪人受到命运惩戒，同时产生弑父的罪人）。当然他并不知道杀死的就是自己的父亲。俄狄浦斯进入忒拜城之后，破解了狮身人面的女妖斯芬克斯的难题，拯救了忒拜城，被人民推选为国王，按照习俗与失去了丈夫的王后伊俄卡斯忒成婚，并生下儿女（乱伦）。

由于俄狄浦斯在命运的驱使下犯了大罪，受其统治的国家不断有灾祸与瘟疫。在先知提瑞西阿斯的揭示下，俄狄浦斯才知道终究难逃“弑父娶母”的不幸命运。震惊不已的伊俄卡斯忒上吊自杀（乱伦惩戒），而俄狄浦斯用针刺瞎了双眼（用极度身体痛楚自我惩戒），把王位交给克瑞翁，自愿被放逐出国（用放弃权力地位自我惩戒），在女儿安提戈涅的牵引之下漂泊四方，最终死于众女神的圣地（因为悔改，而得到内心安宁）。

这种伦理惩戒机制、用“不可避免的命运”来构成故事的方式，被后来无数文艺作品所继承，话剧《雷雨》就是如此。一个威严而虚伪的父亲，曾经对一个女人始乱终弃，并生下儿子，播下命运的祸根，这个儿子（大少爷）与其继母蘩漪乱伦，又与侍女四凤交好，而四凤却是他的同母妹妹，这种乱伦是不知情的，但是命运的惩戒，在各种巧合下不可抗拒地降临人物身上，结果大少爷自杀，二少爷和四凤触电身亡，只剩下绝望的老爷和发疯的蘩漪。

现代伦理对不损害他人利益的个人欲念是愈发宽容的，对乱伦禁忌则更为严厉，《洛丽塔》就是因为探索现代伦理禁忌，成为文学经典的同时在多国成为禁书。男主角亨伯特迷恋上女房东的十二岁女儿“小妖精”洛丽塔，成为洛丽塔的继父，其母觉察后气急奔跑意外死亡（强化主角罪错），亨伯特与洛丽塔从此尽情缠绵。洛丽塔被变态狂剧作家奎尔蒂拐走，并强迫洛丽塔拍色情电影，亨伯特枪杀了奎尔蒂（惩戒），后来亨伯特因为血栓死于狱中（惩戒），洛丽塔在十七岁因难产而死（惩戒）。《洛丽塔》运用了大众伦理的惩戒机制，让不伦恋情相关人物都异常死亡，演绎了“命运”的严惩，与希腊神话希腊悲剧精神气质相通。

网络小说《后宫甄嬛传》及其改编的电视剧，也包含着乱伦禁忌惩戒意味，同时也给予主角最终的成功奖赏。《甄嬛传》主角甄嬛因选秀入宫成为皇帝的女人，同时机缘巧合，与多情种子皇弟亲王情深似海，暗结珠胎（叔嫂乱伦）。皇弟亲王为保护甄嬛而死，他们的亲子死去了（与丈夫之弟不伦之恋的惩戒），皇帝也及时死了（他已经成为甄嬛获取最高权力的障碍，他死去也是对主角的奖赏），女主角的竞争者、敌人尽皆落花流水般死去（奖赏），年少的皇太子于灵前继位，甄嬛成为皇太后，甄嬛到达尊荣顶端（奖赏）。可以说《甄嬛传》的欲望自我满足与伦理奖惩表达，遵循了大众文艺的古老规则。

当人们看到无辜的人在命运的拨弄下受到惩罚时，人们会感到同情，却在伦理认知的作用下，认同“命运”的惩戒，很多人物在法治意义上罪不该死，而在伦理惩戒的机制作用下死去，这是一种伦理的强化手段——没有比身体痛楚和死亡更令人记忆深刻了。

三

网络文学、大众小说、电影电视剧的伦理表达的核心是欲望与伦理的关系问题。这里以爱欲与公共伦理的矛盾冲突，阐释伦理安置平衡与升华原理。

在爱情婚姻文艺作品中，利用男性与女性基因遗传策略得逞的快感，来构成作品是非常普遍的，人类爱情婚姻伦理总体上不断趋向于一对一的均等正义，因为人类总体上是男女性别数量平衡的，性资源占有的不平等会导致社会秩序崩溃，乃至于动乱与战争。这是人类的历史教训给予人类的正义观。但是个体却在基因遗传的竞争天性驱使下“多吃多占”，因此爱欲本能与社会伦理的冲突需要进行伦理安置。

男性原始的基因遗传策略，是种马式广泛传布基因，皇帝后宫就是对皇家基因遗传的制度性安排，以保证其繁衍后代的安全可靠高效。在所谓历史（武侠）小说，如金庸小说中的主角段誉、韦小宝，网络历史小说的男性主角，会不断追逐各色美女，并大功告成，在历史情境中掩饰男性基因遗传本能的达成，躲过现代爱情伦理的覆盖，构成快感来源。

文学经典的伦理安置方案值得我们借鉴。《金瓶梅》主角西门庆在他的世界里猎艳，以奇特的“人妻”爱好者著称，他常常人财两得，一度过上了志得意满幸福美满的生活，但是西门庆被女性欲求榨干，陷入身败名裂凄惨死去的结局，而且妻妾一一归于他人怀抱，并且潘金莲被杀，李瓶儿病死，庞春梅淫亡（彻底的惩戒），达到了伦理的平衡。西门庆的艳遇体验与西门庆的死亡惩戒的下场，是对大众读者愿望的双重满足。让读者入梦时分体验艳情，梦醒时分感受伦理安置的公平，这其实是欲望叙事的常规策略。

《红楼梦》也是以男性后宫梦想作为作品框架的，在故事的主场景大观园中，主角贾宝玉是唯一男性，而大观园里装满了各种仪态、性格、品性的美女，都与主角温柔痴缠，比之于皇帝后宫的生活，更为丰富鲜活，其他男性其实都嫉妒得发抖。但是主角也就是止步于审美性意淫，而不是贾瑞薛蟠式的淫邪，因而在伦理上并未构成罪错。但最终结局是贾宝玉勘破红尘，回归青埂峰下。在伤感的欲望叙事之后，其实隐含着朴素的伦理，平衡是人类生活与人类伦理的根本之道。如果“贾宝玉”和一众美女过上了幸福美满的大家庭生活，那也就不是《红楼梦》，而是普通的网络种马小说了。

在女性爱情作品中最多见的作品构成，是主角与富有权力财富或者权威的男性，构成稳定的家庭关系（提供安全与生活资料），和最英俊最有才情的男性发生恋情（可以拥有激情和漂亮后代），出现多个男性为女主而争夺，甚至战争，一个（或多个）男性为她的生存而献出生命（印证女主角的重要），这种模式是最令女性有愉悦感的事情，当然这只能是芸芸众女的隐秘梦想，这与男性种马欲望一样，是生物进化造就的女性基因遗传本能，并不是个体的道德低下所致。

由于社会伦理的普遍要求，在女性爱情文艺作品中，基因遗传本能的梦想体验之后都会安置惩戒性结局，达到伦理平衡。网络小说《步步惊心》《甄嬛传》的故事构成，都是从女性基因遗传策略出发的，女主角成了皇帝（最有权力和最威风的男人）的女人，和最英俊的亲王谈恋爱，而他甘愿为女主角的生存而献出生命，《步步惊心》中康熙帝的成年儿子都是女主的爱恋者争夺者，形成替补梯队，然后，或者如《甄嬛传》男主死掉，女主独存，要么如《步步惊心》女主死亡离开纷争，达到伦理平衡的效果。

电影《乱世佳人》是女性欲望与伦理安置的典范。它把历史战争叙事，混同在女性基因遗传策略的浓汤里，给观众思绪万千的复杂感受。女主角塔拉庄园的小姐斯嘉丽，在美国南北战争爆发前夕和战争中，先后拥有多名男性爱慕者并有两位丈夫为她而死，留下了遗产，后来与一直爱她的白瑞德结了婚（英俊而多金，对主角的奖赏）。女儿邦妮出生，白瑞德把全部感情投注到她身上（女儿成为感情的竞争者），女儿邦妮意外坠马摔断了脖子（竞争者死去）。女主角的另一个竞争者贤德女性梅兰妮，因怀孕和操劳过度卧病不起（竞争者死去），临终前，她把自己的丈夫艾希礼和儿子托付给斯嘉丽（竞争者做了主角期待的事情），斯嘉丽不顾一切扑向自己一直喜欢的艾希礼怀中，紧紧拥抱住他，丈夫白瑞德无法忍受转身离去，与她彻底分手（对主角的惩戒），主角在绝望中走向了自己的土地。

主角爱欲体验，以及为了生存和成功而不择手段，其实反映了人类的利己本能，生存（利己本能）可能是一种难以否定的原始伦理，但是爱情的忠贞、利他主义美德，显见对于人类整体的文明延续意义重大，所以这类作品的伦理平衡是主角最终失去爱情，失去亲人，但是走向了独立自主的人生。

当然，利用人类本能的快感模式，是可以表达很多思想伦理内容的。1942 年美国电影界人士在一边拍摄一边争辩剧情走向的匆忙情况下，创作出一部世界电影经典作品《卡萨布兰卡》。抵抗法西斯运动领导人拉斯罗（充满激情的）和妻子依尔莎（美丽的充满魅惑力量的女性），走进北非卡萨布兰卡的里克咖啡馆，依尔莎认出了从前的恋人，咖啡馆的老板里克。德国秘密警察头目也追踪他们到了卡萨布兰卡。

里克和依尔莎在巴黎曾经是甜蜜的爱人，在德国军队向巴黎推进时，相约同时离开巴黎，依尔莎却爽约了，原来她的丈夫并未如传言般死去，因此与里克分手与丈夫重聚（丈夫死而复生，以免除女主角三角恋中的伦理瑕疵）。

里克对依尔莎的爱，最终抚平了受伤的情绪，里克迭经风险，帮助他们夫妻登上了飞机，奔向安全之境，为掩护依尔莎而枪杀了德国秘密警察头目，自己陷入了亡命天涯的命运。为爱情与反法西斯事业甘愿自我牺牲的里克成为整个影片中最有魅力的角色，影片的重心也在于表现这种男性的“爱的奉献”。

《卡萨布兰卡》利用一女二男，且男主角为了女主角的生存而甘冒性命危险，这个屡试不爽的女性快感模式，助燃了美国社会特别是女性对参加“二战”的热情，《卡萨布兰卡》的魅惑力，使一些美国男女把里克与依尔莎的事业当成了“自己的事情”，为了正义而献身是很有快感的。所谓崇高，就是本能的升华，是一种很有快感的牺牲想象。

四

网络文学履行伦理表达功能，显然不如人意。主要原因在于伦理表达过于偏向主角，以及作者对叙事策略、市场需求的过度顺从所致。

在大众文艺中，主角偏向是常见现象，本质上这是在向作者与读者愿望倾斜。主角通常是文艺作品中快感与美感的主要来源，接受者会对主角产生生命情感的融合性认同，产生情感偏向，主角永远是对的，而主角的敌人死，竞争者死，背叛主角者死，伤害主角利益的各种角色都会受到惩罚，这使读者感到快乐，有时候主角的敌人、竞争者的死亡经过“伦理包装”，也就是说他们犯了该死的错，使得主角报复惩处他们时在伦理上没有瑕疵，这就使得读者得到无伦理障碍的快乐。

在《三国志》等史书中，周瑜是气量恢弘雄才大略的英豪，是布局天下大势的高手，赤壁之战后，因为箭伤发作而英年早逝，与诸葛亮没有关系，但是在《三国演义》中他成了诸葛亮的竞争对手，成了主角的垫脚石，于是诸葛亮“三气周瑜”，“气量狭小”的周瑜含恨而亡，诸葛亮还前往吊孝，并且凭胆气与雄辩，说服了江东群豪，联手抗曹。偏向于头顶光环的主角而贬低竞争者，一至于斯，而读者却欣然接受，历史是胜利者书写的，而历史演义是说书人与小说家制造的。

在网络小说中，主角的竞争者经常无过错死去，仅仅因为他们站在了主角的对立面，这是赤裸裸的猴群“正义”使然，猴王（主角）的竞争者被主角羞辱、蹂躏、灭杀，给读者带来痛快感受，而根本不做任何伦理平衡。可能写作者还没有意识到伦理平衡的重要价值，当然更可能是受到读者欲求的影响，作者未见得能够在市场潮流面前坚持自己的伦理判断。

网络文学伦理表达普遍而突出的缺陷，就是向现实生活所塑造的市场需求靠拢，向丛林法则、暴力崇拜、极端民族主义与享乐主义价值观投诚，充当了这些价值观的传声筒，发挥了自激效应，进一步放大了该类产品的市场需求。

这里从《飘渺之旅》（作者：萧潜）的“好世界”到《凡人修

真传》(作者：忘语)、《阳神》(作者：梦入神机)等作品的“坏世界”的流变，分析叙事策略、市场需求对伦理表达的影响。

在修真仙侠玄幻奇幻等幻想小说中，“世界”与“规则”的设定，是丛林法则的“强者为尊”，还是社会伦理进化观的“达者为尊”，是重要的伦理分野。《飘渺之旅》建立了修真体系和修真者存在的“世界”，可以算是网络修真小说鼻祖，而它开创的修真小说的“好世界”社会伦理架构，放在整个修真小说谱系中来看，就更为可贵。它设定了修真者修力，更要修心的规则，修真者达到品性高妙的境界，才能与强大的能量相匹配，不会因为修炼而人格变异或爆体而亡。因此在作品中通行“达者为先”伦理准则，尊重师徒传承关系，全心全意提携后进，这样的修者才为人尊敬。

在小说写作中，如果到处都是好神仙好世界，主角没有足够多的敌人，没有战斗的理由，构成矛盾冲突和情节高潮就比较困难，这对于小说写作是一个难题。但是《飘渺之旅》并不缺少矛盾冲突，因为作者善于调动危机和设置障碍，使得主角的前进道路并不平坦，剧情保持了张力。

而《飘渺之旅》的续作《歧天路》失败的主要原因，正在于破坏了《飘渺之旅》的世界与规则的设定，主角小天在修炼方面不劳而获，一味追求力量而心境低下，他的功法更是掠夺他人的生命化为自身功力，而《飘渺之旅》原来的主角们，这个世界的顶级神明，却认可了他。这就颠覆了《飘渺之旅》的规则，也许是作者向后来的暗黑风格为主流的市场投降了。

在常见的玄幻奇幻修真仙侠小说中，主角经过修炼和战斗，推翻原有的神仙体系，自己坐上最高等级的座椅，主角成为丛林世界的主宰，得到强烈的高等级生物的快感，这就必然对应着强者为尊的丛林世界，确实这样更容易构成剧烈对抗的剧情，这也是一种简单易行的叙事策略，但却不是高明的策略。因为伦理表达上有明显缺陷，不可能获得主流社会赞誉和利益最大化。

但是一般作者显然会受到市场反应的鼓励，以及叙事策略的简便易行，而陷入丛林叙事。《凡人修真传》就是这样对应着市场需求而逐渐火起来的，其修真体系继承了《飘渺之旅》，而其修炼规则设定几乎与《飘渺之旅》相反，弱肉强食，夺取他人生命与功力化为己用司空见惯，人人皆是拥有智慧的食人恶兽，没有亲情友情，没有门派香火之情，因此主角自私冷漠，大肆报复性杀戮，享受杀戮快感也就理所当然。

而梦入神机的小说作品《阳神》，崇尚暴力，宣扬“顺我者昌、逆我者亡”的丛林强者的逻辑，比《凡人修真传》更为血腥残暴。谁挡了主角的道，主角就会找上门去杀戮，这样可以让主角“念头通达”，有利于修炼进阶。主角杀死所有的敌人，吞噬他人的功力甚至肉身，是修炼的重要手段，不需要伦理上的伪饰，只因为他要吃人，所以他就吃人，直至弑父，而主角最终成为宇宙间第一人，获得最大最圆满的成功，《阳神》这类作品是人类文明的敌人，完全不可以接受。

但是这种反人类的作品居然也人气爆棚，形成跨类别跨网站的暗黑暴力的潮流，显见网络文学中的伦理表达机制已经失效。突出的原因有两点，其一，现实黑暗面的暗示，长期以来社会伦理失范，社会潜行丛林法则，成功者不择手段，强者垄断真理，年轻人无以反抗，同流合污可以取得成功，如此行为规则在文艺作品中得到印证，令人变得轻松，而主角伦理偏向，则加剧了这种暗黑流倾向，迎合这种市场需求也使得作者的写作更为轻松。

其二，网络小说的接受心理，深受网络游戏的影响，在中国流行的网游中，角色没有法律与伦理约束，因为压根儿就没有法律与伦理的规则设定。见弱者杀，见强者逃，抢夺资源以升级，这是主要的生存方式。一些小说作品是对这个游戏模式的仿照，实力就是规矩，按杀人能力分级，强者视弱者为蝼蚁，修道者毫无人性，极端利己，反而可以变得强大，而低等级的主角杀掉高等级的修炼者，靠作者给主角的金手指（意指特殊的能力或手段设定），而且通常主角是唯一有此特权的，这就比网游中买装备越级杀人更加快活。《阳神》《凡人修仙传》等作品主要是依靠这类游戏模式吸引读者的。

然而，大众文艺的伦理表达机制会迟到，却不会永远缺席，人类文明早就跨过了丛林社会的阶段，大众最终会倾向于公平均等的，能保护大众的伦理法则，因为大众永远不是丛林社会的胜利者，获得快感体验是一种欲望，获得生存安全是更现实的欲求，一个社会为了自己的长治久安，也会用合作互利价值观来运作社会实践，对文艺领域进行奖惩安排。

古往今来，为何大众文艺会固执地追求平衡的伦理安置？因为那是大众的深切需求。

参考文献

《物种起源》（全新修订版），查理·达尔文著，钱逊译，江苏人民出版社 2011-3-1。

《古希腊戏剧选》，埃斯库罗斯等著，罗念生译，人民文学出版社 2012-11-1。

《希腊神话》，（俄）库恩著，朱志顺译，上海译文出版社 2011-5-1。

《工作与时日·神谱》，（古希腊）赫西俄德著，蒋平等译，商务印书馆 2013-11-1。

论网络小说中的穿越重生架空问题

内容提要　穿越相关的文艺作品，在世界范围内长盛不衰，近年中国网络文学与影视剧中，穿越热潮涌动，但专门的学术研究却很少见。本文重点考察中国网络小说中，穿越、重生、架空等问题相关的时空理论、神话系统；穿越行为的情理；穿越小说的意识形态与伦理基础等问题。探究这些问题对于研究作者创作心理、读者接受心理、勘定网络小说的坐标系统，具有重要意义。

一

在中国网络小说和美国好莱坞电影中，穿越、重生、架空是常见剧情，在世界其他地区的小说、影视剧中，也是多发现象。

穿越是指故事中的人物，因为某些可知或不可知的原因，到达了现实世界之外的另一个时空，如人类世界的古代或未来，或者与我们所在时空平行的另一时空。人物身体与灵魂一起到达另一个时空，就是穿越，而因为某种原因，身体状况异常、身体崩坏或死亡，灵魂离体到达了另一个时空，并附身于另一个身体，则为重生。有时候人们也把这种重生称作穿越。

重生在网络都市类小说中更为常见，通常因为意外事件，主人公的灵魂回到了自身的从前，或者附身于他人的身体，因为主人公

“洞悉”这个时间段的社会发展和相关人员的命运，利用“先知优势”，所以能够趋吉避凶，获得人生成功和意志的实现。

人物所到达的时空，不是确知的历史时期，这种情形就被称作架空。

穿越与重生并非起始于我们这个时代的文艺作品，在《红楼梦》中，“穿越、重生、架空”的手艺就已经很是纯熟。女娲补天剩下的一块有灵性的顽石，深感自身多余无用，要到温柔富贵乡体验一番，于是贾府就有了一位衔玉而生的宝玉哥儿，聪明伶俐而且见识异于常人，而一旦丢失了那块通灵宝玉，宝哥儿就如同丢失了灵魂，进入呆傻状态，那分明是灵魂与肉身分离所致，通灵宝玉的决然离去，则导致贾宝玉的彻底弃世。这是灵魂穿越故事的完整过程。而《红楼梦》中的时代并非确知的历史朝代，非清非明，这就是架空，不管是作者为了避嫌，还是为了叙事展布的方便，或者兼而有之，都与今天网络小说作者的心思相类。网络小说中主人公穿越之前，经常被设定为现实生活里的多余人，无所作为，或者对现状不满，意志不得伸张，就如同《红楼梦》中最初的那块顽石，穿越、重生之后，才得到展布人生的机会。贾宝玉其实就是穿越重生界的“多余人”前辈。

在西方小说中，也早就出现“穿越”。比如，美国作家马克·吐温的《康州美国佬在亚瑟王朝》中，一个美国佬穿越时空隧道，从十九世纪来到六世纪圆桌骑士时代的亚瑟王朝，战胜了一众骑士，并着手改造英国，使之进入工业化社会。这与今天网络小说中的穿越者们，炼钢、造火枪，组织现代军队的路数相似，也就是利用现代人科技优势、组织能力优势，去改变历史。

近期穿越小说与影视剧的时兴，也引起了许多刻薄批评，特别是从“真实性”出发的各种指责，显示出某些人艺术思维的僵化，其实是不解风情，通灵宝玉附体贾府公子，到温柔富贵乡去重生了一番，——谁能够证明其真实性？有证明其“真实性”的必要吗？

人们愿意相信和接受什么，就会去寻找情理圆通和逻辑自洽的说辞，而人们总能如愿的。

“穿越”有“科学依据”吗？

狭义相对论与广义相对论相继问世，为时空穿越题材的小说与电影提供了“科学的依据”。从爱因斯坦相对论出发，人们认为时空旅行真的可能，不过只能从过去穿梭到未来，而不能从现在、未来穿梭回过去。时间好比一台已经被设置好的精密仪器，一旦转动就无法回转。而广义相对论认为存在着平行相通的多重宇宙，可以通过“虫洞”回到过去，也可以穿越到未来——这个说法显然更受文艺界欢迎。

西方穿越类小说和电影，经常涉及的时空理论有单一时空、平行时空等学说，它们试图“科学”地解释，穿越能够发生的物理基础条件，以及穿越者的行为会造成怎样的时空影响。单一时空理论较为质朴，如布鲁斯·威利主演的电影《十二猴子》，主人公为了拯救未来的世界末日，而被送回到过去，结果，他的一切努力，恰恰成了未来世界毁灭的伏笔。在“单一时空”中，穿越者再怎么努力去改变历史，都会发展成同一个结局，亦即历史不可改变，历史是一个“宿命”。或者，改变历史轨迹，将会导致现实时空崩溃，生命受到抹杀，因此必须维护历史轨迹不被任何人改变。

时空穿越者，如果改变了历史会造成何种后果？这是令很多理论物理学家和小说家、影视剧创作者一直非常困惑不安的问题。理论物理学家霍金提出著名的“祖母悖论”：假设你乘坐时间机器回到过去，不幸害死了自己的祖母，那么会怎么样？这似乎是一个无法解释的悖论，因为没有了祖母即没有后来的你，而没有了你，你又怎么会回到从前杀死她呢？霍金等人认为，这种认知困局，其实是人们顺从了线性的逻辑思维，一个狭隘的三维空间的思维顺序所造成的。遵守这种“不能干预物理律”，即不能干预历史的规则，穿越的意义与趣味也就太受限制了。

霍金善解人意地想定，时间旅行者回到过去改变历史后，时间线便出现分权，分权的时间线展开的是另一段历史。于是，祖母悖论就被这样化解：由于时间与空间相关，因祖母被害，产生了时空的分枝，那么在这个空间里的我就不存在了，但另一个空间的祖母仍然存在，也便还有我存在，害死了祖母的那个空间，与祖母依然还活着的空间，从祖母被害那刻开始，成为了两个互不影响的平行空间①。

身处地球的现实时空，我们同时代的科学家，当然也并没有实证的办法，来证明这种平行空间或者平行宇宙究竟在哪里，不过，理论物理学界的说法，似乎已经能够令人心安理得，采信平行空间理论的写作者，可以放心大胆地按照自己的愿望和意志，去构造历史和现实，是多么令人感到愉悦和爽快啊。

小说必须依赖某种科学理论才能生存吗？当然不是。

人类文明的几个组成部分，有着各自的分野，科学追究真相，宗教安排心灵秩序，而艺术，特别是小说与电影电视剧等叙事艺术，则以一个目标为要事——发明一些幻想，创造故事或情境，让读者跟随主人公，去体验愿望的达成，体验情感高潮，并接受故事中隐含的价值观、心理模式等等。而让读者相信故事是“真”的，就需要情理和逻辑的支撑，平行空间理论，就是一个帮助读者相信穿越故事的“科学依据”，它与玉皇大帝或上帝主宰世界的神话系统具有同等作用。

对于小说来说，一种被普遍接受的假定，就已经是“合理”的，之所以被普遍接受，是因为这种假定符合人们的愿望。小说中的穿越，即使不依赖科学理论，依赖神迹或者依赖一种普遍接受的“假定”，也是可行的，因为人们向往这样的故事。

在我看来，那些以小说中的幻想推动了人类想象力，因而推

① 参见《时间简史》《时间简史续编》（英国）史蒂芬·霍金著，湖南科学技术出版社，和同名电影纪录片。

动了科学发明，用这种说辞来捍卫幻想小说的合理性，仍然是承认了科学主义的霸权。我不否认幻想性作品的各种边际效应，包括充当科学发明的诱导者，但是幻想性作品的丰功伟绩，更多是在于幻想本身对于读者的作用。穿越类小说为什么受欢迎？因为人们需要通过穿越的故事，到达梦想的彼岸。对于大部分人来说，现实生活是平庸的，人之不如意者十之八九，缺少振奋人心的事件，缺少高潮感，观看与借代他人的经验与幻想，是必须的心理生活，而“穿越”之后，由于主人公的成功，使读者产生了积极的代入感，与主人公一起，去体验艰辛之后的高潮，是很爽快的心理生活。人需要呼吸，人也需要幻想。一切证明穿越“可以有”的科学理论与神话系统，以及符合情理的假定，皆为人们喜闻乐见者也。

好吧，我想说的是，小说有权幻想，包括穿越的幻想，而无须事实根据来支撑幻想的合法性。能否穿越不是问题，如何穿越，穿越后面的意味、情理、逻辑与伦理，才是需要考较的问题。

二

在网络小说中，导致穿越发生的直接诱因可能是各种意外事件，雷劈，车祸，各种灵异事件，归纳起来，有些是特殊的能量变化，导致时空隧道开启，穿越者坠入另一时空（理论物理学说支撑）；有一些穿越行为却是来自“神灵”的安排（神话系统支撑）。而“穿越”故事的内在推动力，在于目标读者的心理需求，在于穿越的设定条件下，人物利用自身优势，去另一个时空取得人生成功，给作者和读者带来高潮体验，故事的构建过程，就是读者认同主人公的愿望、行为动机、情感倾向，因而移情代入主人公的过程，就是主人公、作者、读者缔结情感共同体的过程。穿越的姿态、目标各异，身份与性格繁多，但追求成功的快感、高潮体验，是穿越小说普适的基本任务。这里以一些很有影响的网络小说为例，探讨穿越相关问题。

在《极品家丁》[①] 中，主人公林晚荣在泰山旅游时，跌下悬崖，穿越到一个架空朝代“大华朝”的金陵玄武湖畔，由于林晚荣擅长商业策划，擅长社会活动的组织，很快走上荣华富贵、泡妞有成的道路，同时化解了这个国家无数政治经济军事危机，获得朝野称颂。而在穿越的过程中，触发了“时间逆转”，所以林晚荣的身体回到了十八九岁状态，却具有成熟的思想和丰富的人生经验，心性老辣，见识不凡。在穿越小说中，身体变年轻，或灵魂附身于年轻的身体，最为常见——穿越真好，年轻真好。

在《1911 新中华》[②] 中，一个现代小白领雨辰，在与女友分手之际，被一道蓝光击中，穿越到了晚清。恰遇辛亥革命中的新军第九镇溃兵，当即冒充孙中山先生的部属（获得革命正统性身份），带领这帮军人去上海进攻制造局、政府机构，光复上海，自命中华苏沪革命军司令，开始新中华历程，实现富国强兵的目标，改变民族命运和世界格局，实现了主人公的意志，纾解了主人公的郁郁怀抱。

比较而言，灵魂穿越到了异时空，并附身于另一个人的身体上，身份问题就较为简便，但是也有自己的写作课题需要给出方案，比如两个灵魂、两份记忆，以及灵魂与身体之间如何融合相处；灵魂能够独立于身体而存在，作品必然是以有神论为前提的，那么有神论与理论物理的时空学说之间，如何和谐相处呢？

《回到明朝当王爷》[③] 中，主人公因为行善，得到有关方面奖赏，多了三年阳寿，时间未到，却被牛头马面错勾了灵魂，他被安排转世，灵魂附体他人，连番死亡再生，成了九世善人，若成了十

---

① 《极品家丁》作者：禹岩，起点中文网连载。

② 《1911 新中华》作者：天使奥斯卡，起点中文网连载。

③ 《回到明朝当王爷》作者：月关，起点中文网连载。

世善人，就要成佛，就会暴露出地狱行政系统的错误。所以崔判官等官僚神灵，决定将他的灵魂附身于古代人身上，使他脱离了生死监控系统的稽查，他将会尽可能地长寿、富贵。经过几年奋斗，主人公成为大明皇朝的“西伯利亚王”，他改变了历史轨迹，大明永久领先于世界，并向大陆与海洋的尽头扩张——网络小说中，男性穿越者普遍的显著的目标是：实现个人权力、财富、情爱欲望的最大化，同时推动民族国家称霸世界。

在这个穿越安排里，中国神话系统中的地狱在发挥作用，神话系统与平行空间学说共存，而两者本应该有各自的因果链条。这类穿越故事显然缺少一个自洽圆满的说法，如果历史被穿越者改变，出现平行空间，那么世界的主宰者佛祖、玉帝、阎王，或者上帝，还如何维系秩序？他们会同意穿越者按照自己的意志改变历史吗？或者无论出现多少个平行空间，他们依然能够很顺畅地主宰世界？但是常见的网络小说风一般掠过这些地带，并不在意这样的自圆其说，爽过了，就闭眼——它说明“穿越”来自于欲望，时空理论其实就是一个意淫故事的布景，很容易被作者与读者忽视。

如果说穿越、重生于古代，是用现代人的优势去占古人的便宜，那么灵魂回到十几年前，依附于自己或他人从前的身体，那就是运用“先知”的金手指，去占同时代人的便宜了，这样的“重生”，在“都市类小说”中很普遍。

在《重生之官路商途》①中，主人公张恪遭遇车祸，灵魂回到十四年前的自己身上，以三十年的人生阅历经验，并比他人“预知”十四年世界发展趋势，却拥有十六岁的身体，在别人眼中，主人公犹如神明附体，凡事都有预见性，总比他人先行一步，赚取全世界的钱，尽管富甲天下，但依然以学生的身份，游戏人间，做自己想做的事情，比如为大学的伙伴们，建起一座世界上最豪华的图

① 《重生之官路商途》作者：更俗，纵横中文网连载。

书馆，赢得美女赞叹……很爽。

《重生之官道》[①]中，主人公的灵魂回到 1991 年（主人公原来的身体死去了），附体于自己的养父身上，以“卓越的预见性”，改变了养父养母与家族的厄运，帮助养父之母成为世界巨富，而自己稳扎稳打，几乎不犯错误，步步高升，并获得家族势力的帮助，进入中国社会最高领导层，不断化解社会危机，践行公平正义，深深影响了中国社会进程，曾经的牢骚与不合时宜，都化作了人生得意与辉煌。

这些故事告诉我们，重生不一定要跑到很遥远的历史时空，主人公回到十几年前，穿越时空原理相似，而改变命运，体验人生高潮，同样很美很爽，历史类，都市类，都是意淫类。

三

“穿越”，也是写作者价值观与伦理观念的绽放，而价值观——意识形态，是利益主张的最终表达。特别是当代人集体“穿越”，更方便呈现写作者的社会理想和社会矛盾的解决方案。在表现当代人的思想状态方面，网络小说更有自发性，呈现出野草丛生的面貌。

《迷失在一六二九》[②]构造了一起大规模穿越事件。一群身份各异的现代人乘坐一艘三千吨级的客货两用船，琼海号，在海南岛附近遭到雷击，一道不明蓝光扫描之后，一百三十九名乘客连同这艘大船，集体穿越到了明末崇祯年间，海南岛临高县附近海滩。

琼海号乘客中，有军人，医生，建筑师，历史学教授，更多的是工程技术人员，由于巧合，随船携带了大量现代物品和设备，把

① 《重生之官道》作者：录事参军，起点中文网连载。

② 《迷失在一六二九》作者：陆双鹤，起点中文网连载。

一个现代社会专业人员体系，与一个小型工业生产体系搬到了古代，他们在战争中，领先西方殖民者和大明王朝，自不待言，然而这并不是一个帝国争霸的故事。他们并未以占领更多领土为目标，却把重心放在建设一个现代工商社会体系上。这个群体中，除了有中国大陆人士，还有香港人和台湾人，还有美国人——他们对这个现代人团体，很有归属感，为什么不同民族、地区、国家的穿越客能够彼此认同？因为多数穿越客认同的是同样的现代价值观，平等、人道理念，社会契约观念。对于成熟明智的人士，民族血统理论不足以信持。

他们在穿越客内部建立了现代文明规则与秩序，每个人平等拥有团体资产，平等拥有政治权利。团体最高权力机构为“全体穿越众大会”，日常决策办事机构是经过选举的“委员会”，平权，妥协，以及严格约束，构成了这个团体一切组织制度的基础核心理念。而现代文明规则之所以受到普遍欢迎，就是因为它保证多数人的利益最大化，同时，保证个人的合法利益不受侵犯。

现代穿越客强于古人的是什么呢？掌握领先的科学技术？对历史的“先知”？当然都是，但最重要的是，明智的穿越客能够制定并遵守规则，其组织方式和理念，能够保证公平分配利益，能够防范个人或小团体专权，因此能够保证社会良性发展，并以文明吸附周边世界不断发展壮大自身。

在中国网络小说中，有很多“穿越客”信奉的是丛林法则，一种混合着科学主义的集权价值观，大工业时代铁血的民族主义。坦率地说，这些充斥网络的发酵着强权铁腥味道的作品，是90年代以来持续高涨的民族主义思潮培育出来的产物，“民族主义”是一个已经成熟的市场，一个可以提前计量销售效果的市场。

《铁血帝国》[①]就是这样帝国争霸景观中的一个。2025年，一群

---

① 《铁血帝国》作者：月兰之剑，起点中文网连载。

对现实不满的军人、知识分子，利用时空机器实验室的管理漏洞，携带大量武器与科技资料、设备，集体穿越到了晚清，从控制慈禧太后和光绪皇帝，控制朝廷入手，逐渐建立了一个军国主义国家。

主人公刘云是毫无疑问的独裁者，并被穿越集体所认可，铁血的军人集团需要一个权威的领袖，带领大家去打赢所有战争，占领所有能够占领的土地。他们不顾国民疲弱，工业基础简陋，迫不及待地开始了征服世界的旅程。集权体制推动了战争，而战争强化了集权体制；战争可以增大军事集团的利益，军事集团获取利益的欲望，又刺激他们发动战争，这是一个不断自我实现、自我扩张的循环，伴随着对国民的压榨，同时也伴随着一个用“特权共享”来收买统治集团的忠心，因而逐渐走向制度性腐败的过程。他们内心欲念纠结，却热烈地高喊着民族至上、奉献牺牲的口号，因为极端民族主义意识形态，是他们的根本利益的最强劲表达。

维护集权体制，需要各种手段，包括血腥的特务手段，然而任何手段都不能阻止有人窥探、谋夺最高权力，信奉丛林法则的，必将使用爪牙，证明自己才配拥有至高的权力。觊觎着不受约束的至高权力，军人们的眼睛充满血丝，肌肉痉挛，背叛与防备背叛，是他们内部关系的主旋律，在专制体制中，没有人睡得安稳，——他们是一群只想吃独食的动物，因为不懂得“明智”这个词的含义，所以无法让自己的身心安宁。

在现实世界，这样的帝国主义国家勃兴于一时，使国民陷入癫狂，给人类带来灾难，它必然迅速走向崩溃与毁灭，而在网络小说中，这是统治世界的游戏，一种帝国梦境的体验，读者代入主人公，化身为统治者，享受着操纵一切的快感，“群众”则是有理想、有激情、甘愿牺牲的棋子，少部分人在梦境中很爽，大部分人的脸上，露出让统治者很爽的、幸福的笑容。他们想象中的世界，是永远、普遍通行丛林法则的，而他们理应是丛林的主人——他们残酷而坚定，他们在意淫中强大，在操纵国家，在浩大的帝国战争杀戮体验中，肾上腺素和多巴胺大量分泌，带来如潮快感，才是帝国梦境真正的魅惑所在。习惯了这种快感模式，他们自然会找到帝国梦境与丛林生存模式的合理性、合法性。

穿越就可以肆无忌惮吗？穿越也是具有伦理基础的，无论是在此岸，还是穿越到的彼岸，恒定、公平、有操作性的规则，能够规范、协和大众行为的伦理，都是人类社会的稳定基石。那是比较谨慎的读者所看重的。

穿越小说的阅读过程，读者顺从于意淫倾向，是人之常情。但是这种心理依赖和模式偏好，会对读者的伦理倾向，产生何种影响呢？写作者应该给出何种解决方案，这是值得考较的问题。

在意淫鼻祖《红楼梦》中，虽然主人公穿越到温柔富贵乡去“走了一遭”，但是主人公并没有强烈的侵占性，《红楼梦》的主体构成是欲望的审美化，把情色欲望转化为艺术创造的动力，这种情欲转移的魅惑曲线，比之于情欲本身更令人着迷。《红楼梦》渲染色空观念，与意淫叙事对冲，这也是明清欲情小说中的惯技。好莱坞电影同样在追求各种声色刺激的同时，准备着多重大众价值观阀门，通常在穿越类作品中，必定会有适当的规则限制，主人公通常是维护时空秩序与人类文明的英雄。欲望与伦理的平衡，是人类文明飞翔的两翼。比较而言，常见的网络小说，对于穿越式人生成功的意淫，对于享乐主义，是过于乐观了，人类任意满足个人愿望，不会受到限制或惩罚吗？

与各种因为意外事件而发生的，被动式、一次性穿越不同（因为是被动的，所以不用承担穿越的完全责任），在小说《别拿穿越不当工作》[①]中，主人公的穿越是“合法”穿越，他们遵从一定的伦理与规则，为穿越引起的各种后果负责。那是一些值得赞赏的穿

① 《别拿穿越不当工作》作者：楼笙笙，起点中文网。

越者。他们是骄傲的人，具有一种理想中的克己精神，不会利用穿越特权，为自己牟利。而他们中的多数是不同时代的帝王，在各自生死存亡的关头，被时空穿越管理体系的创始人梁毅带回现代社会，接受现代教育，融入现代文明，并承担国家时空管理的职责。

他们的主要工作，是维护人工时空屏蔽，把擅自穿越至古代的现代人带回现代，历史是不允许改变的，企图改变历史的人员，会受到法律的严厉惩罚。虽然在时空理论方面，不允许干预、改变历史的设定是后退了一步，但是作品要强调的主控思想是很有价值的——规则与伦理大于个人欲望。

发生“时空屏蔽”故障的战乱年代，正是主人公们从前所在的历史时空。作品让皈依了现代文明的主人公重返各种历史场景，重演自己的故事，他们带着自己的伤痛历史，角色身份，行动着，相互温暖着，也相互惧怕着。这其实映照着人类的心理事实，每个人都有的日常心理行为——角色扮演，并互为观众。他们可能就是我们。作品呈现出诗剧、心理剧的特点，具有浓郁的人文意味。穿越文本的价值目标，并不总是获得富贵体验，或者是满足民族主义情绪，展现个人命运，揭示人性深度与悲剧景观，为读者提供特殊的心理体验与审美经验，也是不凡的价值所在。

在《别拿穿越不当工作》中，人们在穿越的舞台上，看到了自我拯救、自我完善的灵魂舞蹈，他们的骄傲源于他们恪尽职守，而不是个人的荣华富贵。没有哪个社会是完美的，但是，一个文明社会理应用社会实践，宣示自己的伦理是爱与责任，是努力用公平合理的规则保护每个人，而不是认可残忍与自私，更不是一部分人公然压迫另一部分人。

不同“欲望主题”的穿越小说，实现自我或完成使命，利己或者利他，展现着各自的伦理逻辑。《铁血帝国》中的主人公刘云，穿越后演化为铁血领袖，中华帝国皇帝，他人都是实现铁血理想的工具，而《别拿穿越不当工作》中的主人公方无应、雷钧等人，却从历史时空中残暴的皇帝，蝶变为现代社会经常出生入死，完成社会使命的英雄，他们演绎着对立的两种价值观与社会伦理。他们憧憬的理想彼岸，铁血的丛林社会，或者普行人道与法制的文明社会，哪一种更接近现实时空的社会事实，或者将要成为事实呢？

这是需要答案的吧。

发表于《中国现代文学研究丛刊》2012第10期，

署名康桥

网络小说与明清小说之比较

在中国文学谱系中，明清小说与网络小说是显见的同类，都是欲望叙事的大众文艺成员，具有精神的同构性。在愿望—动机—行为主题、作品类型、主角策略、神话传奇故事形态、思想伦理表达诸多方面，进行平行比较，可以照亮各自的本来面目，明晰其有意味的异同，把握其作品构成的内在逻辑情理，同时也可以帮助我们更为清晰地认识人类本身，认识文艺的发生学原理，认清大众文学的功能与形态以及思想传导的特性，以建立适配大众文学创作与读者接受实践的研究方法和批评标准，这是网络小说研究与明清小说研究都很需要的。

一

中国文学史上，官方支持、并且事实上由官方支付报偿的文学，有史传文学、唐诗、宋词等，它们由官员（或后备官员）写作，官员（或后备官员）、士林阅读传播，得到朝廷与士林好评，作者就能在官场上获得名位报偿，并不依赖稿酬制度而生存，可以称作官方文学。虽然作者们也可能受到皇权、朝堂、同侪的排挤与贬斥，但是这些官方文学整体上反映了统治阶层的意识形态。儒学思想支撑的“诗言志”传统一脉相承，经常号召作者（官员队伍成员）反映民间疾苦，严肃地提醒统治阶层履行自身职责，文学写作传播是社会统治功能的一部分。

宋元话本、明清小说由市井生活中的大众需求派生，以大众愿望情趣为依归，由市场直接提供报偿，其作者要么是无名市井、乡野之士，要么是匿名的知识分子官员。话本创作从现场信息中获取灵感和刺激，观众兴味发生之处，说书人就大量添油加醋，繁殖情节，作品内容与形式都受到"说书"现场观众反应的影响。比如话本基础上编纂的《水浒传》嗜杀倾向明显，如武松杀嫂，血溅鸳鸯楼等情节，杀得津津有味，不厌其烦，盖由大众仇恨官府与奸夫淫妇的强烈情感所导致。

而网络文学在不经意间的勃兴，在当代"纯文学""严肃文学""主旋律文学"辐射范围之外，另开天地，成果不菲，其自发性与大众性亦如同宋元话本与明清小说，因为网络媒体的作者—读者交互反应的影响更广泛，比之于茶馆剧场书肆，互联网的传播范围更宏阔，传播效率更高，作者得到的大众自发的报偿也更大，作者满足读者心理需求时得到人气、经济报偿的保障，因此大众需求对网络文学的支撑也更强劲。

当然，在研究两者的关系时，我们不能以时间先后，判断网络小说与明清小说作品存在普遍的"继承发展"的关系。除了部分玄幻修真仙侠小说，从明清神魔小说中得到了直接的想象资源，明清小说对于网络小说更多可能是产生了曲折的折射性影响。事实上，世界大众小说、类型电影电视剧、游戏，对网络小说的影响更为直接，明清小说对于网络小说创作潜在影响究竟如何，还是难以估量的，把两者进行平行性对比研究，是较为慎重而稳妥的，这也是基础性工作之一。

摊开明清小说与网络小说的各个类型的成绩单，可以发现彼此在作品构成上的内在相像。明清小说的类型以今天之公认，有历史演义小说，英雄传奇小说，神魔小说，世情、人情小说，公案小说，讽刺、谴责（官场）小说，侠义小说等，而网络小说主流类型有玄幻、奇幻小说，都市小说，爱情小说，历史小说，军事小说，武侠、修真小说，官场小说等等，虽然类型名称有异，是在各自社会文化条件下约定俗成的，但是明清小说与网络小说类型的发生发展，具有相同的缘由。

人的基本愿望古今中外相同，人们渴望得到权力财富爱情的成果，这是个体生命基因传播的基本保障，大众通常不是社会竞争和爱情竞争中的胜利者，日常生活也狭窄无趣，需要在文艺观赏活动中，移情代入传奇性故事情节，把人物的生命情感体验融合为自身体验，从而获得快感补偿。大众文艺最为常见的愿望动机行为主题，就是主人公追求财富、权力、情爱和生存安全感的进程，主人公得趣了读者也过瘾了。刘关张与诸葛亮开创了蜀汉事业，卖油郎独占花魁、西门庆人财两得、贾宝玉得意于大观园，金庸笔下的韦小宝与网络小说《回到明朝当王爷》主人公杨凌“大功告成”，都是这样做了好梦的主人公。这些愿望动机行为主题与历史情境结合就形成历史演义小说或者穿越历史小说，与官场元素结合，则为官场小说、政治谴责小说，如偏向于爱情（情色）目标的实现，则是言情小说、世情小说。

人类还希求拥有超能，成神成仙，超脱生死，得到永恒自由，在此愿望动机支配下，主人公修行战斗以成神佛的故事，在明清小说中称为神魔小说，而在网络小说中则是玄幻、奇幻、修真等类小说。

多数明清小说“经典”，都能在网络小说里找到愿望动机行为主题或者作品构成方法相一致的同类。

《三国演义》的主角，卖草鞋的刘备、卖枣的关羽、屠夫张飞，趁着黄巾起义天下大乱之际，有意于天下权柄，搞了个桃园结义，拉拢小弟赵云，在野知识分子诸葛亮等等，凝聚成最为草根的天下争夺者集团。同样身处底层的《三国演义》的作者、传播者，为刘关张集团的每一步胜利而欢呼，并且把关羽包装成忠义武勇的道德榜样，把诸葛亮打扮成智慧神，这与以曹魏为正统的官方性史传《三国志》大异其趣。

《水浒传》是英雄传奇，也是作者们以史喻今、疏解抑郁心胸的乌托邦梦境，以底层官员、武勇、游侠结拜聚义，寻找政治出路的过程为作品主体，上了梁山以后，扬眉吐气、自由快活，又因为希求政治前途而被招安，结果水浒团体被解构，它说明获取权力需要依赖恰当的社会组织，而庙堂有庙堂的秩序，江湖有江湖的规则。

网络小说中，忍受着日常平庸生活的小人物，纷纷穿越到历史上的动乱时节，找小弟，拉队伍，攒实力，打天下，不再潜伏爪牙忍受，行为与“三国”“水浒”好汉颇为一致，《商业三国》《回到明朝当王爷》《1911 新中华》虽然主角社会理想不同，但是愿望动机相似，在获得个人权力之外，还要创造一个理想的天下。历史小说经常是权力欲望不能满足的人士的一种快感通道，至于是“历史演义”还是“穿越历史”，都与历史学关联不大，而与人生欲望相关。

三言二拍集聚了宋元明话本的重要成果，其中主角获取权力财富情爱的传奇故事最多，《卖油郎独占花魁》最有代表性，与获得奇特成功的网络小说《陈二狗的妖孽人生》《混世小农民》志趣相投，都是展示屌丝逆袭的快感。

《金瓶梅》一般被认为是没有话本基础的原创小说，作品主体部分，是展示西门大官人在追逐情色、财富、权力方面的成功，特别是追逐美貌已婚女性潘金莲、李瓶儿，种种偷情景象，以及妻妾竞争吃醋的“日常生活”细节，不断重复性展现，这是屈从于读者欲望的显著标志。《金瓶梅》反映市井生活的人间性的“艺术特色”，其实附丽于西门庆种马生活的展示，西门庆淫笑着，带动了那条想象中的宋朝街道生活景象。

网络“都市小说”神作《重生之官路商途》《重生之官道》，主角获取财富、权力、情爱方面的丰富景象，作为男性欲望对象的各种姹紫嫣红的女性人物，都对《金瓶梅》不遑多让，而展现的社会生活面的开阔，故事情节的构成技巧则有过于《金瓶梅》。

《红楼梦》是最为雅致的大众小说，它的意义当然不止于“意淫”，但是作品的主体构成是男性意淫的情感世界：天赋异常的、住在大观园里的唯一的男主角，目光所及皆美女也，各种仪态、性格、品性的美女都很乐意与主角交往，纷纷产生温柔情愫，风流痴情，祖母、母亲、长姐都很宠他，其他男性其实都嫉妒他……如此全面的美人世界、全面的艳福，只能是很擅长幻想的人才能构造出来，任何单个人的生活里都不可能如此“兼美”，皇帝后宫也不行。

但是《红楼梦》超越于意淫境界的，是对“人情”最深邃冰凉的思考，贾宝玉等人的生命情感体验，最终通向人生深层的悲剧：无论处境是富贵是困窘，无论是有心还是无情，人生终将被岁月摧残；有情人即便时时厮守，灵魂之间也不能密切无间，还是各有各的梦境，各有各的前世今生。意淫与虚空恰好构成生命的双翼螺旋，既平衡又动荡，人生的终极安置还是在青埂峰下独处。

虽然还没有任何一部网络小说作品在整体构成上与之相似，但《红楼梦》之意淫与灵异，架空、穿越与建构神话世界的技巧，对于网络小说影响很大，女性写作靠近《红楼梦》优雅灵动暧昧的情调的，更是蔚然成风。

而在明清神魔小说与网络玄幻奇幻等类型小说中，愿望动机主题、故事情节构成类同之处也很多。《西游记》的基本设定如是：唐僧是十世修行元阳未破的圣僧，吃他的肉可以长生不老，唐僧就成为妖怪抢夺而孙悟空拼命保护的对象，这是情节构成的主要内核，连续的打怪故事是作品主体，取经到达西天，功德圆满，唐僧师徒一起升级为佛是其结局。逻辑情理简单明了，而具体情境与怪物品种却又花样百出。这样的修炼打怪升级而到达永恒自由境地的愿望动机主题、神话构成方法，也是许多网络玄幻奇幻小说所喜用的，如《盘龙》《神墓》《恶魔法则》《佣兵天下》《星辰变》《斗破苍穹》等神作，主角在修炼——战斗——成神的道路上，遭遇层出不穷的怪异性的敌人，增加着主角成功的难度，然而主角高歌猛进，生命成长的丰富体验、主宰世界的愉悦，令读者紧紧跟随主角前进。在故事整体架构、快感营造吸引读者的手法、剧情与人物的丰富性等方面，网络玄幻奇幻小说已经远远超越于《西游记》《封神榜》一代。

二

明清小说作品有多主人公与单一主人公的不同，而网络小说以单一主角为普遍，大众文艺的主角定律和读者接受反应具有诸种表现。

由诸多话本编纂而来的《三国演义》《水浒传》，是多个主要人物的故事聚合而成全篇的，呈现折扇、合页状的作品形态，关羽、张飞、诸葛亮、武松、鲁智深、潘金莲，在话本、戏剧、传奇小说中具有漫长的“人物成长史”，为满足大众读者、观众的欣赏需求，作者、传播者不断强化故事情节的惊奇、惊悚效果，赋予了人物极端的道德与性格表现，他们是舞台展示式的人物，外观辨识度极高，读者会为观赏性人物的精彩表现而鼓掌，接受反应方式更多是有距离的欣赏，或者在角色扮演中，体验戏剧性剧情。

而单一主人公的小说，以主角的行为带动故事情节的展开，就更容易引起读者代入主角，把主角生死成败的生命情感体验融合为自身体验，主角欲望得逞就给读者带来更多内生式快感。而纵观文学史，单一作者的原创小说，可能更多倾向于单一主角，主角也更多承载作者与读者的愿望情感。

《金瓶梅》中单一主角西门庆的欲望满足进程是作品构成的主

线，主角是男性读者代入对象，女性人物潘金莲、李瓶儿等扮演着男性欲望对象的角色，潘金莲是热波荡漾的床战伙伴，总在创造极端的淫行，是色情狂的象征，李瓶儿在两次婚姻中，与西门庆相互追逐，是狠毒无情的荡妇，最终被西门庆收入家门，却立即贤淑深情起来，这都是为对应主角欲望而存在的，不同风情对应男性欲望的不同部位。而西门庆的朋友应伯爵等人物的小气猥琐，凸显了主角的豪爽与威势，李瓶儿两任丈夫在满足女性欲望方面的无能，凸显了西门庆生理功能的壮大，这些配角作为垫脚石，一步一步垫高了主角的快感。

在《西游记》中，为了突出第一主人公孙悟空，真实历史上艰难完成西天取经历程的，勇敢而坚定的高僧——唐三藏，蜕变为软弱、唠叨、不明是非的烂好人角色，一到关键时刻，就像蠢货一样，给主角孙悟空制造阻碍，猪八戒更是贪求生物性满足，因为欲望难以得到满足，受到各色妖精的撩拨而反复上妖精的当，他们成为显示孙悟空坚定、忠诚品性的垫脚石，这种人物设定也增加了主角行动的难度，丰富了故事情节的花样。

以通常的文学标准来看，潘金莲李瓶儿与唐僧这样功能性人物的行为表现，是不合其自身性格逻辑的，但是在世界小说史、电影史与网络小说中，这却是常见现象，大众文艺通行着这种主角定律：好事归于主角，男女配角围绕主角欲望运转，并按照主角需要改变自身，履行配角的功能，而读者观众并不因此责备作者，若违背这个主角定律，让主角围绕配角欲望而改变，读者观众就会百般挑剔。

《红楼梦》主角贾宝玉自谦自抑，在乎每个女孩，希望能够对每个美女都奉上温柔的赞美体贴，这种“意淫”“无事忙”的品性设定，方便了主角履行功能，能让主角合理地出席每一个重要场面，从而笼罩整个故事的展开。《红楼梦》主要人物贾宝玉、林黛玉、薛宝钗、史湘云、凤姐等都处于优越地位，各有自己的美丽优雅，都有自己的愿望动机行为线索，所以他们都成为读者代入对象，都有自己的粉丝人群，“红迷”其实是多个粉丝群体的集聚。这是《红楼梦》独有的叙事策略，为男女读者代入故事情境，留下了多个舒适的入口，使《红楼梦》呈现出多个女王同住的蜂巢形态。

然而要照顾这么多独立自主的人物，千头万绪，细针密线，情节进展分外缓慢，仍不免于顾此失彼。使得作者如同贾宝玉一样“为姐妹们”操碎了心，这样艰难的蜂巢式构造方式，显然不适合追求快感追求速度的网络小说写作。

网络小说如同单一神祇的神话，故事主体通常是主角欲望实现的进程，其燃烧的欲望是引领读者代入人物融入人物的火把，主人公是整个故事的主宰，是发展成果的享有者，作者、读者和主人公一起奋斗成长，主角愿望圆满实现，令读者的成功快感全面满足，结局才能来临，读者的心理需求是故事情节演化、人物形象塑造的决定性力量，特别是都市小说，与《金瓶梅》前端主体部分的构造方式颇为接近：一切情节都是为了让主角爽。

网络小说《盘龙》《神墓》《恶魔法则》《回到明朝当王爷》《1911 新中华》中各种主角无不大获全胜。网络小说的读者不接受明清小说人物那样的下场：出家与死亡，网络小说的主角通常都会过上了功成名就幸福美满的生活。现代大众文艺作品是更专业、更为对症下药的白日梦，为接受者提供愿望实现的梦境，致力于把创伤经验置换为愉悦体验，又怎能让主角失意惆怅死得难看，那是对读者的伤害。

三

大众文艺是欲望叙事谱系成员，是神话的后裔，或多或少地都体现出神话基因，或者带有“帝王将相才子佳人”的传奇性，明清小说与网络小说的神话传奇形态更为显著。

人类与自己创造的大众文艺具有天然的神性，造神是人类永恒的需求：创造“大德”的神，让自己来拜服，如《圣经》神话与中国上古神话的主角是道德的化身，是德能兼备的神，负责管理人类的精神秩序，是世界的最终主宰和裁决者；或者创造一个“大能”的神，他的欲望与意志得以充分伸张，如北欧神话、希腊神话都是大神的“成功史”，主角都具有通天彻地的神通，并为维护自己的统治，实现自己的权力、情爱的目标而努力奋斗，创造非现实的“神的事迹”，这就是“大能”神话的主要内容，他们更为凡人所认同，是人类的欲望支配着神话主角行为、塑造着神话世界，人类欲望是神话世界的最终的造物主。“大能”神话故事是人类白日梦的经典性呈现，是最疯狂、最坚定的，超越现实可能性，突破所有现实障碍的愿望达成的事迹，这也正是网络小说中的神话故事的常规形态。

梳理东西方古代神话、明清小说、欧美奇幻文艺、网络文学，其创作思维与写实文学迥异，可以发现神话性思维的最重要特点，是其具有超越性。

神话主角突破时空、物理、种族、社会文化等规则，具有超现实的神通，能够创造任何物质与意识；人们在欣赏神话与神话形态文艺作品的时候，把自己代入神话主角，把神话故事当作是真人真事，用神的心态和眼光接受神话世界，得以暂时超越现实世界的各种束缚，体验意志自由飞扬、愿望圆满得逞的快感；神话以万物有灵论为基础，任何动物、植物都有自己的灵魂，精灵、兽人、树人与人类在精神上并肩而立，因此把人类从自大迷狂中解放出来，更能够与自然和谐相处；现代大众文艺恢复文艺的造神功能，使人类接受人人皆可成神的念头，因此就把人从单一神祇的精神奴役中解放出来；神话具有普世性，神话元素如孙悟空的金箍棒、哈利·波特的魔法杖，可以超越民族国家疆界，被世界各地的人们所认同、吸纳，因此超越了种族文化的局限性，有助于人类文明的整体性认知。

从明清小说经典名著中的造神行为，就可以看出人类的造神思维对大众文艺故事形态的影响。

《西游记》《封神榜》等神魔小说，创造了自己完整而封闭的神话世界，既是对佛教、道教神话世界架构的融合，也是人间皇朝统治的镜像，它们继承发展了中国庞大的神仙系统，而主角们在神佛的世界里，通过战斗完成了佛祖或上天安排的使命，也实现了自己的愿望，把个人意志与神佛使命融合在一起。而《聊斋志异》则是在东方神佛神话背景下，创造仙、灵、妖、魔、鬼、怪飞舞的局部世界，凡人在其中体验各种情感经历，特别是贫穷的书生得到各类身份美女的垂青，多数故事体现出神话性与人间性的融合。

在《红楼梦》中，主角来自于青埂峰下，是一块女娲炼石补天剩下的顽石，因为痛感“无才可去补苍天”，才到人间体验荣华富贵生活，他与一众神仙僧道关系特殊，并且最终回归仙界；《镜花缘》与此相似，百花仙子在天界犯了错误，被贬谪下凡，化身为人间的美貌才女，演绎了传奇性剧情。

《水浒传》在整体架构上是道教神话的神明们，在人世间演化的天道命数故事。大宋开国皇帝宋太祖是霹雳大仙的化身，第五位皇帝宋仁宗，是赤脚大仙的化身。嘉祐三年，天下瘟疫盛行，太尉洪信奉旨抵达龙虎山的上清宫，祈禳瘟疫，执意进入了一座封闭的殿宇，看见一座石碑上凿有“遇洪而开”几个字，难以抵挡好奇诱惑，命人掘开石碑下面的大石板：一道黑云从地穴中冲了出来，裂作百十道金光，向四面八方散去，他们就是数十年后化身为绿林英雄的三十六员天罡星和七十二员地煞星。

后来，宋江梦遇九天玄女，觉悟自己乃是“星主”，应该承担天命，九天玄女送他天书，帮助他成为梁山聚义团伙的领袖。招安、征辽、打方腊，都是“替天行道”的应命之举，所以梁山好汉只能听从。与这个神话框架相对应，多数好汉都有自己不同凡响的特长，甚至于具有神通，他们的结局不管是死于战场、出家、自杀、被害死，还是寿终，也都是命运使然。最后天罡星回归天界，地煞星潜入地中，死后成神，为人间祭拜，也是一种大团圆收场，强化了天命故事的完整性。

这些明清小说把自己打造成神话的模样，主要人物来自于神仙界，其实也是读者偏向所致，这类故事中身份特殊的主角是连接神仙界与凡人界的关节点，读者喜欢这种代入神话故事主角、参与天地宇宙大事的感觉，扮演“与众不同”“身负使命”“一身系于天地国家气运”的角色，是一种隐秘难言的快感，也是吸引读者代入主角进入故事情境的重要手段。

《三国演义》是最为接近写实小说的作品，但其实也浸透着神话精神，是制造“伪神”的典范，它更能说明人们为何需要神话。比如关羽成神，并在清朝最终晋级为“关武大帝”，依据主要来自于《三国演义》以及相关戏剧、话本中的形象塑造，对照产生于晋朝的《三国志》等历史著作，定型于明朝的《三国演义》中，关羽的辉煌事迹，桃园三结义，温酒斩华雄，斩颜良诛文丑，过五关，斩六将，华容道义释曹操，单刀赴会，麦城拒降，关羽手执很拉风的八十二斤青龙偃月刀等等，竟然只有斩颜良确有其事，其他都是从他人事迹中挪用，或者索性是虚构的。而造神的方向是彰显关羽的忠义武勇，使其成为大众的伦理、人格榜样。

这些虚构而来的故事经常被当成历史本身，数百年来在官方与民间合谋下，人们一再为关羽封神晋级，而遍地香火的关帝庙则参与了人们的精神塑造，参与了历史进程。造神比之于事实描绘，更能满足受众的心理需求，造神的一般过程是：按照创作者与受众的愿望，对人物进行理想化虚构，然后通过各种途径强化传播，经过官方仪式予以确认，故事就成了“神迹”与“真相”。

网络小说与神话在人类精神领域是同源同构的。数百年来，随着理性思维的崛起，文学的幻想性受到压制，神话创作消亡，写实文学如现实主义文学一度成为文学主流，但是20世纪以来，在世界范围内，神话文学的潮流再次回归，这是人类精神再平衡的需要。这个潮流在中国主要体现在网络小说中，它跨越现实主义文学与现代主义文学，把神话基因显性化，是对神话故事形态的创造性重置。

把神话中的“神”置换为人类主人公，由普通人类经过修炼战斗而成为“神”，并创造“神迹”，那就是奇幻、玄幻、修真、仙侠小说的故事形态。说不得大师的《佣兵天下》、天蚕土豆的《斗破苍穹》等小说的主角在别人创造的世界里，从凡人修炼成神；而烟雨江南的《亵渎》、我吃西红柿的《盘龙》《星辰变》的主角修炼成神后，创造出自己的“宇宙”或者空间领域；辰东的《神墓》、跳舞的《恶魔法则》主角原本就是神，却因为某些变故，失去了记忆和能力，觉醒后经过修炼，变为更厉害的神。他们与神话主角的区别主要在于，神话主角的神力其来源语焉不详，而他们经过不断修炼升级而成神。修炼升级的体系在原始神话时代，还没有来得及发明，在明清小说中有所萌芽，在现代欧美奇幻文学，特别是在中国网络文学中才逐渐发展成熟起来，而不断升级进步的感受，更符合现代读者的心理需求。

有些网络小说作品，与《水浒传》意趣相同，佛道相融合的神仙世界支配着人物穿梭时空，是故事的神话基础。月关的《回到明朝当王爷》主角穿越到明朝正德年间，就是出于阎王主宰的地狱系统的安排；在张小花的《史上第一混乱》中，同样是阎王的部下判官们出错，导致整个东方天庭与地狱系统忙着弥补错误，把各朝代的开国皇帝们、名人们弄到了现代社会，这就把人间与神仙世界焊接在了一起，人间也成为神话世界的一部分。

在都市小说中，在人们的日常经验世界里，一般人受到物理、时空规则的约束，但是小说主角们却能够具有不受现实规则约束的超能，犹如较低等级的神仙，如网络都市异能小说，跳舞的《天王》主角陈潇，可以通过获取别人的DNA获得别人的异能，逐渐进化成神仙一样的人物，他们在现实生活中创造神迹，而一般都市重生小说、历史穿越小说的主角通常并不具备异能，即使修炼武功有成，也就是一个武林高手，不足以凭借武功创造出神迹，但是他们能够像神那样获得成功。如天使奥斯卡的《1911新中华》主角穿越后在短短的数年内，开创了强大的“新中华”，对世界局势有决定性影响；更俗的《重生之官道商途》主角，还是在校生，就已经对世界科技发展与金融运作举足轻重，这样的成功故事与神话具有内在的一致性：他们凭借现代人对历史进程的“预知”，让个人的欲望和意志可以无障碍地实现，主角实际上等同于一个具有预见力的神，其预见力、智慧创造了根本没有现实可能性的神迹。

在受到欢迎的网络文学作品中，很难寻觅反映真实的现实生活的故事，神话传奇故事是网络文学的主流故事形态，因为人们需要各种神力、好运的想象，需要与现实生活不同的新鲜神话，而网络作家也只有创造出被广泛欢迎的新神话，才能成为公认的“大神”。

网络文学带领人们回归神话世界，网络文学的繁荣，是人性与神性的共同繁荣，激发出文艺创作的更多可能性，网络作家们自由创设自己的神、自己的宇宙，使每个人的精神领土得到无限扩张，使人类更为自由与富有。当人们在讨论网络文学功用时，如果只是关注大众文学的通俗性、资本运作与粉丝经济等，那就如同入森林而只见木材，忽略了神话世界这个人类精神家园对于人类成长、精神秩序的作用。

四

明清小说与网络小说在思想伦理表达方面具有显著差异，可以从中看到历史与时代的身影。人的愿望是个体愿望与群体愿望的集合表达，明清人民与现代人民彼此素质构成、身心规训不同，社会组织方式与伦理观念有差异，因此小说人物的行为逻辑与故事演进方向就有所不同。

明清小说呈现了儒佛道互相竞争也互相补充，又以儒家为主流的意识形态。儒家以家庭伦理晓谕天下、治理天下，古代中国最重要的社会组织方式与伦理就体现在“家天下”中。《三国演义》中刘关张结义为兄弟，选择刘备接班人问题，是刘关张的“家事”，诸葛亮等权臣都要表示回避，而关羽正是因为对兄弟的无瑕忠义，而成为朝廷、士族与民间社会一致认同的千古道德楷模。《水浒传》中一百单八个首领结义为兄弟，是整支军队的领导力量，结义兄弟之间可以分享权力，而兄弟之外，士卒皆为无名无姓的喽啰，“梁山泊”之外众生，则更如猪马狗牛，无须对其讲究道义。宋江与李逵的兄弟伙伴之情，可以让宋江在发觉自己喝了毒酒之后，让李逵也喝毒酒，而李逵绝对服从，欣然同死，去另一世界做兄弟。这种家天下的组织方式和理念，支配着古代中国社会的运作，深深地影响着每一个社群的发展，也影响着单个人的价值取向和选择。

儒家要求入世，要求人在君臣父子兄弟的儒教罗网中，庄敬自强，履行义务，然而古代中国人又不乏精神上的退路，普遍把佛道思想当作是自留地，和尚可以上梁山，与结义兄弟一起战斗，最终也还可以回归佛门，出家后也是在中国特色的佛教伦理中，在师徒师兄弟关系中安身立命——那是对家庭组织伦理的比拟和仿照。

《红楼梦》一边兴致勃勃地进行欲望叙事，构建快感体验的美妙情景，一边又早就准备了色空思想，贾宝玉不过是来红尘体验一番，摆出游走红尘而灵台清净的姿态，时刻准备勘破红尘脱身而去，然而，深情款款的情圣与翻脸无情的佛子哪一个才是真面目，这两种对立人格、对立的精神倾向如何形成内在精神景象？作品并未深究也无法深究。

在宋元话本与明清小说中，因果报应思想经常影响着故事的进程与结局。《蒋兴哥重会珍珠衫》主角蒋兴哥去外地经商，外地来的客商却诱骗了他的妻子，那客商身死，蒋兴哥却在外地得到了那客商的妻子，自己的妻子也幡然悔悟，重归家门。欲望叙事，主角定律，与因果报应共同构造了这个故事，或者说欲望满足的幻想，家庭伦理，在因果报应的调度下得到了妥善安置。

《金瓶梅》中的西门庆淫邪过度，特别是不断勾引有夫之妇，严重毁坏儒家伦理底线，作者先是极尽所能地详尽渲染淫乐景象，最后却给他安排了惩戒性结局，自身邪死，而妻妾一一到了他人怀抱。在情理上，古代作者与“看官”既喜欢观赏主角的得意得趣，也希望过度得意的人最终受到惩罚，大众需要这种安慰：享尽了艳福的，会受到严惩，恪守本分的会获得平安之福。也就是说因果报应未必是生活的必然，生活中的“西门庆”们未必会受到这种惩罚，但因果报应是平民读者心灵秩序的平衡砝码，儒家伦理与佛教秩序用大众情理的糨糊粘连在一起，把读者恐吓一番，“诲淫诲盗”问题就这样解决了，所以“因果报应”是明清小说故事进程与结局的伦理校正器。

在《金瓶梅》序中，弄珠客曰：“读《金瓶梅》而生怜悯心者，菩萨也；生畏惧心者，君子也；生欢喜心者，小人也；生效法心者，乃禽兽耳。”然而菩萨与君子少，而“小人”为众，小说是写给大众看的，即使对西门庆做出了死亡惩戒，大众对那些能够带来快感的生动景象，还是无法克制地喜欢，如何处置人类欲望的尺度问题，“因果报应”并不是有效可靠的伦理法则。

而网络小说产生于现代中国，现代性进程的反反复复，导致各种相互拮抗的思想伦理潮流混杂，并且在网络小说创作中形成各种思想伦理表达的景观。一百多年来，中国以儒教为核心的文化帝国主义意识形态，被来自于西方的“物竞天择适者生存”社会达尔文主义和个人主义轮番冲击，在生死存亡之际，人们最容易接受丛林法则与民族主义，并倾向于强者为尊的集权体制，而个人的解放，个人主义和享乐主义也同样潜入人心，并在平安喜乐时代成为人们的主要精神取向。一个中国青年可能既是民族主义、集体主义信徒，慷慨激昂于热血词汇，又暗中沉迷于个人享乐主义，喜笑颜开，无所禁忌，如同古代中国人的精神鼎炉中儒佛道一锅乱炖。当然，相对于儒佛道思想，中国人的社会组织方式与伦理彻底更换了，相当于更换了中国人的“系统文件”——古代中国社会以家庭与家族伦理为核心，现代中国社会以个体与民族国家关系的伦理为核心，个体挣脱家庭与家族伦理的宰制，个体在各种政治社会组织中担任角色，个体成为利益分配的基本单位。

可以说民族主义以及相联系的丛林法则倾向，与个人主义相混合勾兑，是网络小说最为常见的思想伦理表达。

在“穿越历史小说”中，可以看到中国近现代历史轨迹的各种镜像。穿越到古代皇权社会，主人公如果要有所作为，首先就会遇到儒家伦理与组织方式的阻碍，没有现代社会组织与伦理，就不会有领先的现代化科技工业，强国梦就做不成。一些穿越小说的主角把兴奋点放在社会组织与伦理的实验上，《1911 新中华》的主角穿越到晚清，用民族主义武装自己的队伍，用政党政治为组织手段，完全颠覆、重构了中国近代社会，带来统一强大的军事优先的“新中华”，那其实是强国梦拥有者所期望的国家。

然而享乐主义的主人公，如最受读者欢迎的《回到明朝当王爷》《极品家丁》中的主角，通过与最高权力拥有者皇帝，建立特殊的个人友谊的策略，获取改革的权力，来减轻或绕开儒家的阻扰，作品主要构成还是主角大展神威，在泡妞、经商、建立军事工业方面创造辉煌奇迹，然后战胜了中原民族的宿敌——强大的游牧民族，在皇国上下得到最圆满的荣誉作为结局，说明种马与民族主义乃至种族意识的调和液体，最能调动网络小说作者读者的情绪，人们对于这种社会发展的路径是否可靠并不较真。

而在网络玄幻奇幻修真仙侠小说中，丛林法则支配的世界更为常见，主角在强者为尊规则的驱使下，不断修炼战斗，不断晋级，最终拥有最强大神力，成为最后的胜利者，成为世界的主宰，其家族、部族、民族和种族得以长久尊荣。这也许是现实世界的某种投射，等级社会的运行机制在于高等级生物总能享有更多社会资源、得到更多快感体验，以此激励个体向上爬升，从而不断强化丛林法则、等级排序的合理性，如此一看，强者为尊的《西游记》《封神榜》世界、残忍嗜杀的“水浒英雄”，与网络“丛林搏杀”小说所呈现的景象其实差别不大，一两百年的历史变迁，虽然主角的名姓已换，却并没有改变“神”的快感：神凭借神力还是高高在上，而大众仍然匍匐在地。

当然，网络小说的主角无论如何享受快感体验，都不会像西门庆那样受到惩罚，也不会像孙悟空那样在整个故事中，把给唐僧保驾护航作为核心任务，今天的看客更希望代入的主人公获得全面胜利并享有胜利成果。普遍意义上来说，人类是追逐快感的生物，人类生命运行由快感奖赏机制来支配，这是人类进化与社会进步的根本动力，正视人类的欲望，才能贴近人类的真相。现代人知道意淫与现实生活的区别，在不违背公共契约和他人意愿的情形下，每个人在自己的私人领域应该是自由的，在幻想中、在神话情境中愉悦自己也是自由的，人类文明整体上是越来越趋向于“所欲即道德”，我们对于快感驱动的人类还是更宽容更有一些信心为好，也可以说令读者快乐的网络小说具有显见的合法性。但是对于暴力崇拜和丛林法则价值观，还是需要警醒，它们正在把人们拖向血腥的山洞。

网络小说与明清小说还有一个重要的不同，女性作者写作、反映女性读者愿望的“女书”，已经占据网络小说的半壁江山。明清小说中的女性形象通常是男性作者、传播者创造的功能性人物，她们像男性所需求的那样扮演各种角色，而网络小说“女书”中，男性角色像女性需求的那样，围绕女性欲望而忙忙碌碌尽心尽力，如此一看，姹紫嫣红，时代却又真的不同了。

参考文献

鲁迅,《中国小说史略》，北京：商务印书馆，2011。
夏志清,《中国古典小说史论》，南昌：江西人民出版社，2001。
恩斯特·卡西尔,《人论》，上海：上海译文出版社，2003。
恩斯特·卡西尔,《神话思维》，北京：中国社会科学出版社，1992。
诺斯罗普·弗莱,《批评的剖析》，天津：百花文艺出版社，1998。
约翰·麦奎利,《神学的语言与逻辑》，成都：四川人民出版社，1992。
王祥,《网络文学创作原理》，北京：中国人民大学出版社，2015。

发表于《网络文学评论》2017年第1期，
署名康桥

历史小说中的“历史”与“历史人物”建构

历史小说是如何建构“历史”与“历史人物”的？历史小说的写作目标是什么，它们能够反映历史真相与历史规律吗？本文将以《三国演义》《水浒传》与相关题材网络小说等作品为主要分析对象，探索上述问题。这些作品题材相关，精神气质相通，形成了专属“三国”与“水浒”的文艺作品亲族，在此共冶于一炉，对呈现历史小说的“历史”质地具有重要意义。

一

小说，包括历史小说的主要构成方式是虚构，虚构能够通向真相吗，历史小说中的虚构能够通向历史真相吗？在中外文艺理论著述中，不乏这样的教诲：历史小说写作应该致力于反映历史真相与历史规律，以体现文学的认识功能与教育功能。而常见的网络历史小说，特别是当代人穿越行为引起“历史变迁”的“历史”小说，显然与上述教诲相悖，把它们自己与历史小说的既往定义都变成了疑问，因此需要对相关写作理论进行整理。

在穿越小说中，“历史”通常是幻想与事实搅拌在一起的不明物体，“历史”根本就不是历史本身，而是一个“设定”引起的变化与结果：主人公穿越、加入某一段历史，改变了历史走向，因而产生了一个新的平行时空，主人公在这个时空中，实现了自己的愿望，创造了新的“历史”，而在我们这个现实时空的真实历史中，它们当然是不可能存在的①。

这些小说中的“历史”是对历史资料的幻想性重组，为读者提供情感代入、角色扮演、高潮体验的角色幻境，反映的是人类的愿望，而志不在反映历史事实，历史事实的运用是为了主人公实现愿望服务的，小说中“历史”的主体是人物愿望实现的生活史与成功史。作品中“历史情景”越是符合读者的认知和预期，这种梦境就越显得逼真，就越是有助于读者代入故事主人公，享受故事提供的情感体验与快感补偿。在这个意义上，历史情景呈现的“真实感”是有价值的，必要的。

假如文学作品违反“历史事实”、随心所欲进行虚构是一种错误，那么网络历史小说并非首犯，它们的远祖《三国演义》《水浒传》等历史小说中，充斥着神话与传奇，违背物理定律、历史事实的情节在在可见。在进入科学主义时代之前，小说并不在意能否反映社会事实与历史事实，它们有自己想做的事。人们为了接受“历史教育”，增加历史“知识”而阅读“经典”历史小说，却可能忽略了虚构是小说内容的基本构成方法。《三国演义》大约是三分事实七分虚构的演义小说，然而却对人们的历史认知产生了重要影响。

对照产生于晋朝的《三国志》等历史著作，会发现迭经戏剧、说书累积，而集大成于《三国演义》的关羽、诸葛亮光辉事迹主要来自于虚构。

请看关羽简历的真伪，桃园三结义——《三国志》等史籍中没有刘关张结义的记载，只说三人情同手足，诗情画意的“桃园三结义”情节适合小说，并不适宜历史著作；关羽温酒斩华雄——史实记载中，实为江东猛虎孙坚的事迹，在《三国演义》情境中，如此

① 参见拙作《论穿越架空重生问题》，中国现代文学研究丛刊，2012年第10期。

爽脆的事迹只有前期第一主角关羽才配，原故事的主角反而不配；斩颜良，诛文丑——斩颜良确有其事，诛文丑的却是曹操，配角做出牺牲给主角凑戏是必须的；过五关，斩六将——关羽离开曹操后，直接从许昌南下往汝南投奔刘备，并未发生过五关，斩六将的曲折故事，这些故事是用来展现关羽如何百折不挠，不达目的誓不罢休的决心的，以塑造关羽忠于兄弟情义的天神品格；华容道捉放曹——在华容道拦截曹操的是刘备，而且刘备去晚了，被曹操跑掉了，捉放曹才能为关羽的忠义品性增加厚度；关羽单刀赴会——实为鲁肃单刀会关羽，这个大义凛然视群雄如土狗的戏码，只有关羽的枣红脸才相配；麦城拒降——事实是孙权使人劝降，关羽诈降，在城头虚插旌旗，从别门撤退，被吕蒙料到，半路截杀关羽，有此诈降一事，关羽形象全毁，只能是拒降，慷慨就义适合关羽；关羽的八十二斤青龙偃月刀也是虚构的，三国时期没有这样的兵器，彼时还没有后世的马鞍双镫，骑在马上很容易被打落，或者自己失去重心掉下马来，骑将使用如此笨重的、战斗实效低的兵器，在战场上那是找死。关羽满身亮点，竟然只有斩颜良确有其事，其他都是从别处挪用的，或者干脆来自于虚构。

再看《三国演义》中后期主角智慧神诸葛武侯诸葛亮，也是按照主角定律来虚构其伟大光荣正确事迹的，——好事漂亮事全归主角，在网络小说中也是常见招数。对照《三国志》等史籍，请看诸葛亮是如何成神的：诸葛亮火烧博望坡——实为刘备所为，发生在建安七年，而建安十二年，诸葛亮才出山；草船借箭——是孙坚、孙权父子的事迹，分别发生在跨江击刘表和濡须之战，在《三国演义》中孙氏父子部将成了主角一方的垫脚石，英雄事迹多数是要给主角奉献出来；借东风——冬至时节，多有东南风，此是曹操的天灾；赤壁之战——只有智激孙权是史实，其他诸如舌战群儒、智激周瑜、群英会、苦肉计、连环计等均为虚构，是“诸葛亮”这个人物生长的过程中，被作者们不断创造出来的；七擒孟获——诸葛亮南征是确有之事，也确有孟获其人，但七擒孟获没有史籍记载，智慧与仁义并存的诸葛亮传奇事迹，连孟获的后人都承认那是真的，那才有戏剧性；六出祁山——诸葛亮只伐魏五次，只有第一次和第四次到了祁山，两次太少，六出祁山，才能显出诸葛亮为国事天下事而殚精竭虑地献身，才能显出戏剧性；空城计——当时诸葛亮驻军今陕西安康县，司马懿屯兵今河南南阳，根本没有相遇，何来空城计？但是历史小说，最怕无聊无趣的史实叙述，必须把无趣的真实情况，变成有趣的能够帮助造神的传奇故事，于是就有了彰显诸葛亮大智大勇深谙人心的弄险之举：空城计，又彰显出大反角司马懿的狡诈多疑的性格；《后出师表》——乃后人伪作，并非诸葛亮所作。可见，诸葛亮的漂亮事迹，同样大多为移花接木或虚构。

如此动了手脚的三国“历史”，能够反映历史真相与历史规律吗？显然不能。然而，在大众的历史认知中，至今，这些虚构而来的神迹经常被当成历史本身，不然如何在关帝庙、武侯祠里拜下身去？虚构的“历史”不是历史，而是故事主人公不断走向辉煌的事迹，虚构的故事比之于事实更能满足接受者的心理需求，为读者提供历史情景下愿望实现的梦境，读者“代入”这些梦境中的主人公，获得愿望实现的快感，并对这种快感体验上瘾，进而自发维护快感体验的“真实性”，维护这种快感中蕴含的价值观，这是一种快感奖赏机制在起作用，是经典历史小说中的“神迹”被当成历史事实的心理基础。人们需要关帝庙里这尊闪闪发光的“真神”，也需要武侯祠里这尊高深莫测的“真神”，人们愿意相信他们是“真”的。

二

人们要求历史小说反映历史事实，或者创作者宣称自己的作品反映了历史事实，是与科学主义为伴的现实主义文学的旨趣。人们相信，历史学的目标是运用各种方法、资料追究历史真相，力图呈现给受众的是事实，是“有”，而历史小说声称自己是在不违背历史事实、历史走向的前提下，进行有目的虚构，呈现的是“可能有”，达到与历史学著作一样乃至更高远的目标：反映出历史真相和历史发展规律。而多数网络历史小说是在描述不可能“有”的“历史故事”。

但是历史学著作与历史小说能够反映历史真相和历史发展规律吗？历史真相只能有一个，而对真相的认知、言说却可能有无数个，无数相互矛盾相互颠覆的著作在描述同一件事，谁，根据什么，来评定各自的真实性？尽管那些对历史的认知或言说，竟相宣示自己反映了真相，自己站在真理这一边。

欧美新历史主义学者对历史认知的贡献正好与此相关，他们发掘了一个重要却一直被忽略的事实，人们感知历史的时候，历史真相并未亲自出席，历史只能在文本中出现，亦即“历史的文本性”[①]，这个事实的揭示，减淡了历史学经典的明黄色辉煌——它们不过是某个时期的作者写作出来，包含着虚构内容的文本。所谓历史的“真实”，实际上是事实与作者观念、愿望的混合构造，历史研究者永远只能构设历史，而不可能复原历史。他们经常以故事的模式来组成历史叙事，当历史成为按照时间序列叙述的历史故事，读者把历史事件放在某种情节结构中加以理解，历史就存在虚构。比如《史记》《三国志》以及诸多正史（官方修史），当然只是存在虚构的历史文本，而不是历史本身。

① 新历史主义学者孟酬士的贡献，是提供了一种醒目对称的新历史主义的特征界说：“文本的历史性和历史的文本性”它已经是这一领域的常用词和关键词“the historicity of texts and the textuality of history”，Louis A. Montrose，“The Poetics and Politics of Culture，” in H. Aram Veeser，ed.，The New Historicism，Routledge，1989，p.15

人们通常只能找到被叙说、被编织的历史，并且选择自己认同的历史来信任，这种选择又往往是审美的或者道德的原因所致。在人们对三国历史的认知中，常见挺刘备或挺曹操两派，他们相互诋毁，其道德倾向、身份认同就在起作用。而历史著作的作者同样受到时代、社会文化背景的影响，因此历史学文本是否能够公允、超越时代局限、通向历史真相是难以确定的[①]。

一方面，历史学著作因为存在虚构，其真实性、可信度为人诟病，但是另一方面，以虚构为主要构成方式的历史小说，在人类的历史认知中，却又扮演着玄奥的“伪神”角色，这些相互拮抗相互矛盾的现象长期存在着。人们在阅读活动中的愿望、情感、伦理认同，使人们很容易把自己认同的小说的人物与情节当成是真实的，而当历史小说被奉为经典，其人物与故事情节就脱胎进化为“历史真相”，为人坚信与膜拜。很多宗教经典其实就是这样带有伦理教谕的“历史”故事。

虚构是小说包括历史小说的第一指证，是小说家的吃饭手艺，但是，用依靠虚构的文学作品反映历史真相，只能是一个谎言。

错误不在小说家的虚构，取消虚构就取消了小说。该反思的是把历史小说当成历史读本，要求历史小说反映“历史真相”“历史规律”的文学观念，经典历史小说在教科书的言说中，必然是符合这一文学观念的，文学观念与经典作品，必须互证其真理性，所以《三国演义》等小说中的历史具有不可动摇的历史真实性。

文艺用虚构的手段，反映人自身的愿望，并且人们希望反映自身愿望的故事文本就是“公认的事实”，就是历史变迁中正确的一方，以宣示自身愿望及其虚构行为的合理性合法性。在科学主义主宰的时代，宣示小说像科学一样追求真相，因此能够配得上庄严的殿堂，既是羁縻手段，也是一种生存策略，一种心照不宣的策略性话语。

---

① 参见《历史主义与文学批评》张京媛主编，北京大学出版社，1993年1月第1版。

虽然历史学著作与历史小说都存在虚构，人们也因为各种原因，混淆虚构与事实，但是并不能因此就同意海登·怀特在《话语转喻论》等著作中认定的，史学家与文学家的话语形式以及他们的写作目的往往一样，“历史作为一种虚构形式，与小说作为历史真实的再现，可以说是半斤八两，不分轩轾”[①]。

历史学与文学的目标、价值显著不同，历史学的目标就在于努力追究、呈现历史真相，即使在古代社会文史不分家的情况下，史家的工作目标也是竭力切近历史真相，虽不能至心向往之，虚构和想象正是手段不足之际的手段，而在晚近时期，探究历史事实的各种方法各种科技手段日益增多，更有助于历史学的核心关怀的达成。历史真相的探索对于文明的延续，对于现实社会治理，就如同为奔跑的人群提供坚实的大地，人类社会无法安心建立在虚构的基础上，人们不断把某些“历史事实”宣示为“真相”，正是因为真相对所有人都是重要的。

因此，还是把追究真相的任务还给历史学，把虚构与幻想的权利还给文学，文史分家，更能各安其心。

三

塑造《三国演义》中刘关张集团与《水浒传》中梁山好汉团这样的乌托邦团体，是历史小说“建构”历史的一种方式，历史可以被描述为“兄弟忠义团体”团结奋斗的“历史”，团体之外，即为团体的敌人，敌人成为主角一方的配角、垫脚石，要完成角色规定的戏码，历史资料要向这个根本任务倾斜。对于被压抑的、在各种政治制度之下潜行的华人民间社会，“兄弟忠义团体”是历久弥新的榜样，是社团价值观与组织方式的教科书，是一种愿望实现方

① Hayden White, Tropics of Discourse, The Johns Hopkins University Press, 1987, P.122

式，一种华人文化标识。人们对这种“兄弟”行为模式的模仿，又反过来强化了《三国演义》《水浒传》的历史建构与历史人物建构的“真实性”认同。

在这个“历史建构”过程中，那些寄托着受众愿望的人物，就成为历史舞台上的主角，“历史”的宠儿，受众代入对象，核心价值观代言人，《三国演义》中关羽、诸葛亮等人，《水浒传》中宋江、武松等人，就是这样的主角，他们必然是小说虚构的受益者，他们最显著的最被强化的品性，就是对团体与兄弟的忠义，而这是维系团体生存的伦理基础，反映了《三国演义》《水浒传》的作者、传颂者、接受者的一种强烈愿望——托庇于强大的团体，得到归属感、安全感，拥有伙伴忠义，在团体成功中获得个人成功。

标举理想品性，是政治、军事团体对成员进行精神塑形的必然举措，具有精神塑形功能的那些小说，其虚构的方向也必然是让主要英雄人物，具备团体所需的理想人格，把尽可能多的漂亮行为集中到主要英雄人物身上。在《三国演义》中，刘关张集团前期颠沛流离寄人篱下，主要靠内在的忠义来维系团体生存，所以力捧忠义武勇的焦点人物关羽，为了兄弟情义，威武不能屈，富贵不能淫，连倡导“兄弟如手足，妻子如衣服”的大哥刘备，都要给他捧哏。而后期刘关张集团崛起，需要突出才智之士的作用，需要一个智慧神，这就形成力捧诸葛亮的内在动力（诸葛亮出山前与作者身份一致，在野的乡村知识分子），公而忘私，大智大慧，庞统、周瑜、鲁肃等智谋出众的人物，都只能是垫脚石，把他们干过的漂亮事都拿来装点诸葛亮的漂亮羽翼。

刘备则是最委屈的人物，他的光辉事迹前期转移给了关羽，后期转移给了诸葛亮，以至于人们怀疑这个人物，别无本事，只是善哭、用假仁慈的招数利用他人，窃取了他人的成果，果真如此，刘备又如何做得了蜀汉之主——显然在反映历史真相、历史变迁的轨迹方面，《三国演义》因为那七分的虚构而弱于《三国志》，但是在

“兄弟团体”建构、得到读者情感认同方面则远远超过《三国志》。三国历史中，蜀汉的主角是刘备，《三国演义》的主角却是关羽与诸葛亮，而《三国演义》中的“历史”与“历史人物”的塑形，深深地影响了后来的戏剧、电影、小说的创作。

《三国演义》的尊刘贬曹——与《三国志》相反，是作者、传颂者的平民身份认同感使然，其他说辞只是借口。卖草鞋的刘备、卖枣的关羽、屠夫张飞桃园三结义之后，不断在挫折中跋涉，在得到在野知识分子诸葛亮、庞统，默默无闻或不得志的武将赵云、黄忠、马超等人的加盟后，建立了蜀汉事业，这个团体受到《三国演义》的主要受众群体：底层读书人与市民阶层的情感、伦理认同，形成了作者—读者愿望情感共同体。世家大族把持朝政，把持地方统治，一贯是寒门知识分子的敌人，曹操、孙权士族门阀集团受到《三国演义》的贬抑是顺理成章的。作者强化了曹操白脸奸雄的品性，与兄弟情义价值观相反的德行：宁叫我负天下人，勿叫天下人负我。作品中的曹操不断被戏弄与惩罚，抬高自己，丑化敌人，是大众文艺常规的人物塑形手段。

《三国演义》因为弘扬了忠义精神，蜀汉坚称自己延续了汉朝的正统，因而被明、清两朝朝廷所认可，演绎了愿望情感共同体扩张的过程，关羽的神格不断提升，直到比世俗皇帝的官位还高——关武大帝。《水浒传》却因为造反精神、非政府组织对主流社会的疏离感而被压制，直到后来出现革命的政权，才得到庙堂级待遇，也因为一些人“告别革命”的愿望，而受到新一轮贬抑。

《水浒传》比《三国演义》更专注于“兄弟”乌托邦的构建，也更为明确地彰显底层社会价值观，并根据这个需要，构建了一个污糟的大宋“历史”情景，以彰显兄弟团体造反的合理性。

梁山好汉中的主要人物都具备忠义品性，聚义的主题与人物行动是充分融合的，各种失去出路的豪杰，如武松、林冲、鲁智深等人，上梁山聚集成一个兄弟团体的历程，就是《水浒传》作品的主要构成，虽然人物、故事情节分散，而作品并不显得凌乱，皆因情节从未离开“聚义”的主题。在《水浒传》团体的形成中，贯穿性人物，义气深重的宋江作用很大，也说明众人对领袖人物的渴望。《水浒传》更为明确地表现了民间团体内在凝聚力与伦理根基：拥有公正贤明的领袖权威、内部互利性规则、兄弟情义为核心的价值观。人们希冀托庇于这样安身立命的团体：对兄弟不放弃不抛弃，为了兄弟，不惜发动战争，让每个团体成员，得到归属感与安全感，在团体中实现自身价值，得到生活的意义感，即使是喝酒——对于中国特色的团体，喝酒是重要的组织生活，与兄弟同醉或者为了兄弟而醉，都能凸显喝酒的意义，这是乌托邦团体生活的魅力所在：赋予团伙生活以仪式感戏剧感，“历史”将会记住兄弟间每一次披肝沥胆的倾诉、每一次剧烈争执——其实是喝醉了。

团体当然会要求异性兄弟间具有思想、情感、行为的一致性，在团体内部会产生去性别化、去家族化、去除原有政治身份的心理行为趋势，所有人都同化为一个身份：兄弟，犹如革命团体中所有人都同化为一个政治身份：同志。女性在《水浒传》的语义结构中，被污名化处置，要么如潘金莲、潘巧云、阎婆惜一样美而淫邪害命，因而被杀死，为兄弟们解恨，要么如孙二娘顾大嫂那样，没有女性魅力，又认同兄弟伦理，成为“兄弟”一员。

这样显著的为女性祛魅行为和禁欲倾向，正是因为女性魅力、性欲的迷狂作用，容易引起兄弟内部为异性而争斗，是对群体归属感的颠覆性力量，对于团体一致性伦理是有害的。革命团体与宗教团体因为需要内聚力和思想行为一致性，同样会要求成员禁欲，并在外观上去性别化，道理相同。单一价值观的极致化强调，必然导致激进的行为规范。

而《水浒传》中的宋徽宗君臣，扮演了梁山好汉的敌人角色，具有与好汉们相反的品性，自私、胆怯、腐朽、愚蠢，整个社会残忍、混乱，到处是吃人、随意坏人性命的景象。创作者、传颂者对于世情的感受与总结，与其说是来自于久远的宋朝，还不如说来自于他们自己的所见：元朝与元末明初的动乱无序的，黑暗残暴的人间情景，而读者们却会不由自主地把《水浒传》的“历史”景观当作是大宋的真实历史。

《水浒传》中的主要矛盾，是《水浒传》的乌托邦团体思想、组织方式，与普世的社会系统之间存在的对立。招安可以为每个兄弟谋得人生出路，是基于现实利益选择，但是却消解了乌托邦团体，是对团体伦理的背叛。在艺术作品中，“背叛者死”是一条古老的禁咒，与“乱伦者死”一样不可抗拒，所以招安后，《水浒传》主要人物要么惨死，要么遁入空门，这是从反面呈现了团体聚义主题，也是“历史人物”构建的原则之一。金圣叹本《水浒传》以七十回大团圆为结局，道理就在于众兄弟安身立命的聚义团体已经形成，快感体验已经到了高潮，作品的愿望主题已经完整呈现，后面的招安以及为朝廷而战，导致兄弟凋零，实在是对快感的消解，所以一刀砍去，岂不快哉！

它们启发了后来的演义体小说、部分网络历史小说的创作，成为“三国”“水浒”题材小说亲族的主要根系。特别是“历史”与“历史人物”建构的方式，给后来者留下启示，决定历史小说行进方向的不是史实，而是作者—读者愿望情感共同体的需要。

四

克罗齐的“一切历史都是当代史”这句话，对于历史学著作的写作而言，其正当性是可疑的，而对于历史小说，特别是网络历史小说中的“历史建构”，却很恰当，这一波网络历史小说狂潮，有一种毫不掩饰的“当代性”。在网络历史小说的“历史”建构中，主人公介入前的历史可以称为前史，而主人公介入后创造的全新的

“历史”，才可以看作网络小说中的“历史主体”，也是故事的主体。比较起《三国演义》《水浒传》在历史事实大框架下的，人物事迹移花接木偷梁换柱式的虚构，街角算命式的历史故事言说，网络历史小说的姿态则彪悍得多，是一种“创世纪”式的历史建构模式，也是飞扬的小说态度：我来了，世界变了。

受欢迎的三国、水浒题材网络小说，在历史情境中，展现了主人公个人愿望与社会理想实现的进程，体现出中国当代社会教育与宣传的精神塑造的作用，也体现出当代社会各阶层不同愿景之间的碰撞，对于历史小说写作具有强烈影响。“革命者”、改朝换代野心家、改良主义者都成功地在小说中创造了自己想要的“历史”，改良主义者自然会肯定某些历史时期的社会文化基础，而“革命者”自然会从根本上否定某个社会，他们都是为了让自己理直气壮。

《大汉帝国风云录》① 反映了平民阶级与底层军人的诉求：得到上升社会高层的机会。主人公李弘是一个穿越到汉末的现代军人，他收拢北疆（今华北地区）各民族骑兵、招降黄巾军组成强大的北疆武人集团，建立护佑穷人的北疆家园，对于世家门阀势力、贪腐官员，则随时举起屠刀。但是，当为国为民的初愿与自身这个武人集团利益之间发生冲突，他只能选择捍卫武人集团的利益，因为刀把子是他们实现“阶级理想”的保证。大汉朝还在，统治集团换人了，当武人集团成为新的怪兽群体，把团体利益看得高于一切，他们关于社会公平的理想就只能成为一种过时的誓言。

在公民社会建立之前的任何时期，底层社会精英唯有抱团作战，才有实现愿望的可能，分散时潜伏爪牙忍受、看似温顺的绵羊，动乱来临时则结成暴民团体，如凶残的群狼，这正是梁山好汉行为模式深入人心的原因，也是穿越小说中暴力团体模式流行的原因。

---

① 《大汉帝国风云录》作者：猛子，起点中文网连载。

《混在三国当军阀》[①] 的主人公马跃就是暴力团体的恰当领袖，他穿越到了汉末黄巾军溃败的战场上，率领黄巾残兵“八百流寇”，在塞北建立基业，用蒙元一朝的金字塔结构的奴隶制统治占领区，起家的黄巾军同伴就是金字塔顶端的“主子”，而主人公马跃能够为兄弟团体带来荣华富贵，带来战争利益，因而获得统治合法性，建立了自己的皇朝。在这个“历史”景观里，暴力与种族主义，融合为一种他们一再标举称道的狼性，而天下大乱就是狼性勃发的恰当时机。

种族主义已经在网络小说中深度发炎红肿。《全球三国》[②] 是个人享乐主义、种族主义与集权主义思潮的混合体，一些中国青年灵魂深处的分泌物。主人公李亦奇降临东汉末年的江东，开创工矿企业，收编三国成名好汉，组成最强大而忠心的军队，搬用近代集权体制下的制度架构，运用现代洗脑术，对民众与军队进行愚民教育，给追随者以荣华富贵，以此统一三国，征服全球，收拢世界各地各种族美女，组成自己最庞大的后宫。集权主义体制保障了主人公及其追随者利益最大化，这是他们赞美集权主义的根本缘由，民族主义叙事只是策略性话语。这种梦境里的快感是否已经影响到他们现实生活中的选择倾向呢？

《商业三国》[③] 则反映了启蒙知识精英的理念与愿望。几个教师出身的人穿越到了汉末，带领流民与工匠进入辽西屯田，开办工商企业，开创共和体制，以契约精神重组汉末社会。他们确立了军事、经济优势，更以保护公民个人权利的社会制度、有尊严的生活赢得了人心，压倒了诸侯势力，用宪政制度统一了三国，并不断吸引周边各民族地区，加盟超越种族的大汉体系，这是另一种革命，是用文明匡正野蛮，改造人类社会基础的革命。

---

① 《混在三国当军阀》作者：寂寞剑客，起点中文网连载。

② 《全球三国》作者：比萨饼，起点中文网连载。

③ 《商业三国》作者：赤虎，起点中文网连载。

在网络小说中，改良主义倾向的人士在北宋发现了实现梦想的更好机会。

《新宋》[1] 主人公石越出现在宋神宗熙宁二年时的汴京城，传播现代学术，开创现代学校制度，创办报纸，带来有序的思想解放，带动科研与工业发展。这是主人公认为最适宜进行制度变法的时期，他的变法重在顶层设计和制度建设，他总能在固有文明与“祖宗法度”中，找到变法依据，取得改革的当期效果，最终却能链接近现代社会制度，这是他的“改良道路”得以走通的主要依据。他也凭借变法的成功，任职大宋宰相，数度力挽狂澜，创造了新的大宋历史。

改良的另一条通道是开创特区，进行思想资源重组与制度嫁接。《宋时明月》[2] 的主人公赵兴穿越到了宋神宗时期，运用现代组织方式，在沿海各地开创工商产业，开展海外贸易，后来利用朝政动荡，在“广南东路”（广东）建立了具有军事优势与财政优势的“特区”。主人公力行宪政，压迫宋徽宗同意把“太祖之誓”：与士大夫共治天下，用法律确定下来，成为君主立宪制度的起点；把《蓝田乡约》指引下的乡老会，逐渐向握有立法权监督权的实权机构转化，打下议会民主的基础；依据自治精神，鼓励大宋商人在海外建立自治港、自治贸易领，这些正是欧洲立宪民主制度起步阶段的成就，带来了欧洲的数百年强盛。主人公的政治特区对于大宋具有广泛的示范作用，而文明巅峰的大宋对世界具有广泛的示范作用。

《高衙内新传》[3] 则对大宋朝廷体制内改良的成功，做出了乐观想象。主人公与宋徽宗时代高俅之子“高衙内”高强互换灵魂，“高强”运用穿越者预知历史的优势与体制内丰厚人脉相结合，针对性地解决内政危机，与辽夏外患。与盘根错节的利益集团共享改

① 《新宋》作者：阿越，起点中文网连载。

② 《宋时明月》作者：赤虎，起点中文网连载。

③ 《高衙内新传》作者：斩空，起点中文网连载。

革红利，协调体制内力量，解决了冗官、冗兵、冗费的北宋痼疾。利用大宋的经济军事优势，与辽国协议收复燕云，帮助辽国攻打金国（与历史上宋徽宗胡搞的“联金伐辽”相反），并最终收取辽东，改变大宋溃亡的命运。主角在改良大宋之外，谈了几段很有难度的恋爱——与潘金莲、武松三角恋，与权相蔡京女儿蔡颖、名词人李清照三角恋，颇享受成功人生的滋味。

《新宋》《宋时明月》《高衙内新传》等作品的主人公“发现”了宋朝人物的创造精神，君子风度，自由宽松的社会环境，平民的福利制度。而这个文明顶峰的政治与伦理基础，是皇权与文官体系共治天下的共和精神，儒家士大夫的仁义、平等思想。这是诞生了废除奴隶制的《天圣令》，体现乡村自治精神的《蓝田乡约》的时代，是最可能诞生宪政制度的时代。

恰恰是王安石变法打断了大宋文明精神的脊梁，《新宋》《宋时明月》呈现了这样的历史场景。王安石及其追随者的变法加强了官府在经济活动中的权力，由官府直接操纵工、农、牧业生产，官吏任意搜刮民财，短期内能够看到皇帝内府与官府财税猛增的“好处”，却导致遍地小民弃家弃产而逃，流民暴增，最可怕的是，王安石新党借助于皇权，对反对变法的“旧党”进行残酷迫害，消灭了君子政治，打破了皇帝与士大夫权力平衡的局面，直到宋徽宗可以为所欲为，断送了北宋。权力向最高统治者手中集中的这种“变法”，是北宋几任皇帝排除万难支持新政的原因，也是后世的集权主义者赞美王安石变法的原因之一。先有心防失守，“人文大宋”“君子大宋”消亡，而后北方游牧民族轮番践踏，华夏文明坠入千年黑夜。

这些改良主义的穿越者还有一种强烈的警觉：在民族主义的狂热煽动下，帝国主义式的对外军事扩张，常常隐藏着重重社会危机和陷阱，会导致国家财政崩溃，民不聊生，社会动乱，手握军权的军人变得不可遏制，强盛的汉、唐对外扩张，都带来同样的历史结局：漫长的军阀血腥混战，望不到头的黑夜。经历过残唐五代黑暗的宋朝开创者，建立了文官控制军队、避免出现军阀专权的制度，恰恰是对世界文明的重要贡献，是现代文明社会的重要支柱。《新宋》《宋时明月》《高衙内新传》的主人公，各自造就了强大的新式军队，但是并不把它看作是私产，最后都能功成身退，他们建立的制度也保证他们不能恋栈，对于有理想的改良主义者，捍卫自己创造的文明规则，比永执权柄更为重要。这些当然都是当代中国人的思考在“历史”建构中的投影。

当然也有人对以文御武的军事制度不满，《宋时归》[①] 主人公萧炎是在现实时空找不到存在感的热血青年，穿越到了北宋末年，找到了历史使命：“挽救华夏民族的命运”。在北宋即将被金国打垮的关头，萧炎降身于北宋“联金伐辽”的前线，得到溃败宋军将士信任与跟随，特别是收服岳飞、韩世忠为部下，死战收复燕京，然后扩军以自固，养寇以自重，长期控制一支强大的、忠诚于主人公的军队，坚定地在权臣兼军阀的道路上走下去了。虽然主人公声称控制军队是为了挽救华夏，但是他的行为本身就是在破坏华夏文明，用大声嚷嚷的民族主义的口号，掩盖着军队忠诚于军阀，凌驾于国家利益之上的倾向，建立文明制度需要几十年几百年血腥代价，而破坏它却只需要乱世的一个野心家。人们不该忘记，在革命与改良之外，城头变幻大王旗也是常见的历史形态。

革命与改良是相互竞争的变革形态，改良主义者重视规则，而革命者享受激情，其中蕴含着不同的情感伦理认同与快感模式。过去两百年里，在皇权社会向公民社会过渡的历史时期，世界各地重复着相似的两类故事模式，要么统治阶级明智改良，建立民主法治治理体系，社会转型成功，要么社会动乱爆发革命，经历更为曲折漫长的现代化之路。这是中国近现代一切政治思潮与社会制度实践的主要时代背景，而网络历史小说是呈现各种社会变迁方案的沙

---

① 《宋时归》作者：天使奥斯卡，起点中文网连载。

盘，人们可以凭此了解国民的各种潜伏愿望，这可能是一份意外的收获。

五

如同德里达，罗兰·巴托，朱丽娅·克里斯蒂娃等人曾经论述过的那样①，文本之间存在着相互缠绕的语义互联网，在阅读阐释活动里构成复杂的互动关系。“三国”“水浒”题材亲族的小说就是这样的互文景观，网络小说作者们对《三国演义》《水浒传》的人物与故事，进行了承接、扭转、颠覆、重构等写作实践，分析这种文学形态，可以进一步探讨历史小说中的“历史”与“历史人物”，究竟是如何建构的。

三国题材网络小说中的穿越主人公们，通常会重新串联、组装三国人物与故事，衍化自己想要的“历史趋势”，建立自己的国家，而那些三国人物，功能性人物与首脑性人物会得到不同的命运安排。

质朴、忠诚、武勇而精细的赵子龙，是所有三国题材网络小说作者的最爱，无论价值观、社会理想如何，每一个穿越者到达三国时期，都会设法把亲爱的赵子龙收为小弟，他在不同的“建国大业”中，都扮演了同样的角色：沉默而可靠的伙伴、追随者，发挥了镇国大将的功能。诸葛亮与此相似，一个智慧型的功能人物，军师与内政高手，同时也是骄傲的君子，只要得其一诺，尽可举国相托，对其忠诚信义毋庸怀疑。这类人物的个性与角色，承接了《三国演义》中的塑形，是功能性人物，在三国题材网络小说中，发挥“三国历史元素”“三国元器件”的作用。

---

① 参见《互文性研究》作者：（法国）蒂费纳·萨莫瓦约，译者：邵炜，天津人民出版社 2003 年 1 月第 1 版。

而三国势力的首脑人物刘备、曹操等人，其角色安排则很是不同。《商业三国》中，主人公重生于“刘备”的身上，“刘备”成为三国时代建立公民社会的主导力量，慷慨激越，克己为公，是一位理想主义的英雄，而曹操作为明智的竞争者，与“刘备”在政治制度的改良方面，并驾齐驱，成为宪政框架下相互制衡的力量，他们与《三国演义》中仁慈善哭的玄德公、白面奸相曹阿瞒相去甚远，是一种形象重构。在《全球三国》中，曹操、刘备、孙权等人，都是主人公李亦奇人生愿望自我实现的垫脚石，主人公需要尽快统一中原，雄才大略的曹操就成了李亦奇的岳父，为了避免互斗令华夏民族元气大伤，“曹操”把手下势力地盘一股脑交给李亦奇，于是天下一家。主人公也需要“合适”的敌人，需要无道德愧疚地得到敌方的地盘与女人，得到杀掠快感，刘备、孙权等人就一直为主人公统一全球设置障碍，刘备更是在战场上出卖兄弟、自己外逃去做“汉奸”，这就彻底颠覆了《三国演义》中的曹操、刘备、孙权造型。而关羽是在刘备做了“汉奸”之后，才归降李亦奇，因此保全了关羽的忠义形象，关羽也终于成为一个合格的“三国元器件”。

《水浒传》中，除了被脸谱化的宋徽宗君臣，只有宋江、史进、杨志等几个人有可靠历史记载，一百单八将，大多数是虚构的“历史”人物，史实中的宋江团伙应该是规模不大的一股流寇。《水浒传》是累积型的作品，自南宋出现一部名叫《大宋宣和遗事》的著作开始，继之以说书人的水浒篇目，后来的水浒题材的杂剧，水浒人物形象一直在市井社会中不断生长，梁山好汉的规模也在膨胀，作者、传颂者、接受者都希望梁山事业红火起来，到元末明初之际，《水浒传》在杭州衍化而成，以宋江起事作为缘起，到小说成书，走过了漫长的两个半世纪[①]。但这并不是“水浒”故事衍化的终结，在后来的戏剧、话本、影视剧改编中，“水浒”人物仍然继续生长着。最新的互文性作品，是一批网络小说。

---

① 参见央视《探索·发现》栏目2011年4月10日播出《寻找〈水浒传〉》。

改良主义者必定否决《水浒传》背后的价值观，改良与造反的理由通常相反。在声称尊重历史事实的网络小说中（主人公介入前的历史情景、历史人物，尽可能符合史实），比如《宋时明月》，虽然作品中没有出现《水浒传》人物，但是针对性地呈现了大宋的人文精神、政治制度、社会法制环境，解构《水浒传》对大宋的丑化描述，《水浒传》里的这段历史令人绝望和愤恨，《宋时明月》里的这段历史却如清风明月般美丽。《兴宋》[①] 则直面了《水浒传》人物，主人公穿越后，秉持华夏文明的"守护人"立场，组织了团练式军队，打垮、改编了宋江流寇团伙，消灭了方腊烧杀抢掠的土匪集团，——他们是文明秩序的破坏者，是人类社会的溃疡，对梁山好汉所代表的民粹主义梦想，对强盗逻辑应该坚决否定。

《宋时归》故事时代背景与《水浒传》是衔接的，也没有出现《水浒传》人物——真实存在过的《水浒传》人物，对历史的影响也是微不足道的。但是在《宋时归》的故事中，与《水浒传》的历史认知一样，朝廷腐朽，特别是以文御武的制度设置是不可救药的颟顸，这是主人公凭借军队牟利的合理性所在。也有《水浒传》中燕青这样优质帮闲的功能性人物——与岳飞一起投靠主人公萧言的张显，人物俊秀，浪子仪态，去勾引李师师身边的侍女，让李师师为了主人公的事业，去勾兑道君皇帝赵佶，这显然是对《水浒传》的戏仿。《宋时归》还构建了《大宋宣和遗事》的仿制品："《大宋宣和北地述异》"。在一些章节的开始，言述主人公介入后的大宋"历史"，也与《宋史》《水浒传》构成互文关系，作品中没有《水浒传》人物，《水浒传》却一直在场，使读者的阅读具有多重兴味。

《高衙内新传》是一部特殊之作，它全面承接了《水浒传》与《金瓶梅》的故事，两部书的主要人物都在该作中出场，成为作品的元器件。但是根据作者的需要，继承了部分人物性格原有塑形，却扭转了人物命运与行进的方向。高衙内的爹高太尉，是几十年屹

① 《兴宋》作者：赤虎，起点中文网连载。

立不倒的官场老手，很干练，很忠君，对于主人公他是一个慈祥的父亲，并为主人公的改革出谋划策，比之于《水浒传》中祸乱大宋的首犯“高太尉”，行为逻辑更有可信度，更有人性基础。作品中的潘金莲与武松的重塑，应该作为互文研究的重要案例。

潘金莲与武松的人物史是有趣的线索，反映出时代观念与大众愿望对人物建构的影响，潘金莲是一个随着“肉欲”的观念变迁而衍化的人物。在《水浒传》中，潘金莲是兄弟情义、团体伦理的对立面，她的美艳浓情难以撼动正面人物武松的心灵，与淫邪的西门庆一起，从反面衬托出武松的坚毅心智、忠义品格。最终，武松为兄报仇，杀去一对奸夫淫妇，弘扬了民间社会的“正义”观，潘金莲与西门庆其实是武松的垫脚石。

而到了《金瓶梅》中，潘金莲成为男性欲望的对象化人物，她欲壑难填而忠于自身感受，是一个知道自己“要什么”的美妇，令男性既喜且惧，是明清艳情小说中常见的淫妇典范。20世纪20年代，在自由民主，男女平等的思想潮流中，戏剧家欧阳予倩的话剧《潘金莲》对女欲的传统观念进行了解构，这个“潘金莲”追求自由，追求真爱，敢于反抗男权凌逼，是思想上穿上洋装的“民国女儿”。到了20世纪80年代，欲望解放再次成为中国社会的文化潮流，为“欲望”正名成为强劲的创作动机。在魏明伦的荒诞戏剧《潘金莲》中，“潘金莲”是反抗强权，“敢爱敢恨”，有正常情感、自然欲望的女性，她爱武松不可得，迫不得已姘上西门庆，并杀夫，总体上是令人同情的，男性可欲可爱的对象。

然而语义的重构并不总是可以随心所欲的，固然互文的丰富的语义层积，能够提供更多阅读阐释兴味，但是也会受到原有故事的羁绊。欧阳予倩与魏明伦的《潘金莲》，均承接了《水浒传》潘金莲毒药杀夫、武松挖心杀嫂的剧烈的对立关系，承接了故事的结构功能，却企图颠覆故事所固有的语义与伦理阐释，不免陷于二难。如果潘金莲是正确的一方，武松，以及同样杀去淫妇的宋江、卢俊义等《水浒传》主人公，必然是邪恶、残忍的罪错一方，那《水浒传》的伦理根基就不存在，如果潘金莲杀夫该死，则为她而作的任何辩护词都很苍白徒劳。

《高衙内新传》里的潘金莲、武松是被大跨度扭转的人物。由于主人公穿越介入了“历史”，潘金莲杀夫事件被避免了，没有这一“原罪”，故事显然不同（有了穿越，真好）。武二郎成了打虎英雄后归家，潘金莲喜欢上了“二叔”，武松也对她心生爱慕之情，但是碍于叔嫂伦理而隐忍。潘金莲因为武大郎被西门庆害死，无所归依，住到主人公高强家里，像人们期待的那样“敢爱敢恨”——主动遇合了高强，并孕有一子，因为与高强正妻不合，自愿到寺庙中禅修生子。宗教洗礼之后的潘金莲，面目慈祥，心怀悲悯，能够把压抑悲苦的武松，像婴儿一样拥抱在怀，抚慰、催化武松放声痛哭，使其放下多少内心纠结，走上战场，为大宋而战。那一刻潘金莲通体放光，进化为安慰系治愈系圣母，成为优质“宅男女神”。习惯现代戏剧、电影故事建构的男性青年，显然会对这样的潘金莲故事感到舒爽，它扭转了血腥杀虐的《水浒传》模式，转化为具有高潮体验的爱情故事。

上述这些人物与故事，共同构成了“三国”或“水浒”的语义网络，并且它们仍然在传宗接代，生长繁衍。论述至此，我们可以拥有清晰的判断，历史小说中的“历史”，是人类观念与愿望的滋养下生长的想象物，在使用特定时期的社会生活材料而搭建的景观里，人物实现愿望与理想的一切行为，都是“历史”的有效成分，“历史”的主体就是人物的有意味的生活史，——这样体贴创作实际的小说理论，才能容得下历史小说的自由生长。

发表于《网络文学评论》2017 年第 2 期，

署名王祥

网络文学批评标准刍议

网络文学的发展需要文学批评的介入，然而批评界缺少与网络文学对话的经验，缺乏适配的批评标准。文学的批评标准应该与批评对象的文学承诺、创作实践、读者期待相匹配，网络文学最常见的作者承诺与读者期待，是为读者提供快感体验，网络文学主要成就在于涌现了一大批优秀的“玄幻小说”“穿越历史小说”，在纵横驰骋的幻想中，实现主人公的愿望，营造快感体验，是其显著的作品构成特征，即使是“都市小说”“官场小说”，似乎与现实有关，但其中的“现实”生活场景，也只是演绎快感体验的情景而已，按照“真实性”标准去反映现实生活，并非网络文学的强项。

快感与美感体验，是人类生命活动的基本需求，也是网络文学生存发展的立足点。从达尔文进化论，到当代的自组织理论，对人类生命体的研究成果表明，人的生命系统与自然系统、社会系统一样，是在物质、能量与信息输入的刺激下，不断走向有序的自组织结构，当人们去做对生命体有益的事情，包括在展望、幻想中，得到了有益于生存、发展、繁衍的结果，生命体的神经兴奋性物质脑啡肽、多巴胺等物质就会协同工作，向全身传递出快感，这就是生命体的快感奖赏机制；人的意识活动在快感经验的推动下，寻找和发现更多对人有利的事物，寻求更高秩序更高意义，超越生理束缚、具体功利、现实条件，而获得更大自由、更强主体性的情感势态，就是美感体验，它诱导人类积极从事有益于人类群体生存、发展、繁衍的创造活动，得到更为丰富、新鲜的愉悦感，这就是生命体的美感诱导策略。

比如爱情，能够显著提升人类快感水平，给人以多层次快感与美感体验，如果没有爱情亲情在每一个环节给人以快乐，人们也就没有动力去承担繁衍后代的繁重责任，人们视爱情为艺术创造的重要源泉，享受爱情，歌颂爱情，也是生命体对快感奖赏机制与美感诱导策略的自发的强化。

具有丰富的快感与美感体验的生命体，更积极、更有主体精神和创造性，一切有益的认知与创造活动，都会得到生命体自身的奖赏，形成良性循环，快感与美感是创造人类文明的发动机。缺少快感与美感体验的生命体，会陷入焦虑、紧张、恐惧、痛苦之中，而快乐激励就是解除这些负面情绪的良药，观赏提供快乐体验的文艺作品，疏解内心纠结症结，导向积极情绪，是越来越常见的心理治疗方法。

长期以来人们强调文学的严肃性和思想深度（那当然也是很有价值的），而忽视乃至蔑视文学的快感与美感体验的功能，把“经营”快感的大众文学归入“通俗”文学，只是提供“消遣”功能，贬抑在殿堂之外的下里巴人一族。但是大众的天然需求总归会显示出自己的力量的，网络文学自发的爆发性增长就是如此。人们需要在文艺作品中寻求、汲取快感与美感体验，是因为日常生活平庸重复，高潮体验缺失，特别渴望而现实生活中又无法达成、或者要付出昂贵代价才能达成的欲求，天然需要在文艺作品中得到抚慰，得到心理补偿，比如爱情故事，读者从中得到富足的、体贴的、跌宕起伏的情感体验，其高潮涌动的节奏，能够调谐人的生命节奏，是自主的随时可达的快感与美感体验，人们在现实生活中，没有条件去体验所有的事情，所幸，人类还能在叙事艺术中寻求补偿，这是人类对自己的巨大奖赏。

在幻想中代入、融合故事主人公的能力，是人类身心中潜藏着的本能，是作者创作与读者阅读体验的心理基础。当读者遇合文艺作品中的主人公，因为彼此拥有同样的愿望与动机、情感与伦理倾向，读者移情代入主人公，跟随行动性冲突性的“逼真”的故事情节，随着主人公的愿望得逞，读者把主人公的情感体验，特别是混合着快感与审美冲动的高峰体验，融合为自身体验，带来震撼感、透亮感、痛快感。此时，作者、主人公、读者，就构成了三位一体的愿望—情感共同体、命运共同体，因为拥有相通的体验而心神相连，这是文学作品能被读者接受、追捧、痴迷的心理机制。

所以，快感与美感标准，应该是网络文学批评的基础性标准。能否为读者提供强烈、鲜明、殊异性的快感与美感体验，读者是否愿意代入主人公，是网络文学作品成败的关键，也是最为重要的接受反应效果评价，它使作品发挥其各种文学功能成为可能。借鉴心理学与生命学科等领域的研究方法，对作品提供快感美感体验的状态与功能、对读者接受反映的审美活动进行研究，是迫切，并且是贴近创作实际的评论工作。

在网络文学中，人类的各种快感与美感的态势都得到了呼应，受到热烈追捧并能够流传后世的“神级”经典作品，必然是提供了强烈快感与美感体验、创造了独特的快感模式的作品。

比如最受欢迎的网络历史类小说，《回到明朝当王爷》《极品家丁》等作品，提供了在“历史”情境下，利用现代人优势，迅速建功立业，创造历史，达成权力、财富、情爱目标的快感模式，这种愿望得逞的路径，最令华人青年迷醉，是男性愿望自我实现的典范。在女性愿望自我实现的宫斗小说类型中，如《甄嬛传》《步步惊心》等，女性的愿望实现的快感模式，就是在皇宫各种阴谋阳谋争斗中取得胜利，得到各种尊荣、权力、爱情，体验各种快感，它们对女性欲望的照顾疼爱，使女性读者深度痴迷。

长生、拥有超能、成神成仙是人类与生俱来的强烈欲望，东方、西方玄幻小说都是根基于此。主人公经过努力修炼，在战斗中不断升级，成就神仙事业，影响人类社会，创造自己的世界，就是欲念得逞的主要快感模式，因为单纯，所以愿望得逞的快感更为强烈。网络玄幻（奇幻）小说作品如《盘龙》《神墓》《间客》《恶魔法则》等，在想象力、故事情节的雄奇瑰丽，其快感体验对人类心灵的吸附力等方面，具有不凡魅惑力，其艺术成就已经显著超越明清小说中的"神魔小说"如《西游记》《封神榜》，也比《哈利·波特》《魔戒》等西方玄幻作品更为宏大宽阔。

强调快感与美感对于文学批评的意义，并不因此就淡化思想性艺术性的要求。不能认为网络文学就不需要思想深度，网络文学通常不会专注于思想性表达，而是在人物愿望、动机、行为的后面，在作品建构快感奖赏模式的过程中，渗透着作者的内心尺度和世界观，脱离作品的快感模式进行思想性分析，可能顿失其鲜活品相。在网络文学实践中，读者对主人公愿望得逞的快感奖赏机制，产生了上瘾——心理依赖的情形，主人公的伦理、情感倾向，在不知不觉中，就濡化了读者，读者接受与依赖一种快感模式，通常也就接受了其中蕴含的价值观，会自发捍卫其合理性，这比严肃的居高临下式的"教育"，要内在化得多，有效持久得多。

玄幻小说《盘龙》《神墓》主人公依靠自身努力，获得成功，获得友谊与荣誉，其自立自强的励志精神很有感染力；《间客》主人公在社会罗网中，捍卫自由精神独立人格的不懈拼搏，与知识人群的心理朝向吻合；《甄嬛传》的主人公，依靠自身的坚忍、厚黑，打败了皇宫中所有竞争对手，得到恩宠尊荣与最高权力，读者在痴迷这种特殊的荣华富贵梦想中，接受了利己主义价值观。有些作品因为创造了独特的世界、神奇的故事情节而独树一帜，但是因为渲染淫邪倾向、丛林法则价值观等等，使其蒙受污点，理应受到指责。价值观评判始终是文学批评的重要尺度，负载着我们对人类文明的承诺，网络文学自不例外。

网络文学具有类型化面貌，但是追捧者众多的作品，通常都具有人物、故事情节、艺术样式等方面的独创性，独创性是其艺术性的重要体现，也应该是重要的批评标准。网络文学的故事情节是围绕主人公实现愿望的行动主线来展开的，愿望的类型、愿望达成的路径与情境决定着小说的类型，小说的类型化是对人类愿望分门别类的体贴安置，为读者提供阅读心理场、快感与美感体验的情景模式，所谓“文学性”，经常就是一些快感模式的审美指代。但是“类型化”并非创作目的，满足人类愿望、滋养人类想象力与创造性才是创作目的，不应该以“类型化”认知遮蔽批评的眼光。人类天然喜欢新鲜事物，通过快感奖赏机制和美感诱导策略，推动创造活动，而其结果又开启了更多愿望与需求。从发掘尚未被表达的人类愿望，到实现愿望的时空、社会条件与人物关系的设定，人物性格创造，快感模式的营造，作品构成的每一个环节，都有写作的独创性空间，而作者的主体性、创作个性，就是在独创性的文学行进中来体现的。独特的人物与好故事，能够影响不同时代地区的人类特别是青少年的成长，对文化发展具有重要意义。

网络文学的创造性与影响力，理应获得更多的激励与赞赏，网络文学的批评工作应该发挥积极作用，成为推动网络文学发展的重要因素。

发表于《光明日报》2013 年 9 月 3 日文学评论版，

署名康桥

网络小说的类型化与独创性

网络小说的类型化现象日益受到关注，人们经常把它归结为资本驱动下的商业性产物，或是通俗流行文化的一种表征，而网络小说呈现类型化形态的真正缘由、网络小说的创造性成就则被批评者漠视。

类型化的网络小说，在大众读者的热情推动下不断成型，其发生发展的根本缘由在于人类各种生命情感的需求。类型小说对人类的情感需求做出分门别类的回应与安置。读者缺少某种情感体验，就会去欣赏能提供某种情感体验的“类型小说”或“类型电影”，在幻想中代入、融合故事主人公的情感体验，特别是高峰体验，以达到心理的补偿与平衡，产生愉悦感，恢复积极的心态。这种生命体的本能，也使文艺作品发挥其各种功用成为可能。

“小说类型”是在创作实践中形成的，内容与形式特征稳定，能引起读者相似的阅读体验，包含作品主角的愿望动机、人物关系、故事情节链条、情景、时空规定性、逻辑情理基础等约定性因素。小说类型的形成，通常表现为一些作品对某些具有深远影响作品的靠近，其中重复的因素逐渐成为一种写作“定势”。它的主要功能在于能够突出地呈现某些情感体验，有效调动读者阅读的心理预期、情感参与，满足读者心理需求。随着人类社会的变迁，小说的类型不断被发明、扩展、更新，以创造人类情感体验的新天地，比如科幻、侦探、推理、悬疑等都是晚近的发明，而有数百年发展史的武侠、历史、玄幻则是在原有基础上的创新。

人类情感需求决定着小说类型的形态。人类的多数行为都是由基本欲望所控制，欲望得到满足就会快乐，欲望受到抑制就会寻求心理补偿与痛楚释放。这就不难理解，为何追求权力、财富、爱情这些人类基本愿望的满足，是民间故事、大众小说和电影电视常见的主题，因为这些愿望对于人类的生存、发展与繁衍至关重要，也是人类最容易感到匮乏的目标。同时这也构成了一些小说类型的内核和显著特征，比如表现主人公权力欲望得逞、大众权力窥探欲得到满足的官场小说（与欧美政治小说、明清谴责小说主题类似），表现财富欲望得逞主题的财经小说，以爱情体验为主题的言情小说，综合表现权力、财富、爱情愿望实现的都市小说，等等。而穿越历史小说、都市重生小说，演绎当代人穿越到过去时空，则是一种新的、来势凶猛的小说类型。观看当代人穿越的故事，“社会历史变迁”以现在进行时发生着，给读者强烈的现场感，令读者的代入体验感增强，因而备受欢迎。

玄幻小说是网络小说中成绩最为显著的部分，根基于人类渴求长生、拥有超能、超脱生死的愿望。这些愿望就是重要的艺术表现主题，是各民族神话产生的主要原因。在科学昌明的现代社会，玄幻小说、电影、电视剧却更为畅行。现实世界中，社会运行的基础是科学与大工业的逻辑，个人的身体与灵魂在摩天大楼、大型起重机面前倍感压抑，个体显得微不足道，所以从物质文明重压下解放身心，获得生命力量的体验，就成为人们的强烈愿望。这种愿望推动了玄幻元素如魔法、斗气、武功等各种神力想象的膨胀，小说中主人公通过修炼得到强大的肉体和灵魂，依据神话与童话的逻辑演进故事情节，在修炼—战斗—升级—成神的路径中，改变世界，创造世界，读者从中汲取力量，压抑情绪得到释放，生命运行得到调谐，产生人类不可或缺的生命快感。

有些小说类型中的情感体验似乎与快感体验相对立，比如惊悚、恐怖小说，它们通向恐惧、紧张、焦虑等情绪体验。这些负面情绪，人皆厌恶，但惊悚恐怖小说却很流行，它不仅说明人们对每一种情感体验的顽固寻求，更能体现小说类型发生发展的原因。这些负面情绪对于人的生存安全具有重要意义，它提醒人们去感知、应对危险，调动人体的能量对抗敌人，这是人类根深蒂固的生命机制。太平岁月，人对危险的警觉水平下降，所以会本能地从文艺作品中寻找恐怖刺激的情景，寻求紧张体验，得到生存经验的补偿，这些紧张感、焦虑感、恐惧感获得释放之后，读者会为自己现实的安全处境感到松弛愉悦，这种心理需要就刺激了相关类型小说、电影的发展。而武侠、军事小说根植于人类的战斗本能，可以令读者在各种生存危机中经受意志考验，在流血牺牲的体验中塑造硬朗壮烈的生命情感。

还有一些小说类型具有多重功能，如为女性读者动容的言情小说，除提供爱情愉悦体验外，还经常呈现“哀情”态势，从《红楼梦》中林黛玉的“哭范”，到现代文学史上盛极一时的哀情小说，到煽情的琼瑶剧，到部分网络小说中的言情、宫斗，可以说，伤感小说代代兴盛。人生难免挫折苦痛，人们需要在言情类小说、电影、戏剧的伤感态势与悲情角色体验中释放负面情绪，治愈情感伤痛，让生命体得以愉悦松快，为此，各种花样翻新的“苦情戏”总是层出不穷。

每种小说类型，都聚集着大量为之着迷的读者，我们必须强调，优秀的网络小说受到追捧的原因，主要在于其类型定势之后，总是呈现出的作者个人的独创性，即对人类愿望情感的独特发现和艺术表达。人类对于新鲜事物的需求具有与生俱来、永难满足的本能，而情感体验的情景、方法却永远在求新求变。小说类型定势的重复不是目的，对故事情节的模仿更为读者厌弃，读者要求的是深入挖掘人类在各种社会背景、时空条件、人际关系中的情感状态，为其提供新鲜、殊异、强烈的情感体验态势。这是独创性的最重要方面，也是作者面临的最主要压力。

作者在创作中既要重视中外文艺经典作品对创作的有益影响、尊重大众需求，更应充分了解、尊重自身的生命情感倾向与才华的方向。对于读者能够产生作用的文学功能，首先会对作者发生作用，作者的不同心理情感状态，会导致灵感启示、情感对象、人物关系和情景想象的不同，笔下的故事情节演进也就不同。以中国网络玄幻小说为例，这种类型的兴起，显然受到了西方奇幻小说、好莱坞电影的启示，并且在寻求“想象的本土化”这一动机支配下，链接了中国古代神话、历史文化典籍、明清小说等资源，但是在作者与读者求新求变的欲望推动下，玄幻小说呈现出强烈的个性化面貌，既有《恶魔法则》《佣兵天下》等创造性地运用西方奇幻小说的魔法、龙、精灵、天使与魔鬼等元素，也有《盘龙》《神墓》等混合了东方神魔小说与西方奇幻小说诸种神力元素，更有《间客》打通了玄幻小说与科幻小说的类型界线，另开小说类型的局面。

这些小说显著呈现作者的生命情感特征、个人愿望的诉求，创造了独特的生命、社会文明与宇宙景观，是作者精神世界里孕育的独有的主人公、独特的故事，具有文本价值的独一性，其化用的类型定势已经融合为作品的自然组成部分，而不是外在的形式标签。他们的创造丰富了人类的想象力，也是中国文学走向世界的新生力量之一，应该予以充分的肯定。

发表于《人民日报》2013年8月13日文艺评论版，

署名康桥

中国现当代文学中的故乡想象与未完成的现代性

一

中国现当代文学中的“故乡”想象，体现了不同的现代性态度。鲁迅的“故乡”鲁镇与未庄，呈现出灰暗溃败景观，僵冷的舞台上活动着一群愚昧守旧的否定性人物，体现出鲁迅对老旧中国的否定态度，而沈从文的湘西“故乡”，人物俊秀淳朴，充满生机活力，是自由野性的边城景象，比之于“现代化”城市生活要健康美丽得多。对于“故乡”，鲁迅的否定性评判与沈从文的赞美性评判，反映了他们各自的愿望与情感，成为“故乡”想象的两极，影响了后来乡村小说的方向与调性，“故乡”与现代性由此构成了复杂的关系，构成中国现代性问题意识的舞台。

今天的人们对于现代性的认知既有较多共识，也有很多歧义，影响着对中国20世纪文学，特别是对鲁迅等作家创作倾向的评判，对现代性内涵与核心问题加以梳理，也是对现代当代文学的再认识。

现代性是自欧洲启蒙运动以来逐渐形成的价值观和社会制度，它体现了现代社会与前现代社会的本质差异，其核心是自由、平等理念、人的主体性认知、个人权利为基础的权利理论与民主制度。它伴随着一些具有特异性的历史过程，在皇权社会转进到公民社会的历史鸿沟中，先后出现过几种重要的演变状态，英国式改良、法国大革命、苏俄革命、德国纳粹主义与日本军国主义体制等情态，影响了许多国家包括中国的现代性转型；工业化、市场经济体系与全球贸易规则的形成，逐渐在全球范围内，形成用基于共识的规则，解决经济利益纠纷的行为取向，同时经历了民族主义的兴起与消退，民族国家的建立与转型的历史过程，全球化与民族主义的对抗构成了重要的话语场。现代性先后在欧洲、北美、亚非拉各地得到验证和补充，不断吸附新的经验，呈现不断发展的未完成情态。

对现代性的反思潮流中，有一些说法流传已久：卢梭等启蒙作家追求自由平等的热情，要对法国大革命的残暴负责，尼采的超人论要对德国纳粹的崛起负责，而鲁迅胡适等自由主义者否定儒家传统文化的坚决态度，要对中国革命的破坏性后果负责。一些科学主义者、理性主义者把浪漫主义看作是暴力革命、极权主义思想渊薮，一些人文主义者把科学理性传统看作是极权主义的来源，这些恰恰都是在真实的问题面前，滑开了舞步，理性与感性，科学精神与人文精神，都是人类所必须的多重文明面向而已。这些论者应该搞清楚革命发生与种族主义、极权主义的兴起，真正的缘由是什么，而不应该把现代性转型历史中的任何情态，都归结为现代性的“后果”。

革命发生的根本原因是一个社会存在特权阶级和不平等伦理，并且缺少调节社会不公的法治规则。法国大革命的惨烈是历史事实，法国知识分子对大革命的反思与劝诫，并没有能够阻止其他国家发生一连串的暴力革命，避免革命的有效途径只能是一国统治者克制自己的贪婪，主动消除特权，遵循法治规则，逐步向民主制度转型，这正是西欧君主立宪制国家的改良成功的经验，也反证了中国晚清改良失败的原因。有民主法治则有改良，无民主法治则有革命，民主与法治既是历史的过程，也是历史的结果。历史的经验教训告诉人们，能保护所有人包括曾经的统治者的利益的，只能是民主法治制度。

极权主义、种族主义必然与现代性的核心，自由平等理念和民主制度相对立。在皇权社会向公民社会的过渡中，一国现代性成长不足，民智未开，就会为极权主义、种族主义留下发展空间，它们根基于一个家族、团体、民族的贪欲，强调一部分人（同一种政治、经济、民族身份）比另一部分人特殊，具有优先的权利。极权主义者必然信奉丛林法则，动用一切手段攫取、垄断所有权力，包括思想领域的绝对统治，他们的外在情态，无论表现得理性还是非理性，浪漫主义还是现实主义，都只是他们希望别人看到的那个样子而已，内里都是很冷酷很精明的权利算计。他们利用一切工业社会的技术手段和人才，利用一切有助于他们达到目的的理论主张，包括"自由""平等"口号，但是达到目的之后，必然视自由、平等理念为敌人而消灭之。在民主政体尚未建立，而又加速工业化的社会，城市贫民与进城的大量乡村青年，碎片化、原子化生活形态，导致他们容易亲近极权主义权力理想，需要被"组织"，在思想行为一致性中，得到平等感、归属感、安全感与力量感，稍加训练，就可形塑为极权主义的大量零部件。这是很多国家在现代性转型过程中，都遇到过的诱惑、挑战与危机。

中国自晚清开始的现代性转型一直很不顺畅，始终未能进行彻底的现代性启蒙运动。由于国家危亡的压力，自由平等价值观，一再为救亡理论让道，百年来真正融入国人心扉的"西学"，是"物竞天择适者生存"支配下的"自强论"，社会达尔文主义事实上主宰了国家建构趋向，利益与权力向政府集中，政权力量越来越强大，而民权与民间社会越来越萎缩，这样的国家集权主义才是百余年来真正的社会实践主潮，才是中国现代历史的真实脉络。

现代国家的基础是现代国民人格，是每个自强不息的社会主人公，而老旧中国的国民性是现代人格的反面，欲建新中国，必先培育新国民，这是晚清民初的启蒙知识分子就已经具有的共识①。但是何谓新国民，国家集权主义与自由主义具有不同取向。在国家集权主义视野中，“新国民”应该具有为国奉献的精神，舍小家顾大家的觉悟，高昂的民族主义激情，所以国民性以牺牲奉献精神为中心导向，最后通向强盛国家所需的“群众属性”；而自由主义的国民性认知，是国民应该具有主体性，明晓自身权利与责任，如胡适所言，每个人争取自己的自由，就是争取国家的自由，因为民强，所以国强，这是民主社会的基础，所以国民性应该是公民属性，自由主义者更希望通过国民性改良，达成现代文明社会。20 世纪中国其实存在着两种不同的启蒙，国家集权主义启蒙一直是很强劲的主流叙事，以自由平等理念为核心的现代性启蒙则在断断续续中补课。

二

辛亥革命之后，中国的宪政民主实践很快失败，根源在于缺少民主的主体，万里江山万里愚民，谁是民主政治的支柱？民主不可能是统治者的恩赐，服膺丛林法则的政治军事集团之间的战争，必定以最终胜利者垄断权力而告终。

对于鲁迅来说，城头变幻大王旗并不具有正义性，现代性启蒙的基础工作就是治疗芸芸众生的奴性，就是树人。鲁迅在《呐喊》与《彷徨》中，把“故乡”塑造成老中国的象征，生活在“鲁镇”与“未庄”的众生，除了颟顸而骄纵的乡绅赵老太爷是社会主宰，阿 Q、小 D、祥林嫂、孔乙己、闰土等人都是匍匐在地的生物，没有仰望天空的觉悟，缺少主体性，在长期的身心奴役中，形成愚昧、麻木的奴隶人格，他们的人生愿望都不能实现，只能靠精神胜

① 参见梁启超《少年中国说》。

利法或者迷信来活得心安。这样处于深度麻痹的国民的觉醒，需要更长历史过程，这个过程伴随着滚滚愚民围观启蒙者被杀的悲惨景象，革命也难以触动其灵魂，而且“革命”唤醒的很可能是暴动的兽性，如同阿Q对革命的理解是可以合法抢劫与占女性便宜的“平等”。愚民转化为觉醒的现代国民，具有社会主人公的意识和能力，需要一代甚至几代人的努力，而愚民到暴民，只需要一天的“革命”教育：抢劫有理。

鲁迅的“故乡”想象，反映了自由主义者的愿望与立场，五四运动砸烂孔家店，鲁迅怒斥儒教纲常为吃人，是一些人批评鲁迅等人为“文化激进主义”的理由。但是，老中国遍地愚民，是皇权专制统治和儒教纲常濡化的产物，儒家阻碍了现代性转型，这个事实是难以否定的，在中国，把儒家推下神坛，是建立现代国家的必要前提。

鲁迅开创的以“故乡”想象为依托的现代性启蒙工作，在20世纪80年代以来的一些“故乡”想象中，得以延续，尤以刘震云的“延津”、阎连科的“耙耧山区”、莫言的“高密东北乡”最有辨识度，是鲁迅国民性批判和社会批判精神的递进。

刘震云的延津“故乡”中，提出了现代性的新课题。《温故一九四二》呈现了民间视角的历史，与官方历史成为不搭调的复调。在第二次世界大战中国战场的历史背景中，延津乃至整个河南这个“故乡”，三百万灾民在逃难中死去，他们是老天爷与国家的弃民，人人相食、弱肉强食的惨景随处可见，灾民奔向一切活命的机会，包括自愿替日军带路。在民间叙事中，活命是原始正义，而在国家叙事中，为国家民族而死是国民的本分，是经过国家集权主义启蒙而得到的“国民的觉悟”，这两者哪一个更为正义？这恰恰是现代国家必须回答的问题，也是现代性基本问题，不同的回答导致了不同的国家建构。

原本可能是启蒙者的知识分子，在刘震云的“故乡”里，成为权力的附庸。《故乡相处流传》中，叙事人“我”的身份既是为曹丞相修脚的弄臣，还是写字的“小刘”，是这段历史的记述人，隐喻了知识分子的自我矮化，也许混入俗世生活，不仅是历史境遇下的无奈，其实也是自我释放。《一句顶一万句》则发现了乡民心中的“孤独”。在普通人的生活中，国家叙事中的大事件也许并不重要，个人心灵深处的精神危机，才需要自己全力寻求答案，主人公每换一种职业每到一个新的地方都会换一个名字，从杨百顺到杨摩西，吴摩西，罗长礼，这是自己给予自己的新生，表现出一定的主体性觉悟。

阎连科的“耙耧山区”是奇异的文学景观。阎连科凭借心性狠倔，与直面苦难的勇气，揭示出人性底部的真实，呈现出“故乡”的神魔式“秘史”。“耙耧山区”灾祸不断，众生顽强生存，在审丑图景之下，是粗鄙、愚昧的乡民自我拯救与自我启蒙。其《年月日》展现了“耙耧山区”乡民的求生意志，在千古旱年，乡民逃离了家园，只有“先爷”留了下来，与一条瞎狗为伴，在苦难中煎熬，守护着一棵象征着生命、希望的玉蜀黍，为了给干旱过去逃难归来的村人留下希望的种子，他用自己的肉身串连那棵玉蜀黍，用生命供养了人间绿色。《耙耧天歌》中，尤四婆让尤石头的鬼魂把邻村的屠户领回来杀死并肢解她自己，并叮嘱用自己的骨肉汁液，给儿女喝下以治疗傻病。

在一群类似阿Q、小D、祥林嫂、孔乙己的乡民中间，产生了愚公式的启蒙者自救者，启蒙是他们的内在要求。鲁迅在《故事新编》中寻找久远而隐蔽的民族精神之根，阎连科在“耙耧山区”接续了这份工作，并且别有心机，“先爷”与“尤四婆”牺牲自己为后人接续生命、开启灵智，展现苦难社群延续传承的韧性，这样的自救与启蒙令人百感交集。

莫言的“故乡”想象更为庞杂浓艳，“高密东北乡”是一个展现国民性的精神国度，鲁迅开设的课题显影其中，尤以《檀香刑》

一作，扩展了鲁迅曾经描画过的界面：吃人和嗜血的国民精神。这是一部脉络分明的杀人者、被杀者和观众一起合作上演的刑罚大戏，把血腥刑罚变为狂欢的人间奇迹。统治者与底层民众都需要丰富多变的刑罚艺术，看客的期待，激发了杀人艺术的创造性，因此诞生了技艺精湛的职业刽子手和一种黑色的历史。罪犯兼英雄是贯穿性人物孙眉娘的亲爹孙丙，行刑者是孙眉娘的公爹、著名的刽子手赵甲，断案监斩的又是孙眉娘的干爹兼情人县令钱丁，他们是整个狂欢与杀人群体的重要角色，是彼此牵扯的社群纽带。

而孙丙，既是这场荒唐悲喜剧的受难者，也是导演兼主演，他积极配合着针对他的程序复杂的酷刑，在观众的注视中始终表现良好，他的精神世界混杂了侠义、迷信、创造历史自我实现的欲望与坚忍的秉性，呈现出独特的“孙丙精神”，体现了中国民间社会与历史文化对国民人格塑造的力量，在东西方冲突的历史情境中，“孙丙精神”表现为一种混杂难明、沧海横流的民族主义。孙丙这个人物体现出特殊的国民性，孙丙精神将与阿 Q 的精神胜利法媲美其独创性。

在鲁迅开创的国民精神界面里，阿 Q、祥林嫂、孙丙、先爷、尤四婆、罗长礼等人物，无论觉醒程度如何，都具有相似的老中国属性：愚昧。这些“故乡”想象的现代性立场是同一方向的，具有同样的写作动机：促使国民觉醒与中国的现代性转进。

三

如果说鲁迅开创了以“故乡”状写老中国的先河，是判定“故乡”很糟的那一派祖师，沈从文可以说是“故乡好”这一派领头人，山好水好，男女老少皆好，的确，沈从文反对“现代化”与城市生活的言论颇为常见[①]，但是如何评判沈从文作品的现代性态度呢？说沈从文是站在现代性一边还是站在其对立面，都是不牢靠的。与其说沈从文作品展现了现代性价值，不如说现代性文化需要沈从文提供的“想象的异邦”。

20世纪20年代的北京城，除了一小簇留学归国任教的教授，以及他们太太的客厅，那个处于前现代的老中国的政治中心，半梦半醒的国民，与晚清没有明显差别的城市景观，究竟有多少令人痛恨的“现代化”呢？沈从文亮出反现代化姿态的真实缘由是，他闯入北京城后落入了底层生活，需要寻找一个骄傲的理由，而他可以找到的理由就是与城市世俗生活截然相反的，充满活力与异域风情的“故乡”。在《边城》《三三》《丈夫》等作品中，有着淳朴美丽的“翠翠”“三三”，野性强健的士兵与农人，自由奔放的妓女匪盗，连卖淫女子的丈夫都能平静友好地对待嫖客，都是很奇特的现世安好。而湘西男女的对立面，是《八骏图》里的教授们，缠绵于失眠、忧郁，生命力低下以至于没有性能力。这显然具有民粹主义色彩。

沈从文的淳美、野性、非功利、非伦理的“湘西”，夸大的民俗色彩、民族性与地域性，是想象中的异邦，特别是纯美的“三三”与“翠翠”，是城市青年的内心向往，在乡野的想象中放纵身心，是城市人群的心理需求，是一种对“此在”社会束缚的解放。

莫言的耀祖与审丑混合的《红高粱》一作也是格外醒目的精神异邦。“我”爷爷土匪余司令的强盗行径，在红高粱、红绸布、大酒缸的渲染中，被包装成质朴而热烈的浪漫，在抗战与民族主义大缸中镀金，取得了正当性，开创了土匪成为英雄的捷径，这种匪性，或者血脉偾张的酒神精神——就具有两重性，既可以阐释为自由的原生态，作为想象中的，过度文雅的现代文明的补偿，也可以是对丛林法则的弘扬。“匪性”或者所谓酒神精神是民族复兴的保

① 参见《沈从文文集》沈从文著，花城出版社1984年版。

障吗？是现代性转型所需要的国民性基础吗？当然不是。

提供这类“异邦想象”，是一种写作策略。在巴黎，曾经有卢梭、海明威、马尔克斯等远离政治文化“中心”的狂野汉子，带着寻求承认和自我炫耀的欲念，凭借“异邦”叙事与狂放姿态，获得聚光灯下的尊严，这些“异邦”想象都契合了当时当地的文化“中心”的需求，野性、原生态的自由与现代性有着相反相成的勾连，接纳“想象的异邦”，是现代性文化的旨趣之一。

汪曾祺与沈从文具有显见的气脉相连，同属“故乡好”这一派，同时以其独创性、不可替代性与沈从文构成了对话关系。他的《受戒》《大淖记事》等作品，与沈从文的《边城》一样，弥漫着很强烈的怀旧情绪、崇尚自然质朴的人生、营造着诗意的生命体验，然而沈从文建构的“故乡”是边地风情、巫术和自然融为一体的素朴世界，与欧洲人想象、向往的古希腊相似，充满神性灵性，而汪曾祺的“故乡”想象并不强调奇特的浪漫与野性，并不具有异邦意味，而是来自于反躬自省的“本心”体验，是对吾乡吾土，本乡本土的深情凝视，是汪曾祺迭经坎坷，透视国家历史命运之后的感情投射，对沧海桑田的淡定诉说。汪曾祺的“故乡”高邮这方世界，多见品性醇厚，具有人生智慧的人物，这样的“故乡”是儒释道多种文化源流孕育出来的，体现着中国人文化基因的普遍性，文化传统的整体性。

他的《大淖记事》《八千岁》《陈小手》等作品中，朴素的人民与不请自来的兵匪构成了敌对关系，问题的发生与激化是外界强加于“故乡”人物的，也就是说，不是“故乡”自身生长出来的“问题”，而是“故乡”在20世纪的不幸遭遇。这与鲁迅笔下，“问题”来自于“故乡”自身的社会伦理与国民性，当然旨趣不同，立场不同；与沈从文对故乡进行整体性赞美，士兵匪盗皆有正面性呈现也不同，高邮“故乡”并不是去伦理化的，还是有好人坏人之分的；与“故乡好”一派陈忠实等人创作旨趣更不同，汪曾祺的“故乡”

是安放人生的住所，而陈忠实的“故乡”彰显传统社会伦理秩序，是儒家社会理想的乌托邦。

汪曾祺最可贵的努力在于，把道家崇尚自然的精神，人间佛教的悲悯体贴态度，体验性的感知方式，与现代个性自由、人性解放的内涵进行了融合，表现出浓厚的人文主义思想。汪曾祺“故乡”中的人物既能埋头营生，也能抬头看天。在身心感受中体现爱与自由，他们的好，是具有主体性的自在自为的好，不是活在别人的猎奇眼光中的“野性”美、风俗化的美，这样的人物是有尊严的，这样的小说也是有尊严的，这是从内里到形式，都呈现出一种东方精神的小说，是宝贵的东方现代性经验——自由在哪里？自由从本心与自觉中源源流淌。

四

真正与鲁迅“故乡”想象形成有意识对抗的，是陈忠实《白鹿原》创造的儒教治理下的“故乡”。鲁迅“故乡”中的赵老太爷、阿Q、祥林嫂、孔乙己，这类被孔孟之道与皇权专制统治塑形的否定性人物，在《白鹿原》里可以找到相应的对手：儒教典范性人物白嘉轩、朱夫子、鹿三。可以说这种对抗体现了一个重要的社会变迁：在文化民族主义兴起的潮流中，被砸烂的孔家店又开张了。

在“白鹿原”这个充满儒学文化底蕴的乡村世界里，白嘉轩、朱夫子、鹿三组成的仁义三人组，是中国传统文化想象中，最醇厚仁德的部分，这样符合儒家理想的贤人榜样，一直是儒学经典描摹、许诺给世人的，是儒学统治华夏的正当性所在。白嘉轩在修建祠堂、祭祖、管教子弟、订立乡约等乡村社会生活方面，以仁义礼智信精神垂范后人，而半人半神的朱夫子是儒学思想的权威性源泉，负责阐释生活，指点天下迷津，鹿三，则是最有道德自觉的长工，是芸芸众生可以被仁义驯服的明证，统治阶级与被统治阶级可以和谐团结，能够将心比心，深深地妥妥地为对方着想。在“镇压”田小娥的欲望叛乱与其他造反者的过程中，白嘉轩与鹿三能够心往一处想，劲往一处使，仁义三人组可以依据道德自律解决阶级矛盾，解决社会治理与伦理秩序问题，使革命成为多余。

然而白嘉轩在白鹿原的乡野能够保有自信，到了县城就茫然无措，不知道如何与世界变局相处了，仁义三人组遭遇了20世纪中国的革命与动乱，他们无法理解革命的原因、下一代子弟的理想与激情，无法把握20世纪社会变迁，对于现代社会他们是拒绝的，只能固守自身伦理的堡垒。而“白鹿原”里的下一代则在长期革命之后，做出了自己的选择，黑娃由早年的叛逆者回到传统文化的温暖怀抱，成为新一代儒家文化的弘扬者，而白孝文则由早年的温良恭俭让的“样板”，走向背叛传统的堕落之路——这对现实社会生活具有预见性，在《白鹿原》出世后，儒家在主流叙事中越来越堂皇亮相，而人类已经无法阻止中国人的堕落。

被祛魅了数十年的儒家思想儒教纲常，何以在80、90年代复活，重新披上圣袍？首先是告别革命之后，统治成本高昂的公社制从乡村退去，革命建立的秩序基本消解，可以说乡村自治逐渐重新变为现实，需要更有效的组织伦理、更低成本的组织方式。在中国古代社会，皇权不下县，乡村长期自治中形成的传统社会秩序，宗族、乡亲伦理特别是儒教伦理，重新进入日常生活，白嘉轩这样挺直脊背，温柔敦厚，公正体面的乡村精英，就成为乡村现实治理所需要的理想人物，儒教伦理也由乡村不断向城市生活延伸其影响，这对于乡村小说的写作形成了刺激，有着关中学派历史传统底板的“白鹿原”，就在想象中“点红”，成为具有真实感的独特魅影。

在社会文化潮流方面，儒学传统回归也是革命后遗症的一种体现。法国大革命呈现了一种历史律动，并在世界各地多次显现：文化传统深厚的地方，社会变革阻力很大，也就更容易发生剧烈革命，然而革命对传统文化的破坏越彻底，传统复归的理由就越充足，如同剧烈摆动的钟摆来回荡漾[①]。法国大革命摧毁了一切自由与平等的敌人：王权、贵族体制、天主教会，杀光这一切的载体——“旧”社会的精英。然后，法国人很快就狂热地重新拥抱自己的传统，被摧毁的一切都复辟了，包括拥戴新的皇帝，大量进口天主教神职人员，这样反复颠覆与重建，折腾百年，直到现代文明制度构建成功，现代性与“法国传统”才在革命的废墟中确立各自的位置。

这个革命后遗症，反复发烧的进程正在中国重演。对于后发国家，在民族主义精神拮抗中不断西化是一种宿命，如同对待西医，知道是治病的必须，因此含恨服药，却仍然对“祖国医学”进行温情的想象与歌颂。革命与西化曾经多么狂热决绝，儒学传统的回归就会多么一本正经，兼具时尚魅力。20世纪以来，孔家店砸了又开，轮回数次，这既是心理需要，更是现实需要，隐含着各种复杂的政治文化的诉求。对于文化民族主义者来说，儒家复辟显性的理由可能是——“我们”需要自己的文化身份，需要提出自己的现代性转型方案，因此必须回到儒学为核心的文化传统。但是，选择现代性道路，是为了落实人民主权，完成现代性转型，还是为了民族主义的光荣?

如何安置儒家传统的复归是中国现代性思考的必答题。儒家的本质是以家庭伦理作为治国精神准则，与皇权家天下诉求珠联璧合，形成儒教纲常，其核心功能是维护等级社会的和谐，对社会不平等带来的社会矛盾，进行平滑化处置，其余都是枝节的延伸。统治者是君父，是主，被统治者是子民，是从，主从应该各安

---

① 参见《革命心理学》（法）古斯塔夫·勒庞著，佟德志/刘训练译，广东人民出版社2012-6。
《乌合之众：大众心理研究》（法）古斯塔夫·勒庞著，冯克利译，中央编译出版社2004-1。

其位。在白鹿原，白嘉轩为主，应该以仁德厚待低位者，长工鹿三为仆从，可以被温柔对待，可以侠肝义胆，但是绝不可以逾越主从名分，田小娥作为低位者兼女性，更是绝不可以施展女性魅力，祸乱名教纲常，否则不免于身死，灵魂被“镇压”的命运。鲁迅揭示过儒教纲常的吃人，《白鹿原》也“正面”展示了儒教纲常的威力，展示了维护纲常对于传统社会秩序的重要。

儒家思想、儒教纲常与自由平等理念、基于个人权利的现代民主制度，是根本相悖的，下跪与站立是不同的体态，这是浅易常识。儒家思想若作为现代社会的“系统文件”是不够格的，在现代民主法制社会，儒家思想只能是意识形态领域的在野者，儒家学说根本就不具备现代社会治理所需要的知识体系、组织方法与伦理，至今，也没有任何基于儒家学术的民主政治整体解决方案出现，但是在社会网络的末梢，还是有儒家发挥空间的。

在现代公民社会结构中，儒家最恰当的地位是在野的清议者、批评者。白嘉轩以仁义为精神依托，带领村民去县政府进行“抗议”，显示了白嘉轩、朱夫子既是秩序的维护者，也是社会抗议的发起者。充当理性的反对派，集合民意、影响民众选择，正是士绅、在野精英的本分，而接纳这种抗议正是“政府”的本分，这是改良主义构想的必有景象，这样的景象可以在公民社会中具有足够的正当性。此外，儒家在基层社会的自治中，可以提供一种拟家族、亲族的情感和伦理基础，使基层的民主协商式自治体成为乡亲共同体，提高社会的黏着性稳固性。《白鹿原》展示的白嘉轩、朱夫子在基层自治中发挥精英作用的景象，展现的“故乡”的秩序、权威、伦理的实践性，可能是重要的中国经验——那既是中国的传统，也是在其他华人社会被证明有效的自治经验。《白鹿原》因此具有多重文化面向，将被反复解读。

中国现当代文学中的“故乡”想象，将伴随着现代性转型的过程，延伸着丰富的意义链条，成为常看常新的图景。

参考文献

《哈贝马斯 现代性与法》,（美）德夫林编，高鸿均译，清华大学出版社 2008 年 7 月 1 日。

《现代性的后果》,（英）安东尼·吉登斯著，田禾译，译林出版社 2011 年 2 月 1 日第 1 版。

《现代性的中国探询——大陆学界现代性问题研究综述》，周与沉著，2009 年 9 月 26 日群学网。

发表于《文艺争鸣》2013 年第 8 期，
署名康桥

下 · 编

中国三大英雄史诗与网络文学创作
——神话学视野的创作思维考察

世界各地的神话、史诗、英雄传奇、民间故事等非物质文化遗产，如希腊神话主要载体之荷马史诗、北欧神话主要载体诗歌体《埃达》、印度神话主要载体史诗《罗摩衍那》《摩诃婆罗多》，经过长期的创作、传唱、改编，其神话思维、世界观、故事模式、角色与人物关系构建的原则，深深地影响了全世界的小说、戏剧、电影、电视剧、游戏、动漫等艺术形式的创作，成为人类文明的公共知识。在其知识生产过程中，大众文艺的传播再造之功甚伟。

比如托尔金《魔戒》等作品借鉴北欧神话再造了托尔金个人特色的神话，成为欧美奇幻小说、戏剧、影视剧创作的源头，也直接影响了中国网络神幻小说如奇幻、玄幻、修真、仙侠、异能等类小说的创作。而中国的网络作家们从华夏远古神话、道教神话、佛教神话和《西游记》《封神榜》等明清小说中，汲取世界设定、角色创造、故事情节的想象资源，创造了神幻小说创作的奇迹，吸附了亿万读者的热情追随，使得年轻人对传统文化迸发了兴趣，并随着网络小说在世界各地的传播，中国传统文化对世界各地的年轻人产生了巨大影响。

中国的三大史诗：藏族英雄史诗《格萨尔王传》、蒙古族英雄史诗《江格尔》、柯尔克孜族英雄史诗《玛纳斯》，是具有世界声誉的史诗巨著，也各自承载着独特的神话系统，但是迄今为止三大史诗的文化资源在当代文艺创作中还没有得到充分的表现，具有世界影响的相关题材的小说、戏剧、影视剧作品还不多见，已经存在的改编文艺作品可能在创作思维上也未见得适合神话剧的创作。

我们把这三大英雄史诗，在故事模型、神话思维、世界设定、人物塑造等方面的内容，与欧洲神话、欧美奇幻文艺、中国网络神幻类小说进行平行比较，彰显其有意味的异同，以探索三大史诗在哪些方面，能够成为中国网络文学创作的想象资源，而通过小说电影电视剧的改编再造，扩展三大英雄史诗在世界上的影响，也应该是一条清晰可见的传播再造道路。

同时，这样的比较研究，应该能够帮助我们进一步认识网络文学的形态与功能。

一、《格萨尔王传》故事、人物关系、神话思维

《格萨尔王传》史诗从生成到基本定型经历了千余年波澜起伏的岁月，是世界最长篇幅并且仍在不断生长的史诗，它包含着人类文明的基因，包含着藏民族文化的原始内核。民间艺人在说唱作品时，常常总括为“上方天界遣使下凡，中间世上各种纷争，下界地狱完成业果”，带有佛教伦理的教谕意义，这既是故事主旨，也是故事发展主线。故事的主体与荷马史诗《伊利亚特》《奥德赛》具有相似之处，都是部落国家战争，争夺土地财富为主线的神话故事，而在神与英雄主宰的战争中，主角与主要人物的“神通”往往起着关键作用。

《格萨尔王传》故事主线如下：因为藏区天灾人祸，妖魔鬼怪横行，黎民百姓遭受荼毒。大慈大悲的观世音菩萨为了普度众生脱离苦海，向阿弥陀佛请求派天神之子下凡，而降魔天神白梵王之子推巴噶瓦发愿前往藏区，做黑头发藏人的君王。他得到了天界诸神佛的加持，特别是得到莲花生大士的鼎力相助，为他选择了父母部

族，其母乃是龙女，他降生人世，成为神、龙、念（藏族原始宗教里的一种厉神）三者合一的半人半神的英雄。长成青年后，在赛马会上夺魁，成为岭国国王，号为格萨尔王，开始征战大业，与周围各魔国、侵略者交战，取得土地、财富、兵器、牛马、美人无数，不断壮大岭国。格萨尔在人间功德圆满，将王位传给侄子，自己带着母亲与妻子重返天界①。

在荷马史诗中，神话人物常常是神的后裔或者是人与神的混血儿，如《伊利亚特》主角阿基琉斯是人类国王与海神的女儿所生。与此相类，格萨尔是神子在人间投胎而生，其他众多英雄也多是神在人间的投胎之身，反映了佛教的转世观念，他们的神力与诸神护佑的待遇，他们的神性与人性混合的个性，都与此观念有关。

格萨尔的角色既是统帅、组织者，也是神通广大、变化多端的战神，能够役使鬼神、支配自然，能战胜所有的敌人，跨过所有的难关，并享有主要的胜利果实，获得将士民众的拥戴，荣耀满身。

在围绕主角格萨尔王构建的人物关系中，格萨尔的妻子珠牡，美丽、智慧，当格萨尔率军前往魔国征战、强敌进犯岭国的紧急时刻，她能团结人民奋起抵抗，在被围困的三年中，巧施妙计，稳住敌人，等待格萨尔回师，在被俘之后，忍辱负重，信心不失，表现出藏族妇女优秀品性；导师型人物大总管王绒察查根，具有深谋远虑、洞察真伪、胸怀广阔、顾全大局、忠心为国的秉性；大将贾擦冲锋陷阵所向披靡，而且赤胆忠心、公正无私；丹玛智勇双全、百战百胜；昂琼敢于冲杀、视死如归。而反派如主角的叔父晁通，自私，怯懦，对内傲慢狂妄，对敌卑躬屈膝，扮演着主角的垫脚石角色；霍尔黄帐王具有贪婪、残暴、愚蠢、胆怯等秉性，这与北欧神话以奥丁大神为中心、网络小说以主角为中心，构建主角——情感对手与助手伙伴——敌人与帮凶，这样三角鼎立的人物关系模式很相似，各种角色以及演绎的情节，都是作者与读者愿望—情感共同

① 参见《格萨尔王传》降边嘉措、吴伟编著，五洲传播出版社 2011 年 4 月版。

体的意图呈现，帮助读者观众代入主角，体验主角经历的跌宕起伏而又精彩纷呈的人生，故事行进的方向始终以这样的心理趋势为依归。

在《格萨尔王传》的故事中，与主角一方发生战争的邻国多是魔国，或者是侵略者，天神多次降临，要求并帮助主角去降魔，杀其首脑，而占其土地。把邻国妖魔化，掩饰夺取领土的部落战争性质，这是一个把原始神话宗教化的过程。原始神话如北欧神话、希腊神话中，强者占有一切，赤裸裸地为土地财富乃至为一个美女而战，而在《圣经》神话中，已经演变为上帝这一方的势力，为战胜恶魔一方而战，而且若世界过于堕落，与恶魔勾连太深，将会被上帝灭世，《格萨尔王传》的神圣化进程，亦复相似。

《格萨尔王传》的神话世界架构，是藏传佛教的世界观、原始宗教苯教自然崇拜、藏地的社会自然因素混合构成：西天诸佛主宰世界，保佑凡人，观世音菩萨、莲花生大士，常为人间奔走，救苦救难；世界上存在魔国与地狱，妖魔鬼怪经常为祸人间；而世间万物有灵，并且依据交感原则，天地万物是互相影响的。

万物有灵论是神话、巫术、民间宗教的核心观念和基本特征。灵魂外寄与灵魂转世，是古代藏地精神生活的关键理念，有着佛教与藏地原始宗教苯教的双重影响。《格萨尔王传》中，神、人与妖魔鬼怪的灵魂可以离开肉体，寄存在植物动物以及物品上面，有寄魂山、寄魂海的名目。寄魂物不光是灵魂寄存之所，还能为灵魂增添力量，妖魔的寄魂物越多，就越强大，有些强大的妖魔，只有找到并消灭他们全部外寄的灵魂，才能战胜他们。

比如战胜魔王鲁赞，必须把他的“寄魂海”——他的仓库里的一碗癞子血打翻；用仓库里的金斧子把他的“寄魂树”连砍三次砍断；用仓库里的玉羽金箭去射死他的“寄魂牛”；在他睡熟的时候，他的额间会出现一条闪闪发光的小鱼儿，这是他的命根子，鱼儿闪光的时候用箭射中，这样几次销他的魂，才能杀死他[①]。

再比如魔王宇杰托桂的寄魂物有五个：一是黑熊谷中的大黑熊，二是天堡凤崖上的罗刹鸟九头猫头鹰，三是罗刹命堡大峡谷的恐怖野人，四是蒙巴玛玛毒海的九尾灾鱼，五是富庶林海中的独脚饿鬼树。每一个寄魂物都需要特定的人使用特定的武器才能战胜它。其中的黑熊十分凶狂，对战中主角一方纷纷败退，女英雄阿达娜姆用山岳宝弓与闪电火焰铁箭，向黑熊连射三箭，大黑熊才魂飞魄散，倒地而亡。黑熊的脑子里取出三块鸡蛋大的弹丸，是天魔神、地魔神、空魔神的魂魄依存处；从心脏里取出精铁的九股金刚杵，那是托桂王的魂魄依存处；从肝脏里取出一个鹫鸟翅膀，那是众魔臣魔将的魂魄依存处。可见这个黑熊与寄魂者们具有复杂的神魂关系，也反映出魔王宇杰托桂是多么难以战胜[②]。

这样的灵魂存在方式的想象，在世界各地的神话、民间宗教、巫术、奇幻文艺中是普遍存在的。北欧神话中，众英雄在战斗中死去，灵魂回到英灵殿——瓦尔哈拉，晚上就能像从未受伤一样饮宴狂欢，《哈利・波特》中的大反派伏地魔正是因为有多种寄魂之所，才成为几乎不死的大魔头，网络小说中灵魂存在方式更是花样翻新。——这样的灵魂想象比人体解剖有趣多了，人类正是在各种灵魂想象中脱离物质的宰制而获得精神自由，情感体验更丰富更有美感，人类变得更有趣更有朝气。

故事中的正反双方的人物，都有无穷的法术，比如第 46 回《雪山君臣魂归天界　水晶宝藏贡献岭国》中，岭军进攻雪山国敌军受阻，许多天不能前进，众英雄都很着急。英雄玉拉和玉赤兄弟二人决定造一只木鸟，从空中袭击雪山国大军。不多日，像是长颈鸿雁

---

① 参见《格萨尔王传》第 14 回《天母送王妃回岭国 大王降妖魔得胜利》，降边嘉措、吴伟编著，五洲传播出版社，2011 年 4 月版。

② 参见《格萨尔王传》第 41 回《魔君魔臣失魂待毙 文布达绒论奖争功》，降边嘉措、吴伟编著，五洲传播出版社，2011 年 4 月版。

的木鸟造好，打一下鸟尾，木鸟就向前飞，打一下鸟背，木鸟就向下落。二人带兵将十人，乘木鸟飞到雪山国大军的头顶，刹那间天昏地暗，雪山国大军吓得弃关而逃，玉拉和玉赤轻而易举地夺得了这道关隘。第 56 回《穆军似雪猪守孤城　岭兵如猛虎破敌堡》中，大反派晁通用幻术造了一条水晶飞船，镶有美丽的吉祥花纹，船头装有鳌鱼的头，飞船有隐形罩，令对方看不到自己，又变化出三个和自己一模一样的人，又命一百名达绒部的勇士坐进船内，悄悄地飞了出去，悄悄在敌方城头降落，从而打破了城堡。第 58 回《岭军挥师远征伽地　魔军受挫连折五将》中的飞船更大，可载大军几十万人。造船者乌朗王子念动咒语，飞船变得硕大无比，岭国大军全部上了飞船，飞船飘然而起，朝大海上空飞去，飞了二十天，飞到伽域的九层长城附近，就这样远程突袭，打下城池①。

格萨尔王的故事中，主角不断在“世界”的不同地区与各种类型妖魔鬼怪作战，各部故事相对独立，而这种故事情节模式与结构方式，为各地的吟唱者提供了自由，他们根据观众的需求不断繁衍出故事情节，而仍然是故事整体的一个组成部分。在世界各地的长篇神话史诗中，这都是行得通的自由体结构，各部人物与故事独立发展，却不妨碍其他各部的自由生长。而网络神幻小说也发展出了类似故事情节模式，主角在“世界”不同区域，“爬地图”修炼—战斗—升级，故事情节线索相对独立，灵活多变，可长可短。这种弹性结构为写作带来了自由，可以根据读者需求，创造新奇惊艳的情感体验，而这种模式的关键，是“世界设定”的框架对随心所欲的创作能够具有包容性。

① 参见《格萨尔王传》第 46 回、56 回、58 回，降边嘉措、吴伟编著，五洲传播出版社，2011 年 4 月版。

二、《江格尔》的故事、人物与世界架构

《江格尔》是蒙古卫拉特部英雄史诗，讲述“宝木巴”地方以江格尔为首的十二名英雄，同邪恶势力进行抗争，收复许多部落，建立一个强盛国家的故事。《江格尔》是由数十部作品组成的一部大型史诗，除序诗外，各部作品都有完整故事，可以独立成篇，大多数部集的情节互不连贯[①]，与《水浒传》、凯尔特神话中亚瑟王领导的圆桌骑士们的故事模式相仿佛，在同一个“世界”、在贯穿性人物带动下，展开各主要英雄人物自己的事迹。也像《水浒传》与圆桌骑士故事那样，正面角色代表着民间英雄的道德品质。

结识伙伴、获取爱情达成婚配、战胜敌人建立功勋，是常见的英雄史诗与民间故事模式。《江格尔》以结义故事、婚姻故事和征战故事为主体。结义故事中，江格尔与洪古尔、阿拉谭策吉、萨布尔几位主要英雄的结义成长的过程，也是多数部集故事发展的重要线索。婚姻故事中洪古尔的婚姻最为惊艳，他求娶查干兆拉可汗的女儿哈林吉腊，却被其父派人追杀，而哈林吉腊公主早已爱上洪古尔，她屡次在关键时刻变成天鹅、鲟鱼等精灵，拯救洪古尔。

征战故事中“征服残暴的西拉·古尔古汗之部”最为跌宕起伏。江格尔漫游天下，三十五勇士纷纷出走后，险恶的西拉·古尔古汗便大举进犯宝木巴。雄狮洪古尔只身迎敌，不幸被擒，被拖进下界幽深的地洞，投入血海，受尽折磨。江格尔在外地结婚生子，回到故乡，闻讯闯进地洞，到达七层地狱的血海，把恶魔斩尽杀绝，取回洪古尔的遗骨，用如意神树的叶子复活了洪古尔，他们与众人一道重建家园。

《江格尔》的正面人物大都是半人半神式的英雄，凡人的各种

---

① 参见《江格尔》汉文全译本，黑勒、丁师浩译，浩·巴岱校订，新疆人民出版社，1993 年 1 版；《江格尔》色道尔吉译，人民文学出版社，1983 年 8 月版。

禀性，与天神的智慧和本领相融合，成为角色特征。主要英雄们能够作法，能使用法宝作战，能够死而复生，或者灵魂奔向三十三层天堂，还经常化身为儿童在人间出现。半神人物化身“秃头小子”在人间嬉戏或者战胜敌人，创造奇迹，也是北方草原英雄故事中常见故事原型。

主角江格尔生而奇异，三岁就能除魔降妖，少年时期就能就任国王，这是英雄史诗的常见的人物传奇化处置手段。江格尔是一个领袖型角色，在故事情节发展中经常穿针引线，起着组织者和领导者的作用，同时也是战神，神通广大，有八十二个变化、七十二种法术，略胜于孙悟空。《江格尔》创造出一批成功的英雄形象，如洪古尔，身上集中了“蒙古人的九十九个优点”，是出生入死的草原英雄的代表；阿拉谭策吉和古恩拜是军师和谋士的角色；萨布尔、萨纳拉是冲锋陷阵的先锋角色，他们往往是决定战争胜负的关键人物；吉拉干能言善辩，长于宣传鼓动；美男子明彦负责对外交往；江格尔的马夫宝尔芒尼主管后勤事务。而诡计多端的魔王蟒古思把灵魂寄养在小鹿身上，难以战胜，魔王黑那斯企图吞噬宝木巴以自肥，企图心旺盛，这类邪魔敌人的贪婪恶毒是引发战争的主要原因，为主角设置了许多障碍，这样长期的敌对关系也使得故事发展很曲折漫长。

动物角色特别是马，是英雄们的伙伴，江格尔的阿兰扎尔，洪古尔的铁青马，都是雄壮而智慧的，能与主角出生入死，能为主角出谋划策，是马中典范，与《玛纳斯》中主角玛纳斯的神驹阿克库拉可以相提并论。神话与神幻类小说中，通常主角都会有非人类的伙伴，集动物性、人性与神性于一身，《西游记》中有通灵的白龙马，北欧神话主角奥丁大神的坐骑是有八条腿的神马斯莱甫尼尔，肩膀上栖息着两只神鸦，每天为他报告世界见闻，脚下还经常躺着两只大狼，增强着主人的威势，网络小说如《佣兵天下》（作者：说不得大师）主要人物的骑乘伙伴——骄傲的龙族，各有个性和特长，战力惊人。这些动物既是主角的助手、伙伴，也是故事情节发展的关键角色。

《江格尔》也通行着灵魂外寄与灵魂转世的观念。蒙古萨满教认为人有三种灵魂，一是永久生存的灵魂，人死了它也不死，会帮助子孙后代，二是临时性灵魂，可以离体而独存，可以附体他人他物，三是投胎转生灵魂。这些在史诗中与藏传佛教相融合，有各种表现，如大反派蟒古思有多重灵魂，其一是深山中的母鹿肚子中的七个小鹿，与《格萨尔王传》中狡猾的魔王相似。

《江格尔》的世界分为三界，与《荷马史诗》的世界架构颇有相似之处。《荷马史诗》中的世界分为三层，天界以宙斯为首的众神居住在奥林匹斯山上，管理着天界，并随时会干预人间事务，人类居住在地上，冥王哈得斯住在地下，管理着亡者的灵魂。《江格尔》与《荷马史诗》的三界一样，都是有通道相连的，为敌我互斗故事的发生提供了通道。古代神话世界的三界设想是较为普遍的，说明人类的灵魂观与时空观是相近的，但是各个地区的神话在具体的世界架构上又有自己的特色，这是各个史诗的主要区别之一。

在北方草原民族的原始神话与萨满教观念中，宇宙是三界结构，上界—天界，是长生天为首的右翼五十五尊天神，和左翼四十四尊天神所居之处，中界是人和动物所在之处，下界是死亡者归属之地，鬼与精灵之所在。上界与中界有天门相通，有时候天神会打开天门，来到人间。中界与下界也有通道相连，是下界的“天窗”。

《江格尔》的世界是萨满教与佛教、草原游牧民族的社会自然因素的混合体。《江格尔》的天界住着长生天等天神，但是也住着恶神，神在故事中的直接作用较小，故事多发生在中界与下界。江格尔等英雄们居住的宝木巴为中界人间的主要场景，是妖魔鬼怪处心积虑想吞占的宝地，是主角们誓死保卫的家乡。宝木巴四季如春，居住于此的英雄们长生不老，永久地停留在二十五岁青春，与《荷马史诗》中的神和英雄们一样，健康漂亮有活力，不死不衰老，这显然是人类的普遍愿望，而不是日常经验。

而《江格尔》的下界，非常具有戏剧性。下界发生的故事较多，英雄们经常到下界与妖魔鬼怪进行搏杀，下界的入口在中界地上一个深深的红洞，向下有宽窄不同的七层地方，与地面一样，有大地高山海洋，各种动植物，其实与人间大地相同，具有基础的生存条件，又与人间相异，有下界的区域特色，气氛诡异。下界有神奇的神灵，有被捉来的仙女和人类英雄如洪古尔，有巨人，还有死者的灵魂也会来这里，下界之主是黄铜嘴黄羊腿的老妖精以及各种妖精部众。

连接下界与宝木巴地方的是如意树（来自于佛教菩提树观念），江格尔去下界救洪古尔的时候，这棵如意树满足了江格尔一切要求，他利用如意树的叶子，医治了自己的伤，嘴里含着神奇的树叶游到咆哮的红海底下，找到了已经死去的洪古尔的骨骸，用树叶使他起死回生。这棵如意树与北欧神话、奇幻文艺中的“世界之树”功能类似，起到支撑世界和提供生命力、治疗伤痛的作用。

这个以萨满教为基调的下界，与基督教、佛教世界观中的具有道德审判功能的“地狱”是有区别的，“地狱”的主宰对世界秩序负责，依据降落灵魂的过往功过，对灵魂进行奖惩，对未来进行安置，因此其基本场景、角色、功能设定就比较固化，不能肆意改动。《江格尔》下界中各种族分布与北欧神话更为相似，显示出原始信仰的精神秩序景观还比较庞杂，然而也正是这种庞杂，为现代大众文艺的再造神话提供了自由。很多网络小说的冥界、下界的设定也与此相似，宗教伦理功能退化，下界只是世界的一部分，主要住着非人类的角色品种，是故事主角作战的场所，这里敌人多，盟友少，在故事主角的“敌人”“对手”这类角色建构中，起着重要作用。

三、《玛纳斯》的故事与角色谱系

《玛纳斯》是柯尔克孜族英雄史诗，《玛纳斯》广义指八部史诗，狭义指其第一部。与藏族史诗《格萨尔王传》、蒙古族史诗《江格尔》不同，史诗《玛纳斯》并非一个主角的故事，而是英雄玛纳斯及其子孙八代人，带领被奴役的人民共同反抗卡勒玛克、契丹等外来统治的八部英雄传奇，它与历史事件的关系较为紧密。史诗的每一部都可以独立成篇，其中前几部内容紧密相连，前后照应，发育更为成熟[①]。

史诗又以第一部《玛纳斯》故事情节最为曲折动人，也流传最广，具有一系列英雄传奇的成长故事模式。玛纳斯诞生前，统治柯尔克孜族人民的卡勒玛克王，听占卜者说，柯尔克孜族人民中将要降生一个力大无比、长大后要推翻卡勒玛克人统治的英雄玛纳斯。卡勒玛克汗王派人四处查找，把怀孕的柯尔克孜族妇女一一剖腹查看，以便扼杀即将诞生的玛纳斯。但是在柯尔克孜族人民的保护下，玛纳斯平安地降生了。

主角玛纳斯的特异性诞生事迹，是突厥史诗英雄诞生的常见模式，在欧洲、中亚、南亚神话故事中也不少见。一对夫妻年迈无子——向天神腾格里祈祷求子——妻子进树林独居（树林的神秘生命力有助于怀孕）——受孕——胎儿出现特殊迹象——难产——英雄诞生（英雄的人生开头就必然与众不同，为未来的神迹开局）。英雄生有神力，结识了四十个少年英雄，带领柯尔克孜人民向卡勒玛克人开战，一系列的征战取得辉煌成果，十二次大的战役，构成故事主干。通过十四位汗王，结成广泛的部落联盟，形成了庞大的

---

① 参见《玛纳斯》第一部全四卷，居素普·玛玛依演唱，《玛纳斯》汉译工作委员会编译，阿地里·居玛吐尔地译，新疆人民出版社，2009 年 10 月版；《中国少数民族英雄史诗〈玛纳斯〉》，郎樱著，浙江教育出版社，1990 年 11 月版，第 45—46 页。

势力，捍卫了被欺凌部族的独立自由。

比较起《格萨尔王》的神子主角与《江格尔》的半人半神的主角，玛纳斯与子孙虽然神勇无敌，却不是神仙，而是热情奔放、彪悍不羁的人间英雄，并且带有悲剧英雄的色彩，这是一部低神性的英雄传奇故事。玛纳斯只有穿上巴卡伊老人为他准备的白色战袍或者妻子卡妮凯准备的战裤，才能刀枪不入，正是因为麻痹大意，大胜之余没有穿上神衣，才被宿敌用毒斧击中头颅，重伤不及救治而死。

玛纳斯先后娶了三个妻子，其故事带有草原民族的抢婚故事形态，在草原史诗中那是常见的英雄壮举。最后，玛纳斯花甲之年远征北庭，大胜之际重伤死去，在人生的辉煌处，终结生命和英雄传奇。之后，每当柯尔克孜人民遇到重大危急关头，人们高呼玛纳斯的名字，玛纳斯与四十个英雄的灵魂都会在众人面前出现，鼓舞人民作战。

《玛纳斯》的世界观受到萨满教影响，故事里的人们崇拜上天腾格里，那里是神居住的地方；崇拜大山，那里是仙女居住的地方；崇拜大地河湖，河水、湖水、泉水具有神力，有些神泉能治愈伤痛，与北欧神话中的能供养世界之树的生命之泉作用类似。还有动物崇拜活动的呈现，玛纳斯出征之时，就会出现许多动物保护神，前来护驾。《玛纳斯》对神奇的战马的吟唱最为有名，战马品种繁多，各类英雄人物都配有不同名称和不同特征的神马，主角的坐骑、猎犬、猎鹰、骆驼都是有神力的。

主角家乡的邻近地区有一座仙山卡依普，上面住着很多仙女，她们帮助主角一方战胜敌人，并嫁给主角子孙后代，与英雄们并肩作战，她们各具神通，能让战死者起死回生，与早期萨满教中的女萨满功能相似。故事中还有许多萨满举行祭天、祈福祈子、念咒、治病、施展魔法、占卜预测吉凶的活动，他们是神在人间的代表，是凡人与神沟通的中介。

《玛纳斯》中仙人系列角色中，有一个导师型人物巴卡伊老人，活了三百五十岁，自玛纳斯出生起，一直教导着帮助着玛纳斯，玛纳斯死后还照顾帮助着他的后代。这个人物有着萨满教中大萨满的痕迹，与《魔戒》中帮助主角的巫师甘道夫，《亚瑟王》里的主角的导师巫师梅林作用类似，其功能是帮助主角成长与达成愿望，其实对应着我们对导师与智者的需求。

玛纳斯的妻子卡妮凯是主角的贤内助，美丽而忠贞能干，组织能力超群，能未卜先知，还是神医，能起死回生，为玛纳斯缝制的战裤能伸能缩，防水火，刀枪不入，她在玛纳斯去世以后，坚强不屈、忍辱负重、深谋远虑，又辅助儿孙两代成就不凡功业。与格萨尔王的贤妻珠牡作用相同，她们代表着我们对完美女性的想象。

玛纳斯子孙的妻子多是身具智慧神通的仙女，能帮助丈夫建立功业，这个仙女人物谱系是系列史诗的重要特点。玛纳斯的儿子赛麦台依的仙妻阿依曲莱克，美貌倾国倾城，能化身为白天鹅在天上飞翔，屡屡帮助丈夫渡过难关；玛纳斯之孙赛依铁克的妻子库娅勒是一位女战神，战力惊人，是赛依铁克的保护神，二人长期并肩作战；赛依铁克之子凯涅尼木的妻子绮尼凯精通魔法，经常战胜会魔法的巨人，使自己一方在战场上立于不败之地。

从神通广大的她们身上，能看到萨满教早期的女巫师形象的影响。其实也反映了男性演唱者与听众的心理需求。这些得到仙女垂青的男英雄与形态各异的仙女们，会令网络小说读者们想起网络小说神作《风姿物语》（作者：罗森）与《亵渎》（作者：烟雨江南）中，那些功能与形态各异的，能贴近主角心理需求不同部位的美女角色。这些人物不是按照生活真实来再现的，而是紧贴人类真实愿望而塑造的，神话传奇故事的产生正是根源于人类永不停歇的愿望之河。

四、神话思维与现代文艺创作

以上对三大史诗的基本面的端详，令网络小说的研究者感到有很强的亲切感，它们与网络神幻小说的血脉太近了，可以说世界各地的神话、中国三大史诗与网络神幻小说是同源同构的。三大史诗是神、半人半神、得到神仙帮助的英雄们，创造的神话传奇事迹，网络小说中的神幻类小说（奇幻、玄幻、修真、仙侠、都市异能等），通常是由凡人主角修炼战斗，不断升级而成仙成神，并改造世界创造世界的故事。显然，三大史诗的资源可以很顺畅地移植到网络小说创作中，它们在神话思维、世界设定、角色创造等方面，为不断追求创新的网络小说创作打开了丰富的资源宝库。而三大史诗最好的改编移植工作，也是三大史诗传播给世界的最佳途径，是把史诗改编创作成再生的新神话。

这就要求人们能够把握三大史诗与网络文学的基本创作思维：神话思维。神话是人类愿望的载体，神是人类愿望的人格化、对象化的产物，神性主角突破现实障碍的超自然事迹，“实现”生活中不能实现的愿望的过程，就是神话。神话产生的人性根源，在于人类渴求想象世界对现实世界的超越，精神世界对于物质世界的超越，此事古今皆然。

但是人们会产生一种疑问，现代人是否应当、或者能够具有神话思维，并进行神话色彩的文艺创作呢？我们如何认识神话思维的现代性呢？

人们应该洗涤关于神话的一些刻板成见。

19 世纪以来直至今天，认为神话只能产生于古代氏族原始社会，这是一种普遍的主流性看法。列维—布留尔在《原始思维》中论述了与现代人思维完全不同的原始人的“原始思维”：相信万物有灵，灵魂不灭，准此，灵魂外寄与灵魂转世的观念，就应该是不属于现代人的“原始思维”；弗雷泽在人类学巨著《金枝》中说，人类思维的发展划分为三个阶段，“巫术——宗教——科学”，这样的阶段论代表着19世纪以来的洋洋得意的科学主义思维，在现代科学思维阶段，神话与宗教思维（宗教的核心教义是神统治人类的精神秩序）就过时了，只是一些远古思维的残余物了；皮亚杰在《儿童的心理发展》中说原始人类如人的童年，他们的思维在本质上是被神化了的形象思维；一些神话学教科书在强调，神话是人类认识世界、认识自然的能力不足够时，对世界的认识，似乎现代人掌握了科学思维，就不会再对神话创造感兴趣，或者不再有能力创作神话。这些说法几乎成为常识。

上述言论等于是在说，好莱坞电影、中国网络文学创作者不是合格的现代人，或者他们只能是智力发育不全的幼童，所以他们偏爱而且能够创作神话，而喜欢好莱坞电影和中国网络小说的世界各地的广大受众，普遍精神发育有问题，所以才会喜欢那些幼稚的作品。

但其实神话思维、“原始思维”并非原始人才有的，——神话思维同样属于现代人，并且现代人不断发展了神话思维。

历史上并不存在一个人类精神断面：在这个断面之前人类只属于巫术思维、原始思维或者神话思维，断面之后，人类登上科学理性的台阶，就会彻底告别神话思维，由科学思维或逻辑思维来统治自己。事实上，古代人也能知道神灵想象与生活经验的区别，知道人变为一种鸟，灵魂寄存于牛马身上，雷公打雷等想象，是不能实际验证的。中国春秋战国时期是华夏神话爆发期，但是也有“子不语怪力乱神”的孔孟学说，也有墨班的器械制造。古代人类同样具有科学思维、理性思维或者逻辑思维，任何古代人类的冶金、工具和器械的制造，水利工程，宫殿建造，都必然遵循着某些物理、化学原理，现代科学正是在此基础上逐渐发展起来的，现代科学思维不是突然降临人间的，可以说人类的神话思维（直观的象征的超现实的思维）与科学理性思维，都是起源于远古人类，并共同发展或者进化为现代人思维的。

现代人中，不是只有儿童才保留了原始思维或者神话思维。在现代人类生活与人文科技活动领域中，神话思维与科学思维并驾齐驱，互相渗透，才是常态。一个科学家白天在实验室中，以科学思维进行工作，而在夜晚或周末与宗教、神话、幻想文艺为伴；一个艺术家进入创作情境，是灵性思维在主导精神状态，但是他们也可以掌握现代科技产品，并通晓其工作原理，这其实是正常的现代社会生活图景。

事实上，人类思维中可以同时或者交替运行科学思维和神话思维，两种思维既相互冲突，也相互协调互助，彼此启发，激活人类的创造性，也使得人类精神世界更为平衡，这是一种自组织的思维机能，是人类长期演化而来的能力，现代人借助于思维的多维度多系统的运行，从科学主义非此即彼的僵硬认知中解放出来，也告别了面对自然的茫然无措，而把自然社会都当作是艺术想象的资源。当然现代人的神话思维也是不断进化的，比较起古代人的神仙想象更灵活，所思所想更辽阔，更能包含现实世界的知识，也更强调内在统一性，以减少与逻辑思维的冲突。

20 世纪以来神话在文学艺术中获得了再生与复兴，自乔伊斯的《尤利西斯》、托尔金的《魔戒》，神话思维再次附体现代文学，打破了科学主义单一思维定势，恢复了对神性灵性思维的追求，形成 20 世纪文艺与 19 世纪现实主义文艺潮流迥异的风格，说明人类文艺创作并不能放弃神话思维。

中国三大英雄史诗的自发生长状况、中国网络神幻小说的兴盛、好莱坞奇幻科幻电影、日本动漫、世界流行的神话模式的电子游戏，都不断推陈出新，都说明神话的产生并不是人类社会某一个阶段独有的现象，而是植根于人类无止境的超越现实的精神需求。从前，人类的愿望之河中产生了神，现在和将来，人类仍然会创作神话以“实现愿望”，并在神话中体验现实生活中无法体验的精神情景。

五、神话的自由精神、同一性与现代大众文艺的创造性

三大史诗最宝贵的财富，是其不羁的创造精神，是超越现实的肆意想象。《格萨尔王传》说唱者的艺术传授充满了神秘色彩，最令人惊奇的是神授艺人，他们在睡梦中得到神人传授，一梦多日，苏醒后即能滔滔不绝地说唱表演《格萨尔王传》的史诗故事[①]。在新疆卫拉特人地区、蒙古国、中亚等地，也流传着天神教会人们演唱《江格尔》的说法，并且认为正月里演唱这部史诗，具有去除妖魔鬼怪，保佑人民全年吉祥的作用[②]。演唱《玛纳斯》的“玛纳斯奇”也有神授说，一些“玛纳斯奇”自称是梦见玛纳斯等英雄之后，学会了演唱玛纳斯故事，人们相信《玛纳斯》的作品本身及其演唱具有神力[③]。

这是三大史诗创作传播的重要意识背景——创作者并不在意反映历史与现实的准确性，而是聚焦于精神的神秘传承，在神话整体规范中与神性融合并自由创作。而这在原始宗教生活中也是普遍的现象，演唱诗歌与念咒具有同等的意义，歌手与巫师、祭祀、萨满的功能有时候是一体的。

问题的关键不在于“神授说”是否属实，诗巫共生是否合理，

① 参见杨恩洪《超越时空的艺术传承——揭开〈格萨尔王传〉说唱艺人田野调查的新篇章》，《艺术评论》2008 年第 6 期；央吉·卓玛《〈格萨尔王传〉史诗歌手展演的仪式及信仰》，《青海社会科学》2011 年第 2 期。

② 参见仁钦道尔吉《萨满教与蒙古英雄史诗》，《民族文学研究》2001 年第 4 期。

③ 参见《中国少数民族英雄史诗〈玛纳斯〉》，郎樱著，浙江教育出版社，1990 年 11 月版第 166—175 页。

而在于这样的创作传播心理对于史诗形态的影响，对于保持神话品性的作用。这些“神授艺人”是最神奇的传播者，又往往具有强大的创作能力，在整个故事框架中，自己繁衍出独立的长篇故事，或者在原有传唱故事情节的基础上，演变出更丰富更精彩的故事情节。而即兴创作的故事之所以被看作史诗自然生长的一部分，是因为它们保持了统一的神话思维、神话故事形态或英雄传奇故事形态。世界著名神话多数早就是完成式，不管如何改编，它们自己早就定型，拥有着固有故事形态，而中国三大史诗本身，还在神话思维的统照下不断生长变化。必然地，它们也将通过现代小说、电影电视剧等大众文艺创作，生长出新的花朵。

因为上述认知，人们在改编三大史诗为小说、戏剧、影视剧的过程中，不应当把它们当作是历史剧、“古代生活教科书”来看待，虽然三大史诗故事中都有历史事件的影子，但是把神话故事当作是历史事实，那是对历史、对神话遗产不负责任的外行行为。应该把握神话思维、英雄传奇故事的基本精神，以自由的精神传承自由的艺术，按照神话的情理去繁衍故事，神话思维与历史剧所涉及的历史事实发生的因果律、历史学的治学逻辑通常是对立的。

当人们在移植、借鉴三大史诗的神话思维、世界架构、角色塑造的资源时，还应该注意神话内在同一性要求，避免把它们在世界设定、人物性格塑造、情节发展方面的混乱与芜杂带入神话再造。

三大史诗在演唱传播中一直在发生变化，形成许多变体，使得史诗在整体上越来越长。民间艺人走到哪里，在哪里受到欢迎，就在这里长期驻唱，内容随时有所增减，在传唱时不时加工，内容愈加丰富，情节也更加生动。艺人们在文本的搜集整理过程中，也不断添加、修正故事情节，就这样一代一代累积，丰富发展了史诗的故事情节，这与长篇网络小说连载的创作过程中，读者的接受反应对作品的影响也相似，读者的要求决定了故事的发展布局和篇幅，决定了讲故事的方式。自由，即兴，容纳各家各派，这是史诗创作的优势所在，《格萨尔王传》是世界第一长史诗，《玛纳斯》被称为世界第二长史诗，《江格尔》也是大型复合史诗，与这种众多作者的即兴编演关系密切。

但是人们要认识到，众多作者自由创作的史诗文本，必然存在相互矛盾甚至相互颠覆的地方，在整理统合与改编史诗文本过程中，应去粗取精，去除自相矛盾，自我颠覆之处，特别是在世界设定与故事主线等方面，加强内在同一性的弥合裂缝的工作可能才刚刚开始。

把三大史诗移植改编为小说、戏剧、电影、电视剧的工作，也要注意三大史诗各自特点，因为其世界设定、故事模式、人物谱系的不同，而寻找各自的进化再生的路径。而对史诗的最好的传承就是按照现代艺术创作传播的规律，再造神话，而不是亦步亦趋地跟在原有版本的后面，要尊重史诗的基本架构，但是也不能被神话的神秘感吓住。自由创造才是最好的继承，因为自由才是神话的本质精神。

这也是世界很多民间文化传统复兴、再生的共同特点。托尔金《魔戒》中创世神与职能神的功能，世界架构层级的思路，特别是精灵与矮人等种族、世界树等器物创造，一眼可见是对北欧神话的原型的变形再造，但是其故事、角色与世界设定却又是全新的，与北欧神话原型似是而非。同时，《魔戒》的神话再造避免了北欧神话的价值观缺陷，与世界设定的混乱粗糙，保持了神话的内在同一性，比很多远古流传下来的神话更完整自洽。《魔戒》不强调神话的民族地区属性，却自然带着北欧地区的文化基因，引起了世界各地的文艺创作者，对北欧神话的持久的再造热潮，北欧神话成为欧美奇幻文艺的基石，这是北欧民间文化的荣耀，同时也是人类整体的荣耀。

好莱坞电影、中国网络小说对世界各地神话的再造之中，也常见借鉴他人体系而自成世界的神话创造，一个创作者一部作品，创造了一个新的神话，从而为后来者提供了新的想象资源，自成一个传统。

世界各地的神话，在现代大众文艺中继续生长，变形、横移、再造，以适应现代人的价值取向、艺术兴味、艺术方式。为社会变迁提供文化思想、文化行为方案，这是文化的根本任务，神话传统随着生活的改变而不断创新，形式变了，精神实质恒久流传。随着大众文艺的传播，民族地区文化基因自然会随着新神话的再生而呈现出来，继续发挥文化传统的功能，令人类文明更为丰富更为平衡。

所以对三大史诗以及中国传统文化资源的各种移植、扭转、变形、再造的方案，都应该是被鼓励的。与希腊神话、北欧神话、印度神话、佛教神话、道教神话对世界文化的影响相比，中国三大史诗的影响力还有很大提升空间，这对于网络文学创作是一个好消息，这是尚未挖掘的富矿。中国各地的民族文化资源，在现在与未来，应该成为影响世界文化发展的人类文明共同财富，让人类文明带有更多东方民族的禀赋气质。

参考文献

《原始思维》，（法）列维－布留尔著，丁由译，商务印书馆，1981 年 1 月版。

《金枝》，（英）詹姆斯·乔治·弗雷泽著，徐育新、汪培基、张泽石译，大众文艺出版社，1998 年 1 月版。

《野性的思维》，（法）列维－斯特劳斯著，李幼蒸译，商务印书馆，1987 年 5 月版。

《结构人类学——巫术·宗教·艺术·神话》，（法）列维－施特劳斯著，陆晓禾、黄锡光等译，文化艺术出版社，1989 年 12 月版。

《神话思维》，（德）恩斯特·卡西尔著，黄龙保、周振选译，中国社会科学出版社，1992年3月版。
《批评的剖析》，（加拿大）诺思洛普·弗莱著，陈慧、袁宪军、吴伟仁译，百花文艺出版社，1998年11月版。
《二十世纪的四种神话理论》，卡西尔、伊利亚德、列维－斯特劳斯与马林诺夫斯基，（美）伊万·斯特伦斯基著，李创同、张经纬译，生活·读书·新知三联书店，2012年6月版。
《文化人类学》（第十版），（美）威廉·A.哈维兰著，瞿铁鹏、张钰译，上海社会科学院出版社，2006年1月版。
《奥德赛》，（古希腊）荷马著，王焕生译，人民文学出版社，1997年5月版。
《伊利亚特》，（古希腊）荷马著，陈中梅译，花城出版社，1994年8月版。
《埃达》，石琴娥 斯文译，译林出版社，2000年8月版。
《〈江格尔〉论》，仁钦道尔吉著，方志出版社，2007年4月版。

近期幻想类网络小说创作评述

近期，网络文学奇幻玄幻修真仙侠类作品创作继续呈现出繁荣态势，涌现出众多优秀作品，社会影响显著扩展，改编为影视剧、游戏产品者亦多，如《择天记》《完美世界》《大主宰》《雪鹰领主》《雪中悍刀行》等作品版权运营开发成绩骄人。幻想类小说阅读浪潮正在从青少年读者向中老年人群迅速扩散，国际影响也正在日益扩张。

当我们在评述网络文学幻想类创作时，要意识到既往的文学研究学术范畴、语汇，并不能随便搬入网络文学研究领域，应该强调尊重创作实际，特别是要认识到在大众文艺谱系中，在明清小说、好莱坞电影、中国网络小说中，神话传奇形态是最为常见的故事形态，这是大众文艺的特点，优点，而不是亟须克服的缺点。把古典神话中的“神”置换为人类主人公，由普通人类经过修炼战斗而成为“神”，并创造“神迹”，这就是中国网络奇幻、玄幻、修真、仙侠等幻想类小说的故事形态，其作品构成的关键要素是超现实的世界架构、角色设定、主角成神的成长故事与修炼职业体系，以及这一切背后的神话思维。中国网络文学最早自发传播到世界各地，受到各地区读者热情追捧的，也是一批奇幻、玄幻、仙侠、修真、武侠等幻想类小说，近期网络文学海外传播的势头也进一步证明，中国网络文学创造新神话的能力、故事情节的精彩程度、情感体验的丰富性，已经可与好莱坞电影并驾齐驱。它们的超越性思维、象征思维与灵性思维，对人类均衡发展智慧、启迪创造性具有特殊的功能，这是网络文学突出的成就所在，也是我们评述幻想类网络小说必须具有的知识背景。

我们应该以神话知识谱系为认知参照系，对幻想文类的东、西方神话与大众文艺源流，对作品的独创性进行描述，以发现它的文化贡献，否则，我们面对占据网络小说大半江山的幻想文类，面对一些受到亿万读者追捧的神作，就不知道究竟发生了什么，其创新意义何在，也将会失去对网络文学的评价能力。

我们将依此推介近期受到好评的幻想类优秀作品。

猫腻的《择天记》（创世中文网首发），是最有情怀、最有人性力量的玄幻小说之一。其世界架构、人物创设、故事情节俱佳，故事与人物映射武则天时期历史与人物，但阐释的是玄幻世界中的人生而不是历史事件。它把中国的文学地理、中国的历史想象，压缩沉淀，搭建成一个中国玄幻故事的舞台，让主角陈长生与伙伴们演绎了完美的成长故事。作品对人类精神领域的探究，令人信服，引导读者跟随故事情节之河，与主角一起寻找精神港湾。网络文学的艺术力量在猫腻这里得到了加强，人们把《择天记》称为近期网络文学创作的重要成果，自有原因。

辰东的玄幻小说《完美世界》（起点中文网首发）中，主角自强不息，迭经磨难，而成长为顶天立地的英雄，价值观表达正面、积极，情感力量丰沛，故事情节发展把控有度，角色性格鲜明，具有很强的艺术感染力。作品继承了华夏古典神话的想象遗产，进行了独创性神话再造，世界架构宏大而缜密，修炼体系层次分明，"法宝""神通"层出不穷，动物种族与异类植物的创设丰富而新奇，源自于上古神话、佛教、道教神话的混世魔猿、鲲鹏、凤凰、麒麟、朱雀、白虎、金翅大鹏、夜叉等角色有了新的形态和性格，作者创设的妖兽、仙树品种更为炫目，这些都极大地丰富了人类神话的知识谱系，作品成为众多创意产品的源头。

陈词懒调在完成了极富创作个性的《回到过去变成猫》之后，又创作了独特的玄幻小说《原始战记》（起点中文网首发）。现代人主角穿越到原始社会环境下的“炎角”部落，融入部落渔猎生活，经历了部落迁移、完善火种，寻求部落发展壮大的道路，把原始狩猎、种植业、养殖业、冶炼业、商业诸部落联合起来，最终形成部落联盟的种种历程。作品形态在幻想类作品中，独树一帜，故事情节主线，不是主角个人在修炼成神的道路上突飞猛进，追求个人成功的大神史，而是主角带领部落民众，寻求共同富裕、走向文明道路的奋斗历程，作品中奇异的动物与植物创设尤其令人惊艳，显示出作者的特殊才华和独创性追求。

风御九秋的受到众多赞誉的仙侠小说《紫阳》，以实有的西晋末年五胡乱华时期的历史为故事背景，是为显著特点。新作仙侠小说《太玄战记》（17k 小说网首发）中，现代军人主角穿越上古部落社会，设定的“世界”环境也具有历史实感，作品也与《紫阳》一样具有守护文明的主旨，显示出作者鲜明的创作倾向。《太玄战记》主角联合金、木、水、火、土五个部落联盟的光明力量，经过艰难曲折的战斗历程，战胜邪恶势力，给人类带来和平福祉，主要人物行为光明正大，又各具个性，故事情节发展脉络分明，文字表达流畅干净。作品融合了东西方神话元素、五行观念、科幻元素，而自成体系，独创性突出。

这些作品基调光明，文学性强，具有显见的创作个性，符合人们对网络文学的期许，理应受到文学界更多关注。

我们注意到，近期以东方神话为基础的玄幻、仙侠、修真类小说创作声势浩大，以西方神话、奇幻文艺为基础的网络奇幻小说，辉煌多年后有所低落，一些奇幻小说高手正在努力把东西方神话资源、奇幻文艺与玄幻小说的神话元素融合起来，并站立于玄幻小说门下。

比如，我吃西红柿的《雪鹰领主》（起点中文网首发），其世界架构是西方神话资源与奇幻文艺、游戏的世界原型的混合，如主角的修炼世界“连天藤”的创设，是与北欧神话“世界树”、托尔金《魔戒》的圣树、游戏《魔兽争霸》中有治愈功能的三棵世界之树、宫崎骏动画片《天空之城》中支撑飞行之城“拉普达”的巨树，等等“世界树”家族一脉相承的，并具有作者个人标识的独创性，对“世界树”神话谱系的发展具有重要意义。但是作品的角色姓氏与修炼宗派是东方面孔，修炼功法源自于道家修炼观念，作品标示为玄幻小说也很合理。

唐家三少的《斗罗大陆 3 龙王传说》(起点中文网首发)，继承了《斗罗大陆》前两部的诸多设定，化西方奇幻元素如位面空间观念、武魂斗气、大陆世界架构、联邦国家、修炼学院、龙族角色等等进入玄幻叙事，与《雪鹰领主》一样，戴上东方玄幻的面具。反映出在目前幻想类网络小说创作东风盛于西风的局面下，奇幻小说家的求变意图。

管平潮的《血歌行》(咪咕阅读首发)也融合了奇幻与玄幻小说的元素，构造了一个龙、魔、妖、人四族共处的世界，主角身份卑微，但是正直、开朗、志向远大，以战胜龙族侵略者为己任，创造了小人物完美逆袭的故事。作品也发挥了作者既往的创作特色，情节设置精巧，叙事收放自如，人物辨识度很高，情感力量充沛。

这些作品对东西方神话原型、奇幻与玄幻文艺资源的融合，正是网络文学的创造性的体现。人类命运共同体意识正在形成，必然会促进世界大众文艺的交流融合，我们可以认为，网络文学的这种融合、创新、发展，将会伴随着人类命运共同体的发展历程。

也有一些作家继续行走在奇幻世界，二目的《放开那个女巫》(起点中文网首发)是近期奇幻小说的杰作。它是欧美奇幻小说的“大陆”地理世界架构，欧洲中世纪政治、宗教、修炼门派诸种势力分布，战争史诗故事形态，奇幻文艺的叙事艺术形式，融合创构而成，新奇性、独创性可以媲美英语小说《冰与火》(电视剧《权力的游戏》原著)。主角穿越到了欧洲中世纪氛围的人类社会，吸纳、团结被迫害的女巫，用她们的魔力帮助主角猛攀科技树，融合工程师的智慧和女巫的魔力，在主角的领地进行工业化，同时不断征战，统一大陆，与强大的魔鬼势力对抗。作者创设了上百个性格鲜明、功能各异的女巫，其中贤淑聪慧，身心明净的安娜，能够控制魔火，像激光一般精确切割、炼制任何物件，帮助主角制造炼钢炉、蒸汽机、火枪；天真可爱的娜娜瓦·派恩，能够治愈伤残，再生肢体，是这个世界里的天使；机智敏捷，性感的夜莺(薇罗妮卡)，能隐身，瞬间穿越空间，战斗力强悍；女巫叶子，能与植物融为一体，所有被融合植物都成为她身体的一部分，如是等等，十足惊艳，举世少见。

一些玄幻、修真、仙侠类新作，高居热搜榜前列，社会影响巨大，我们也应充分关注。

《圣墟》是辰东所著的第六部小说(首发于起点中文网和创世中文网)，作品宣示“在破败中崛起，在寂灭中复苏”的创作意念，其世界架构、势力分布、角色、功法、神通的创设，如辰东以往作品一样，丰富着人类神话知识谱系，作品也是不急不躁渐入佳境。《一念永恒》(起点中文网首发)是耳根继《我欲封天》之后，又一部神作，呈现“一念成沧海，一念化桑田。一念斩千魔，一念诛万仙。唯我念……永恒”的创作意念，与《圣墟》相映成趣。主角性格具有多面性，有喜剧色彩，外表乖巧内心腹黑，但是却深具侠义精神，迭经艰难而成救世英雄，作品扩展了仙侠小说的创作路径，时间观、世界观特异，情节新奇有趣。《大主宰》(起点中文网首发)是天蚕土豆继《斗破苍穹》之后的又一部神作，以华夏上古神话与佛教“大千世界”与道家修炼观念为基础，创造了主角战斗升级、主宰世界的故事。《玄界之门》(起点中文网首发)是忘语继《凡人修仙传》《魔天记》后创作的第三本修真类小说，在道教佛教神话，明清神魔小说，网络修真小说等神话元素中，加入星际修真的元素，构成了一个特殊的玄幻世界，主角的故事有几分《西游记》孙悟空大闹天宫的神采，作品中的修炼功法、符箓、法宝、灵兽与丹药的想象尤为神奇。《万古仙穹》（17K小说网首发）是观棋的封神之作，主角立志以天地为棋盘，众生为棋子，为自己赢取一个独立自主的永生。作品以围棋布局、解局为故事结构方法，展现了中国传统文化的一个侧面。

这些作品扩展了东方神话幻想世界的宽度，呈现出华夏神话的再生力和中国小说家的创造精神。同时也说明，现代人类对神话小说的热爱，人们对修炼—战斗—升级的想象，对生命力成长壮大的感觉体验需求，是持续而强劲的。

在炫目的皇皇巨著之外，我们还要关注一些具有独特品格的佳作，它们也许篇幅不长，网络舆论场热度略逊，但是创作思维、创作手法独特，是网络文学森林中的独特生物。

雨魔成名于网络，辉煌于图书出版，自《驭兽斋》开始，他便以独特的宠兽系列作品在奇幻小说阵营中独树一帜。其《兽王》系列二十余本图书，构造了东西方神话与科幻为基础的奇异世界、创设了众多神采各异的动物形象，定义了人类与动物的各种伙伴关系，作品传达侠义精神，表达对人类世界的责任感，因此受到学生家长的信赖，陪伴着千万青少年读者走过成长历程。

莲青漪的小说《狼毫小笔》（首发于咪咕阅读）是清新奇特的“山水玄幻小说”，在形式上融合了玄幻小说与穿越小说的套路。主角因父母双亡，从上海的繁华世界回到绍兴老家平水镇宋家店，发现宋氏祖先传下来的狼毫小笔具有特异能力，主角用这支笔穿越时空，与伙伴一起进行历史时空探险，以实际存在的绍兴山水、文化遗迹为舞台，结识妖仙，与历史文化名人如北宋的晏殊、南宋的陆游、元末明初的刘伯温等文人墨客，相遇相知，演绎亦真亦幻的故事。作品弥漫着一种浓郁的文化乡愁，文思雅丽，是中国的雅文传统在网络时代的变身，呈现着地方性知识之湖，在内部与中国传统文化的大海相通，这种创作是难能可贵的。

苍月的《朱颜·镜》（首发于 Wap.cmread.com）极具创作个性，其世界架构、角色创设独特，特别是人族与鲛人族之间的爱恨情仇，男主角的独特的神话人物身份，为故事情节发展营造了神秘的氛围。女主角与男主角的性格与命运的冲突，带动着情节跌宕起伏，人物的情感变迁主导着读者的阅读体验。主要人物都有自己的使命感和价值目标，并勇于自我牺牲，呈现出古典诗剧、命运剧的艺术氛围，人物灵魂的力量能够深度介入读者的精神世界，文字表达成熟老到，有分寸感，作品整体质量均衡，是网络小说中少见的艺术类型。

天使奥斯卡的《星坟》（首发于天地中文网）搭建了蒸汽朋克的世界架构，生存游戏的剧情模式，其主角屡屡在绝境中展现自己过人的意志与力量，是硬汉小说主角的变身。此类生存游戏作品中，情境越是残酷，对人类的感觉体验价值就越大，可以令读者体验战斗逃亡的过程，使紧张感、恐惧感得以释放，得到脱离死亡威胁而幸存的喜悦，提高人们的生存智慧与技能。该作是别具一格的科幻 + 奇幻的小说，其创作设想值得鼓励。

七英俊的《有药》（首发晋江文学城），是颠覆之作，在一个架空的世界里，把穿越者们颠来倒去地戏耍了几番，却在戏谑中呈现了现代人的精神困境。灵魂穿越奇点、到异时空夺舍的设定有新意，作品探索了小说的诸多叙事技巧，如多视点跳跃式叙事，营造情节发展的上下起伏的奇诡效果，可看作是网络小说中的先锋派。

这些颜色各异的小说，昭示着网络文学更多的可能性，它们不流凡俗的独立品格应该得到鼓励。网络文学应该具有足够的包容度，鼓励创作的多样性，这是文学高峰形成的必要前提，也是文学事业繁荣兴旺的题中应有之义。

发表于《网络文学评论》2018 第 3 期，

署名王祥

网络文学社会管理的认知问题

网络文学成绩很大，在作品种类的丰富、想象力的炫目、故事情节的精彩程度方面，足以与同时代世界大众文艺媲美。对于社会来说，这是低投入高产出的部门，社会效果远比足球行业为好，不宜求全责备，网络文学是带有草根意味的家常的鸡汤与红烧肉，非要它们成为高大上的国宴菜品，那真是彼此耽误。

数十年来，文艺的“管理”与“引导”，向来存在有关部门口中的“一管就死一放就乱”的现象，多少经验教训就在前面不远处，提醒人们需要谨慎与宽容：使用行政手段要谨慎，因为那是有历史代价的，对于一时难以把握的艺术问题需要宽容与耐心，文艺问题并非刚性的政治经济问题，是可以反复探讨、寻求共识的。

如何认知网络文学社会管理的目标与方法，应该从认清网络文学的功能与属性开始，这是制定适宜的管理目标的起点。

网络文学生存发展的立足点，是为读者提供快感补偿与情感体验功能，正是因为网络文学回应了人类的各种心理需求，创造了独特的快感、美感模式，才受到了读者的热烈追捧，这与明清小说、大众电影电视剧具有相同的功能。它们都是为读者观众提供美梦成真的幻境，而成为人类生活的重要方面。

人类追求快感与美感是生命运行的基本需求，当人们去做对生命体有益的事情，得到或者在展望、幻想中得到有益于生存、发展、繁衍的成果，生命体就会感到兴奋与愉悦，这就是生命体的快感奖赏机制，它驱使人类不断进步，追求成功。比如爱情，给人以丰富的快感与美感体验，激励人们承担繁衍后代的重任，人们视爱情为艺术创造的重要源泉，歌颂爱情，是对快感奖赏机制与美感诱导策略的自发强化。

具有丰富的快感体验的生命体，更有主体精神和创造性，长期缺少快感与美感体验的个体，就会陷入焦虑、痛苦之中，而观赏提供快乐体验的文艺作品，可以导向积极情绪。人们特别渴望而现实生活中又无法达成的欲求，在虚拟的幻想的故事情境中，通过各种欲求得逞的情感体验，获得快感，补偿失衡的生命情感形态，以重新安置精神秩序。

幻想或者白日梦本身，就是人类不可或缺的精神生活内容。实验表明，人的大脑中白日梦控制区域，是默认活动模式的，在白日梦中人们创造虚拟世界，提升创造力水平，把精神创伤，通过变形的幻想情节置换为愉悦性体验，白日梦是有益于人类身心健康的，这种功能是人类进化的结果。

而网络文学、大众电影电视剧中的故事是有意味、结构复杂、富有心理活动成果的白日梦，小说家与电影电视剧创作者是精于此道的白日梦专家。网络文学在提供快感与美感体验，创造快感模式和小说类型方面，已经大面积超越明清小说、西方大众小说，吸附了亿万读者的热诚、痴迷，如此惊艳地呈现出自己的力量，理应获得足够的赞誉。它是尽职的，热情地为大众服务的文艺门类。要求网络文学完成反映现实等任务，效果可能未见得好，因为那不是它擅长的，不能以此评价它的成绩。

当然，网络文学与其他大众文艺一样，是有自己的伦理表达的方式的，在网络文学故事进程中，读者对主人公愿望实现的快感奖赏机制，产生了上瘾——心理依赖的情形，事物能否带来快感影响着人类的好坏判断。文艺通过白日梦叙事释放本能，给人以快感满足，调适心理环境，如同一种心理海绵体，吸收了本能的破坏性震荡波，通常又给不伦欲望安置惩戒性结局。文艺对于欲望的伦理化安置起到了独特的作用，主人公遭遇挫折或者惩戒所感受的痛楚，也会传导至读者身心感受上，它通过情感体验把伦理惩戒内化为个人的道德禁律。

比如网络小说《甄嬛传》《步步惊心》及其改编的电视剧，利用白日梦运行规则提供愉悦体验，起到了心理按摩的作用，也对作品主人公的利己主义行为，安排了惩戒性结局，对欲望表达进行了平衡，还是遵循了大众文艺古老的伦理规则的，它们与电影《乱世佳人》《泰坦尼克号》的功能是相同的。把白日梦叙事政治化从而予以否定是不妥当的，过于肃杀的伦理标准，不利于紧张关系的释放，对于无碍于公共利益的欲望叙事，给予适度的宽容是符合人类文明趋势的。

而一些网络文学与影视剧作品中蔓延着的宣扬暴力、丛林法则、种族主义倾向，其中蕴含着社会组织理念和方式，会外化为社会群体的一致性行为，与法治伦理背道而驰，威胁到社会文明的根基，应予以明确的否定评判。那些渲染暴力、赞美野蛮愚昧的抗战神剧连年迭出，才是值得警醒的文艺现象。

网络文学的繁荣来之不易，相关各方应该珍惜。网络文学的社会管理，应该调动社会各部门的积极性和能动性，多边参与，特别是行业主体的自律性参与，才符合互联网时代的社会状态与社会需求，更要制定“透明”而切实可行的，能反映各方合理愿望的治理规则，没有规则共识的管理，依靠敏感词过滤式的管理，必然会使网络文学变得僵直衰退。避免衰退局面的到来，是相关各方的共同责任。

发表于《文艺报》2014 年 9 月 24 日，

署名康桥

网络文学：男书与女书

网络文学标举“读者主权”，具有明确的读者分群意识，特别是男性女性两大人群的阅读需求得到了充分关照，形成了男性读物与女性读物——男书与女书的分野。在小说类型中，“硬质小说”如玄幻、修真、武侠、军事、历史小说，更招惹男性读者的热情，软性读物如言情、宫斗、青春、校园等小说类型，则以女性读者为主要对象，但其实大多数小说类型中，男女读者都有各自的天地，比如女性作者与读者，也有自己的玄幻、修真、历史小说。真正分开男书与女书的，是作品主人公的性别，是主人公体现出来的男女两性不同的愿望—情感形态、不同的实现愿望的快感模式，这才是凝聚男女两性群体的核心因素。

在网络文学场域中，读者能否对作品主人公产生“代入感”至关重要。显然，女性读者对女作家笔下的女主人公，男性读者对男性作家笔下的男主人公，才容易有代入感，男女两性的愿望与情感经常是隔膜乃至对立的。人们的日常生活平庸重复，成功感受、高潮体验缺失，现实生活中无法实现的欲求，需要潜入幻想性文艺作品中，取得快感补偿，而文艺作品比之于日常生活，更完满，更贴近情感起伏曲线。当读者遇合文艺作品中的主人公，当彼此拥有同样的愿望与情感倾向，读者把自己代入主人公，一起行动，一起经受挫折考验，把主人公的成功体验融合为自身体验，特别是混合着快感与审美冲动的高峰体验，带来震撼感、透亮感、痛快感，人们的快乐荷尔蒙分泌显著上升，令人迷醉于喜乐之中。这是一种人类生活中的快感奖赏机制，读者在故事中得到富足的、完满的跌宕起伏的情感体验，却无须承担现实生活中的艰辛，读者自然趋之若鹜。读者对各种快感奖赏的模式形成上瘾依赖，作者、主人公、读者，因为心理融合的发生，就构成了三位一体的愿望—情感共同体，这是网络文学作品赢得男女读者群体的关键因素。

而创作者的任务就是不断提供新颖独到的快感内容，给予读者重复可控的快感奖赏，令读者甘心付出金钱、时间、精力，换取身心满足。上瘾——满足机制是网络作家吸引粉丝的秘密之一，这样能够提供快感体验的作者，事实上主宰着愿望—情感共同体的行进方向与喜怒哀乐，人们称呼这样的小说家为“大神”——男女大神带领着各自的粉丝群体，各自的愿望—情感共同体，在精神世界抱团而行。

“愿望得逞”是愿望—情感共同体的内核。在成功的网络文学作品中，主人公“愿望得逞”的过程就是故事情节的主线，引诱读者代入故事情境中、进行逼真性体验的，正是主人公经过努力，不断实现愿望的快感。这里分析网络文学里两种常见的，具有原型意味的“愿望得逞”路径，展示网络文学如何魅惑男女读者，结成愿望—情感共同体的状况，它们同样存在于“历史小说”中，由于男女主人公及其愿望实现快感模式的不同，形成了形态迥异的男书与女书。

在历史小说男书中，金庸小说发挥了重要影响。人们的日常愿望是获得权力、财富、情爱，这是大众小说最常见的显性的愿望—动机主题。已经被文学教授们接纳的金庸小说，其主人公总是能够在男性基本愿望方面大获成功，尤以《鹿鼎记》的主人公韦小宝，开创了迅速获得权力、财富、美人的典范。韦小宝出身底层（吸引华人底层男性的身份认同），机缘巧合与康熙帝成为伙伴，并为之建立功勋（与最高统治者建立密切关系，灿烂人生的开始），周旋于各种政治势力、江湖帮派之间，追逐得到各色美人七名（含公主、郡主、帮主夫人，艳色各别，性格有异），儿女多多，“韦爵爷大功告成”，为了脱离政治漩涡，携美人财宝逃隐江湖，最终过上了幸福自由的生活。这是男性愿望得逞的显性模式，最令华人青年读者迷醉。

网络小说中，人气很高的“历史”类小说《回到明朝当王爷》《极品家丁》等作品，主人公愿望得逞的模式正是“韦爵爷大功告成”的翻版。《回到明朝当王爷》的主人公，穿越到明朝，附体于一个垂死的穷秀才杨凌身上（起点低），偶然获得功勋，被荐入皇城，成为未来皇帝的伴读（与最高统治者成为伙伴），从此建言献策，奔驰在平叛、抵御外敌的战场上，整合体制内外力量，建立工商企业，鼓动政治改良，功勋卓著，加官晋爵，财富车载船装不可测量，而各色身份、性格、功能的美人皆备，且忠诚和顺，且团结互助，最后，主人公带着部下、妻儿老小，远征西伯利亚，受封西伯利亚王（在没有选择自由的皇权社会安全着陆）。《极品家丁》中，主人公林晚荣穿越到一个架空的朝代大华朝，投身商人家庭做家丁（起点低），大展商业才能，同时与皇家产生了密切关系，有机会继承皇位却坚决拒绝，所以更得皇帝信赖，只是为了能够娶两个公主和更多美女，才答应皇帝效劳朝廷，练兵，改良朝政，打垮北方游牧民族，大功告成，退隐西湖，但不时奔波远方去探望情人（比如某处女王），主人公的儿子在多处继承皇位，开枝散叶，代代荣华。

他们的白日梦是相似的，不管这些作品如何在政治、社会、民族主题上进行包装整合，当网络文学的男性读者眯起眼睛，识别出“大功告成”梦境的基本元素，他的快感预期就会升腾，眼前这个世界，是按照主人公愿望得逞的需要而运转的，在这个男性快感模式中，女性被男性欲望对象化，哪怕是拥有强悍个性的女王，也是为了男性欲望得逞的快感更为强烈而存在的。“公主”与“女王”是权力、财富、美色的融合体，是功能性很强的身份符号，而男性作者、主人公、读者构成了喜笑颜开的欲望得逞的团伙。

而在女性历史小说中，“宫斗小说”是女性白日梦的集大成者，在这种女性愿望得逞的类型化景观中，主要故事构成是在宫廷情景中，女主人公嫁给最有权势的男人——皇帝，并战胜其他女人夺得恩宠，得到尊荣，然后她与另一个（或数个）浪漫的男人（通常是王爷）恋爱，而男人们疯狂地爱着女主人公，为女主人公实现各种愿望承担后果。被普遍看作是宫斗戏的近祖的，是香港电视清宫戏《金枝欲孽》，对后来的宫斗题材小说与影视剧有着直接的影响。《后宫甄嬛传》与《步步惊心》这两部网络宫斗小说，因改编的电视剧热播，女性读者与观众的痴迷的深度广度，为人传颂。

小说《甄嬛传》中，一个架空的皇朝，主人公甄嬛选秀入宫，凭借美貌聪慧，争得皇帝玄凌的恩宠（同名电视剧中，坐实为清朝雍正皇帝），帮助皇帝治理天下，甄嬛家族也尽享荣华。主人公因为受到陷害，开罪了皇帝，自请“出宫礼佛”（为多情种子皇弟玄清与甄嬛相爱，创造了充裕的时间、空间），甄嬛接受了皇弟玄清的爱情，暗结珠胎，后来听说玄清在外地身死，为了孩子的未来，甄嬛设计回宫，玄清回来后，木已成舟（为女主角回到皇宫继续尊荣道路安排的由头）。皇帝玄凌怀疑甄嬛与玄清有染，让甄嬛送毒酒给玄清，玄清为保护甄嬛，喝下毒酒身亡，男主角以自身死亡换取主人公的生存，如此伟大的爱情（女性小说、影视剧中常见催泪招数——爱人为女主角而死），令女性读者身心震荡，得到高峰体验。皇帝玄凌也及时死了（他为甄嬛获取最高权力让路），年少的皇太子于灵前继位，甄嬛成为皇太后，相关男人女人尽皆落花流水，甄嬛独自到达尊荣顶峰。

《步步惊心》中女性愿望得逞的规模更为宏大。现代社会的白领女性因为意外事件，灵魂跨越时空，重生于康熙年间，卷入了“九龙夺嫡”狂潮，康熙爷各种能干英俊的儿子们，展现了各种魅力，女主角与最温文尔雅风流倜傥的八王爷，谈了很透彻的恋爱，然后女主角进宫，成了最有权力的那个男人、雍正皇帝的女人，宫斗得胜（伟大的女主角藐视群雌）。女主角想要得到自由（还有更多），就在八王爷、十三王爷等人的帮助下，迫使雍正同意她出宫，女主角就在十三王爷的护送下，去往另一个雄性魅力十足、而且热爱女主角的十四王爷那里，在一个美丽的日子里，死在爱人的怀抱里。她的灵魂回到现代社会（小说情节到此终结，在同名电视剧中，梦想得以继续），想寻找这“过去二十年”，究竟是否大梦一场？她在博物馆里得到了证明：一张照片或画像上，她与诸位王爷帅哥们站在一起。她抬起泪眼，看见了穿着皮夹克的“雍正”，穿过博物馆的展柜，迎面走来——爱恋的人一定会重逢……到此，女性的常规愿望得到全面满足，而人群以此分为两拨，一群是泪流满面沉醉其中的女性读者观众，另一群是她们的小心翼翼的男友和丈夫。

在愿望得逞的网络小说、电影电视里，世界为了男女主角的愿望运转不停，高潮不断，梦醒之后，读者、观众回到庸常的生活里，继续承担平淡繁复的一切。人类可以拥有文艺作品，拥有梦想的能力，这是造物主对人类整体的奖赏：你们辛苦了，快乐片刻吧。

发表于《博览群书》2014年第2期，题为
《你们辛苦了，快乐片刻吧——谈网络文学的快感模式》，
署名康桥

《间客》，何以在前

猫腻的《间客》在中国网络文学二十年二十部优秀作品评选中，位列第一。评委会认为，《间客》是网络小说的巅峰之作，作品中仰望星空的豪情壮志，引领着作品向上升华，在整个网络文学视野中，《间客》独树一帜，抬升了网络文学的标高，足以代表网络文学的艺术成就。把《间客》推举为第一，这是一种“文学态度”的表达，是在表达对仰望星空的豪情，对人类命运的忧思，对可信任的才华，对超越凡俗之文学情致的尊敬。

《间客》所仰望的星空，是宇宙星空。浩劫之余的地球人类，在广阔的宇宙之间生存着战斗着，演绎着波澜壮阔的联邦与帝国间争霸之战，反抗压迫的自由之战。从《间客》的世界设定，能够看见《星球大战》《星际之门》《黑客帝国》等开创的“世界”想象元素的影响，如联邦与帝国的星际战争，控制全世界的智能电脑系统，奇特的原始武功，等等。网络小说的世界设定、角色创设，乃至故事情节模式，皆可能有所借鉴，然而作家胸膛中的激情，无法模仿、代替，作家独有的激情是写作最深邃的动力源泉，是最令读者动容，能够给予读者深刻情感体验的力量。《间客》的激情，体现在主角许乐、施清海、封余等人为理想而奋斗的故事中。他们不惜牺牲，壮怀激烈，富贵不能淫，威武不能屈，能苦斗，也能豪迈洒脱，其情其志，感人肺腑。他们既不是人间的饮食男女，也不是一般奇幻、玄幻类小说主角经过修炼而成的主宰世界的神灵，《间客》的主角是在人间为公平正义而战斗的铮铮好男儿。

这是《间客》最为动人之处。

许乐，本是帝国太子，因为在与联邦战争中处于劣势，帝国把大量幼儿渗透进联邦地区，培养为“间客”，其养父母及妹妹先后死于矿难，许乐成为孤儿。他胸怀朴素正义，相信人犯了错就要接受惩罚，法律不能惩罚坏人，就自己去惩罚逃脱法律制裁的人，这种个人英雄主义并不总是对的，但是，若无敢于抗争邪恶的男儿，则公平正义的秩序无从建立。许乐先是为了联邦而战，成为联邦英雄，后来身份败露，遭到追杀，但是他并未因此站到帝国一方，更不愿意为了个人荣华富贵而成为帝国统治者，而是继续为公平正义自由平等而奋战。施清海，许乐最好的朋友，青龙山反政府武装潜伏至联邦的间谍，英俊而多金，风流潇洒，多才多艺，深受女性欢迎，然而心中难以放弃追求正义的执念，以个人英雄行为代人民立言，追查那些总能逃脱法律惩罚的恶棍大人物。封余，许乐的领路人，为了探索实现社会理想的道路，而以多重身份行走人间，其思想影响了很多社会运动，影响了历史走向，却无意于个人权力地位，终生扮演各种“间客”，到处躲避通缉。而女性角色如许乐的恋人张小萌、简水儿，施清海的恋人邹郁等人，也都是有理想、有情义、有担当、有尊严的人物，而不是一般网络小说中男主角的欲望对象。

这些宇宙儿女的故事经常让你怦然心动，又愿意屏住呼吸，细细体会其悲壮与委婉，宏大与细致，浪漫与纯真，激烈与混杂，各种情态看进去了，就在心里有一屋间客。

施清海的“最后时刻”，虽千万人吾往矣的慷慨赴义情景，呈现了猫腻式的激情，呈现了猫腻创造情感高潮的特点。施清海被对手下毒后，偷偷在医院治疗，受到小护士黄丽的救助，但他不愿意在自怨自怜里等死，而是继续执行正义行动，到达议会大厅，对那些罪魁祸首“执行公民逮捕权”。然后枪杀了那些不服从逮捕的恶棍。施清海热爱的女军人邹郁在现场观看，主角许乐在遥远的星际，通过联邦宪章电脑系统观看了这场必死的行动。现场被大批军警包围，施清海与邹郁走向宪章广场的中心，坐在长椅上，向围观群众挥手致意，与许乐通电话从容交代后事，与邹郁诉说衷肠，然后在万众瞩目中，倚靠着自己的女人，在毒药作用下安静死去。

《间客》主人公出生入死，经常面临严峻考验，甚至受到身心虐待、残酷折磨，在危难中印证自身成长，见证自身精神力量的强大，这是英雄、超人的一种自我定义，这是有悖于常人的烈士情怀。人物逆流而上的勇毅果敢，是一种令人心折的品质，也给予读者深沉、悲壮、崇高的情感印染，让读者在真切而强烈的高潮体验中，在热泪盈眶中，精神得以净化，对自己有一种崇高的期许，让人们对于人类文明生出信仰之情，牺牲之心。一般网络小说营造主角权力、财富、爱情、长生、成神的愿望达成的快感体验，快感较为廉价，而《间客》这样的热血硬汉小说，给人以深深的情感印记，告诉我们在世俗成功之外，其实还有更激动人心的目标，它让你成为一种体验过“间客”式激情的人。

网络小说不以表达社会思想见长，但是通常还是有自己的思想倾向的。一些人气爆棚的网络玄幻类小说，遵从丛林法则的弱肉强食的价值观，当主角成为世界的主宰之后，与他们反抗的旧主宰一样，并不会制定公平的规则，而是继续奉行强者支配世界的规则。一些都市、历史小说主角出身底层，却认同等级制度，结交权贵，在社会阶梯上，为了获取权力财富目标而努力爬升，演绎“励志”故事。这些普遍存在的思想伦理表达的缺陷，已经成为很多网络作家走向更广阔世界的障碍。

而《间客》的思想伦理面貌是庄严而明亮的。追求公平、正义、自由、平等是猫腻作品的一贯思想倾向，他的《庆余年》主角范闲与《间客》的主角许乐，出身富贵，却为人间正义而甘愿牺牲一切，甘愿到尘埃里拼杀，甘愿为了给不相干的小人物争一个公正，而与权贵为敌。出身不能决定一个人的本质，选择才是一个人成为自己的决定因素。这种思想伦理倾向，时刻灌注在主要人物关系和故事走向之中。范闲与许乐之所以是高贵的，是因为把追求自身的自由，看作是至高的人生目的，不愿意向强大的对手妥协，也不愿意成为压迫人类的民贼，他们的面部与内心都是光洁的，不允许给自己的灵魂抹黑，何谓高雅与高贵？这就是。

《间客》也有许多大众文艺元素——欲望叙事技艺的运用，否则就缺少通向大众的精神路径。然而没有感情的升华，伦理的超拔，若无种种超越凡俗之处，就不会得到读者的尊敬。网络文学作品要想赢得“文学性”的赞誉，就需要对欲望叙事进行审美化、伦理化安置，这是一个很重要的文学传统，也是作家面对市场的一个策略，这也是网络文学最需要向世界经典文学作品学习的地方。而《间客》在这些方面显著高于同侪，它用理想照亮了个人欲望，勾兑了心理探索的意味和独特的审美情趣，它写男女，既有男欢女爱，男女之间也充满彼此尊重，有情有义，能为理想共赴艰险。《间客》的故事游走在纯情与欲望叙事、人性探索与精神猎奇的中间地带，却笼罩在统一连贯的悲壮伤感的气氛里，在这种充满雄性荷尔蒙的气色中，剧情与伦理表达却都是鲜明透亮的。这种调和文学理想与市场属性的策略，增强了作品的审美价值，增加了作品的社会接受度。

《间客》主角许乐与施清海以及其他兄弟的同伴之情义，热血、硬朗而温暖，超越一般聚义群体的兄弟伦理，让读者感到不孤单。施清海死后，许乐和七组（著名的战斗组织）战友，带着他的遗体，去一一落实他的遗言。比如他中毒之后，救助了他的小护士黄丽，被前男友，一个有前途的医生抛弃，他与豪门千金订婚，表达了对小护士的蔑视。许乐帮她折服豪门权贵的阻拦，让小护士在英俊的前男友左脸上扇了六个耳光，右脸上扇了七个耳光，这不是因为被他遗弃，而是因为她给他打了七个月的午饭，洗了六个月的袜子内裤，以此讨还。事毕走出豪门公馆，许乐微笑着告诉车厢中黑色冰柜里的漂亮男人，这一件遗愿完成。

通常网络小说中都有主角打配角脸的情节，这也是《红楼梦》《三国演义》《水浒传》《西游记》等大众小说的惯技，可以令代入主角的读者有快感，但是多数不免于主角欺负配角的小家子气。《间客》把低级趣味的打脸情节，变成了主角为实现好友遗愿，且主角动用豪华战斗阵容，只是为实现一个平凡小女子的打脸情结，而不惜得罪诸多豪门的煽情情节，是有一点温馨感的。这种爽，光明正大，可与人分享，此是猫腻对读者的体贴之处，读者因而服气，心里舒坦从容。

《间客》给了我们一个为文学尽责的机会，我们不仅仅要对IP英雄表示关注，更要对文学的未来表态，若是境界高妙，即使为大众写作，身处江湖之远，又如何可以吝啬尊敬之情？我们支持《间客》，也要对《间客》《庆余年》《择天记》等杰作的作者猫腻，对其他有情怀、有文学理想的网络作家表达一种敬意，这种敬意还没有充分表达过，此时正好。由此可以证明，网络文学是文学，网络文学评论，是文学评论，我们的“文学”一直在网络文学现场工作，并且会发出明亮的声音。

终归，我们不肯埋没文学。

发表于《文汇报》2018年5月29日，

署名王祥

奇幻小说角色的原型再造考察
——以网络小说《亵渎》《恶魔法则》《佣兵天下》《兽血沸腾》为例

20世纪世界文学兴起了重写—再造神话的潮流，知识分子写作与大众文学写作重溯神话源头，文学寻根，经历精神返乡之旅，其中托尔金的《魔戒》《霍比特人》创造性运用北欧神话、《圣经》神话、凯尔特神话的原型，特别是世界架构、角色的原型，再造了一个托尔金独有的神话世界，对大众文艺的重写—再造神话，产生了重大的推动作用，对奇幻文学的产生更是产生了决定性影响。这个重写—再造神话的潮流，激发了中国网络文学中奇幻小说的产生，并且对玄幻、仙侠、修真等类型小说的发展有显著的启发意义。使用神话原型批评方法，对中国网络奇幻小说中的角色原型及其再造过程加以考察，对于网络文学的本体研究，是十分必要的工作。

本文集中考察北欧神话—奇幻文艺—网络小说传播链条中，标志性角色的形态与功能的再造。

奇幻小说的源头北欧神话提供了精灵、矮人、龙、魔法师、魔兽等角色原型，他们通常是人形、人性与动物形态、属性的结合体，经过托尔金神话、欧美奇幻文艺、游戏的开发成型。中国网络小说作者对这些原型与再造物进行扭转、变形，再造为自己的角色，已经构成奇幻小说的基本人物谱系。

精灵、矮人在北欧神话中具有半神的地位，是神的助手。在奇幻文学中，精灵、矮人是伴生的角色，又强大又多才多艺，却彼此不和，正如人类所需要的那样，通常扮演人类主角的盟友、伙伴的角色，具有听从主角调遣的从属地位，但他们都是骄傲而敏感的同伴，不可欺辱戏弄。精灵、矮人与人类形态相似，又具有自身种族特点。

精灵美丽而长寿，体形修长，耳朵尖耸，面貌灵秀，通常住在神秘的森林深处，对人间本无所求，却因为各种原因参与世间的纷争。在《魔戒》中，精灵王子莱戈拉斯是魔戒远征队的成员之一，是具有神力的弓箭手，其英俊帅气的精灵风范，是一种吸引女性读者、观众的视觉元素。在网络小说中，精灵一族与主角一方会合作某些事务，精灵女子常与人类主角通婚，如在《亵渎》中，精灵族深入地介入了世俗社会的战争，精灵族长老修斯是智慧的精灵族领袖，是主角的盟友，实力深不可测，精灵女子风蝶、阿佳妮、艾菲儿，则是主角的精灵情人，其爱恨纠结与人间女子情变无异。《佣兵天下》主角艾米的妻子莹，来自于精灵族，是兼有美貌与美德的贤妻典范，像是地球人类的传统的东方女性。《兽血沸腾》中的精灵种类更多，颇多美艳女子。可以说，网络小说中精灵族的行为特征更加靠近人类，似乎是带有特异文化传统的，偏远地区的人类部族。

矮人族在北欧神话中，身形矮而阔，胳膊有巨力，脾气火暴，与精灵族不和，擅长锻造，提供兵器、工具器械，常以铁锤为武器，居住在洞穴中，又非常喜欢黄金财宝，这些设定都被奇幻小说继承，其常规职业是工匠与战士，为人类所需。在《魔戒》中，矮人金雳自始至终与精灵并肩作战，最后成为精灵莱戈拉斯的好友，扭转了敌对的种族关系。《佣兵天下》中的矮人霍恩斯，作者赋予其矮人族少有的秉性，让他成为擅长谋略、兵法的统兵大将，扩展了矮人种族属性。

龙也是奇幻小说必需的角色，它经过欧洲神话、民间传说的传播演化，定型于托尔金神话。在影响深远的奇幻小说及同名游戏

《龙与地下城》《龙枪》中，龙的类型与属性、能量特征、性格，有了更大发展。他们是善恶不定的、高傲强大的巨型生物，物理与魔法能力都是超群的，有时候也能变幻为人类，在人间发生纠纷与战斗，他们喜欢收藏闪亮的各种贵金属，可能会因为财富或者彼此冒犯，而与人类发生战争。在《亵渎》与《恶魔法则》中，龙是主角走向成功的垫脚石，它们拥有的财富、力量为主角所利用；在《佣兵天下》中，世界上的龙已经为数不多，高傲而强大，却因为莫名其妙的理由发下誓言，成为人类的坐骑兼同伴，其中“绿儿”是冰系神圣巨龙使，可幻化为万物，具备人类的幽默感，是一条人性化的对人类最为亲厚的龙。

魔法师是奇幻小说的代表性人物，一些网络奇幻小说的主角具有魔法师身份。魔法来源于欧洲神话与欧洲民间传说，成型于托尔金神话，在游戏《龙与地下城》《创世纪》中，得到极大的发展，魔法种类、规则十分细致明确，被网络小说沿用。掌握魔法需要特殊的天赋，要以精神之力调动世界各种元素，形成玄奥的魔法能量。魔法师之间斗法，是奇幻小说情节构成的核心。在西方奇幻小说中，通常为了平衡，魔法师如《哈利·波特》主角，被设定为精神之力强大而身体力量较弱，需要与物理攻击力强大的武士配合作战，而在网络小说中，主角通常会被设定为魔武兼修，身体也会经过修炼战斗而变得强横，如《恶魔法则》《亵渎》的主角，既是魔法师也是武士，并在两个职业系列中，不断升级，以此争霸世界，实现人生愿望。

奇幻小说中的恶魔，源自北欧神话中的洛基及其创造物、圣经神话的撒旦等堕天使，其形态都倾向于丑陋怪异以配合他们的恶行。在《魔戒》中，兽人由大反派米尔寇改造精灵族而来，容貌丑陋，性格凶暴，寿命短，畏惧日光。强兽人由另一个大反派萨鲁曼混杂兽人和人类血统而造成，高度与力量都比兽人更胜，外形上就具有邪恶感，是阻碍主角与伙伴完成任务的敌人。《哈利·波特》中主要敌人伏地魔长相丑陋而怪异，阴险而狡猾，是种族主义者的代言人，具有反人类的邪恶属性。

在现代奇幻文艺与游戏中，逐渐发展起来的魔族，外形上的邪丑属性逐渐消退，而成为与人类更多相似性的怪异种族，比如眼睛是紫色的，犹如气质较为阴冷的街头叛逆青年。魔族拥有自己的世界："魔界"，通过一些特殊的空间通道与人世间相连，一旦侵入人的世界，就意味着大规模战争，《亵渎》中，魔族社会与人类古代社会组织结构相似，《兽血沸腾》中，魔界势力打通了空间屏障，进攻主角所在的比蒙世界，主角反攻进入魔界，与魔界女巫王发生爱情。这些魔族因为其怪异属性而成为合适的敌人，但是也可以是情人的一个品种，对于网络小说的主角们并没有真正的种族障碍，它们是人类心灵某个角落的自身投影。

这些原型在变形置换过程中，保持了各自的基本形态与功能，其演变的基本趋势是越发靠近人类需求，它们是人类愿望的对象化显现，可见人类愿望才是最终的造物主。因此也可以把角色原型的变迁史，看作是人类精神变迁史。

发表于《文艺报》，题为《奇幻角色也是心灵的投射》，

署名王祥

《雪鹰领主》的神话学考察

我吃西红柿等作家常被看作是小白文的典范，但是《盘龙》《星辰变》《雪鹰领主》等作品既能抓紧国内亿万读者的心，也能受到北美及东南亚读者的欢迎，其中的根由是什么呢，值得探究。我们觉得他的作品回应了目标人群的深切的精神需求，特别是满足了人类对神话的需求，对我吃西红柿的作品，最好的分析研究方法，就是神话学方法。没有合适的参照系和研究方法，就很难分析评价一个作家作品的价值。

神话最有效的定义是神的故事，主角凭借神通创造奇迹，战胜敌人，登上世界顶峰，改造世界与创造世界。神话的关键要素是，非现实或者超现实的世界架构，角色设定，神的成长故事与职业体系，以及这一切背后的神话思维：万物有灵论，并且万物能够相互转化，如人兽转化，能量中立化，能够被任何生命物体吸收，以壮大自身，获得超自然的力量。把古典神话中的"神"置换为人类主人公，由普通人类经过修炼战斗而成为"神"，并创造"神迹"，那就是中国网络奇幻、玄幻、修真、仙侠等修炼小说的故事形态。我吃西红柿的《盘龙》《星辰变》的主角修炼成神后，创造出自己的"宇宙"或者空间领域；雪鹰领主的主角修炼战斗成长为一个复杂宇宙的统治者之一，这些作品显然就是神话，是在古代神话与奇幻文艺、游戏等艺术门类影响下创造出来的神话。

《雪鹰领主》是奇幻小说的骨血，换了一层东方玄幻的皮肤，是奇幻文学、玄幻文学、科幻文学、游戏的世界架构、角色、职业体系各种元素的融合。当然有很多的创新，在既往神话元素的基础上，向前推进一小步，对神话的发展都具有重大意义。事实上作为一部小说，《雪鹰领主》是过度创新了，世界架构、修炼等级设定比较《盘龙》《星辰变》繁复、复杂多了，一个“世界”还没有充分展现其功能，主角就跳走了，进入了更高一级世界或者宇宙，后来就左一个宇宙右一个宇宙，不停地名目翻新。世界与职业等级设定应该是为故事情节服务的，因为小说是为读者服务的，读者首要关切是获得体验感十足的故事情节，读者刚刚进入特定世界情境，还没有熟练展开幻想与体验，就被作者带走，有浪费想象力之感。

我们把《雪鹰领主》的世界架构、角色创设与修炼的部分内容，放在世界神话与幻想文艺的谱系中，做一些比较，以彰显该作品的神话学意义和创新所在。

《雪鹰领主》的世界架构，分小型、中型、大型很多种宇宙与世界，比如开始的天愚宇宙，其中有凡人世界（物质界），是主角开始起步修炼的地方，有超凡世界（依附在物质界之上的世界），有神界，深渊，后来又随着主角升级作战，出现源世界，混沌虚空，迷界走廊（孕育毁灭魔族的巢穴，这里空间变化莫测），浑源空间等名目。既有来自于东西方神话、奇幻文艺、游戏原型的影子，也有作者对原型的再造与独创的元素。

其中主角比较早得到的一个修炼世界：红石山世界，其关键架构“连天藤”的创设，应该是对“世界树”神话原型的再造。

在奇幻文艺的源头北欧神话中，宇宙由三层九个世界构成，而贯穿连接这一切的是世界之树，其巨大的树身伸向三层世界，树根之旁有泉水涌出，滋养着神树。

在托尔金的《魔戒》的世界里，有发出金光的圣树罗瑞林和发出银光的圣树泰尔佩瑞安，是光明与生命力的来源，双树繁茂时，世界充满光明和雨水。

而在美国暴雪娱乐公司的游戏《魔兽争霸》的世界，有三棵世界之树，其能量可以治愈世界每一处伤痕。时间之王诺兹多姆对世界之树施加了魔法——只要世界之树存在，暗夜精灵就不会衰老、得病。梦境之王伊瑟拉也对世界之树施加了魔法，在世界之树和她的梦境王国之间建立了连接——翡翠梦境，翡翠梦境是一个巨大的、不断变幻的精神世界，独立于现实世界而存在。

在宫崎骏的动画片《天空之城》中，“拉普达”城飞行在空中，这座巨大的空中之城却贯通着一棵巨树，与北欧神话中世界之树作用相同，支撑着整个空中之城。而“拉普达”人之所以弃城回归大地，就是因为人类与树木一样，离开土地就会失去生命的本源。

而《雪鹰领主》中的“连天藤”，是其世界中同样的结构性功能的体现。连天藤往上生长，每一层巨大的叶片，就是一片广袤的大地，有无数生物在其中生存，向上飞上亿里高度便遇到了浓厚的云层。穿过六层这样的云层，是一片白雾茫茫的空间，是连天藤的顶部，有一座悬浮的美丽岛屿，岛屿上有山脉，有瀑布，有美轮美奂的建筑。整个悬浮岛屿目测也有超过十万里范围，那就是“红尘岛”。这显然应该是对北欧神话世界树、与天空之城的再造与发展，是世界树家族的最新成果。而这对世界神话谱系具有重要意义。

《雪鹰领主》中的魔兽、恶魔、巨人、恐惧大蛇形象，也有很长的角色原型演化史，这个角色谱系主要源自于北欧神话中的原始巨人、大蛇、狼神，大神奥丁的兄弟恶神洛基与它创造的怪异兽人等角色。在现代奇幻文艺与游戏中，魔族与魔界得到了充分发展，各种文艺作品中，魔族的外形、行为特征并不相同。魔族拥有自己的世界：“魔界”，通过一些特殊的空间通道与人世间相连，一旦侵入人的世界，就意味着大规模战争，他们因为其怪异属性而成为合适的敌人。

我吃西红柿的《盘龙》中，恶魔这个品种住在地狱中，行为还保持着邪恶属性，但是也有自己的修炼等级，也可以成神。在《雪鹰领主》中，魔兽、兽人、恶魔形象有了很大发展，形象更加丰富多彩，炼狱大恶魔、魔祖，熔岩巨人，有一个世界那么大的恐怖大蛇，恶魔如项庞云“本体是一头足足体长超过十米的四蹄黑色异兽，有一对鳞甲翅膀，它的眼眸是血红色，全身的黑色鳞甲表面都有着淡淡的血色在流转”，有些恶魔还长着弯曲的牛角，如同《西游记》里的牛魔王，这些恶魔渴望吞噬人类灵魂以获取力量，它们充当了主角一方的敌人。这其中既有东西方神话中的原型，也有作者的形象再造。

《雪鹰领主》中的修炼观念主要根据是道家的修炼观与奇幻文艺的斗气、法术的融合，道士的修行道术，包括内丹、外丹、服食、房中等内容。内丹则是把人体作为烧炼丹丸的炉鼎，以丹田气海为根基，通过行气、导引、呼吸吐纳，在身体里“炼丹”以达到长生不老成神成仙的目的。主角在这种修炼中，每每得到天人合一的顿悟感，得到与自然共鸣和谐共振的生命高潮体验，达到功力升级进化，这种修炼描写是具象化的，显得修炼这件事情可信可感。

主角东伯雪鹰在以丹田气海为根基的修炼中，引导天地力量进入丹田气海，形成了一颗圆球，由斗气实体化凝聚成的“实丹”。这种斗气可以改造身体，使身体变成可以流动的液态球体，可以变化出各种形状的物体，这其中又可以看出科幻电影的影响和作者的独创成分。

网络小说再造神话和创造神话究竟价值何在呢？

神话特别是创世神话，是人类文明的源头之一，是一个民族的文化骄傲，也是人类共同的精神财富。人类始终具有再创神话的冲动与能力。20 世纪以来整个世界文艺，都在涌起不息的重写—再造神话潮流。

在大众文艺谱系中，好莱坞电影、中国网络小说中，神话故事形态是主流形态，即使是都市、历史小说、影视剧，也常见重生、穿越、架空、异能等设定背后的神话元素，这是大众文艺的特点，优点，而不是亟须克服的缺点。

这种神话的复苏与重生，帮助人类寻求自然、灵动、诗意的精神家园，借神话故乡的洪荒之力，改善工业社会对个人不由分说的刚性辖制，帮助人类追求文明发展轨迹的再平衡，启示了人类社会发展的更多可能性。

神话思维是网络文学—大众文艺的常见创作思维，神话的超越性思维、象征思维与灵性思维，对人类均衡发展智慧、启迪创造性具有特殊的功能。

神话小说如《盘龙》《星辰变》《雪鹰领主》等作品，主人公通过修炼得到强大的肉体和灵魂，在修炼—战斗—升级—成神的进程中，改变世界、创造世界，给人以力量感、生命成长感的体验，这是人类根深蒂固的渴望。

而这是全人类共有的生命需求。网络文学最早自发传播到世界各地，受各地区青年读者特别是男性读者欢迎的，是一批可理解性很强的奇幻、玄幻、仙侠、修真、武侠等修炼小说，这些神话的后代，成为网络文学走向世界读者观众的先锋，就是正常的自然的，因为在读者心中，原本就存在着先验的接受反应结构。

网络小说的神话故事也给其他艺术形式提供源动力，成为大众文化发展的火车头。

当人们在讨论网络文学功用时，如果只是关注大众文学的通俗性、娱乐性、IP 运行价值，那就相当于把一片森林只看作是木材、药材的来源，中国网络文学创造的神话其数量已经超过了全人类曾经创造的所有的神话，而故事情节的精彩程度，情感体验的丰富性，则远远超过了古典神话，这必将对人类文化发展产生深远的影响。这是网络文学最大的成就所在，也是我吃西红柿等作家作品的主要价值所在。

中国网络文学二十年：进入品质为王新时代
——人民日报记者访谈答问

记者问1：网络文学至今已走过二十年，请谈一谈今天的网络文学和过去比有哪些发展？

答：网络文学经过二十来年高速发展，已经取得了显著成就，并已经迅速地、自发地走向了世界，赢得了世界各地读者的强烈追捧。如果我们通行所说的网络文学是指通过互联网传播的大众文学，我们在大众文艺谱系中，纵向比较，可以发现网络文学的成绩已经超越了明清小说，横向比较，网络文学可以和好莱坞电影相提并论。

网络文学与明清小说是中国不同时期的大众文学，如果作整体比较分析，就会发现网络文学确实在很多方面超越了明清小说。明清小说也就有几十个留下名姓的作者，而网络文学发展到现在，世界范围内近十亿的读者，作者不计其数，有独立品质的作品不下几百部。网络作家们受过现代教育，与明清时代视野狭窄的小知识分子不同，他们更有人类文明的视野、更懂得怎么展现自己的才华，以当代中国人的创造能力，网络小说成绩超过明清小说是必然的，不如明清小说才是奇怪的。分类型来看，言情类小说超越《红楼梦》有点难度，但是历史小说《上品寒士》《雅骚》这样的雅文，是接续了《诗经》《楚辞》、魏晋诗赋、唐诗宋词与《红楼梦》的血脉的，呈现了华夏文明的高贵、自由的精神倾向，追求美与和谐的文化情致。

而以故事情节的精彩、对人性的挖掘、对读者的情感冲击力等因素的考量，很多玄幻、奇幻、修真、仙侠类小说，超越了世界观错乱的《西游记》《封神榜》，优秀作品如《间客》《择天记》《星辰变》《盘龙》《神墓》《完美的世界》《佣兵天下》《恶魔法则》《斗罗大陆》《斗破苍穹》，等等，比之于明清神魔小说，它们联通青少年的心理需求更为顺畅，赢得读者的代入感、认同感更为强烈而明确。这些作品让读者确认了自身的战斗成长的欲望、帮助读者塑造自身人格，把本能冲动加以伦理安置，把成长过程中的挫折和溃败感转化成一种愉悦和自信，这对于青少年成长具有积极作用。在文艺作品中，人的每个阶段的精神需求都需要得到某种确认、转化、疏解和伦理安置，这是文艺重要的功能，而网络文学对于这一功能的回应，显著强于明清小说。

我们进行横向比较，可以判断中国网络文学与好莱坞电影、韩剧、日本动漫等已经并驾齐驱。我们把网络小说与好莱坞电影、美剧进行比较研究，比如把网络奇幻小说与美国奇幻电影，还有美国游戏动漫进行比较，可以了解网络奇幻小说的世界观、角色想象、故事情节的动力要素，来源于何处，又在哪些地方有所创新，从而帮助我们了解网络文学的进步，了解文体类型与角色原型的发生发展规律。网络小说里魔兽角色很多，品种多，功能多，形态多，可以说是全面继承发展了西方奇幻文艺与游戏的魔兽概念。如《兽血沸腾》，它的兽人角色创造，带有各种兽人特点的战斗故事情节，可以算是这个谱系的登峰造极。再如小说《放开那个女巫》，其中的女巫是来自西方的角色概念，这部小说塑造了种类、功能、姿态、长相、性格各不相同的，一百多个有血有肉、活灵活现的女巫形象，故事情节精彩奇崛，超越任何一部西方女巫角色的文艺作品。

以东方神话背景、角色原型为资源的玄幻小说、修真、仙侠小说更是佳作迭出，极大地丰富了人类的神话思维与神话传奇故事形态。可以说，以幻想文类为常见形态的中国网络小说，已经成为好莱坞电影在世界大众文艺领域的竞争对手，这是网络文学的优点而不是缺点，所显示出来的中国人的想象力、创造力是全人类的宝贵财富。

记者问 2：网络文学对当代文学格局有怎样的改变？

既往的中国当代文学中，大众文学创作偏弱，外国畅销书，港台地区言情小说武侠小说，成为大陆大众文学读物的主力。而网络文学的发生发展，极大地丰富了整个当代文学的版图，它上接华夏神话、明清小说的传统，弥合了中国现当代文学与古代文学之间的断点，外接世界各地古典神话以降的大众文学，在网络文学内部融合了世界文化资源，创造出超越各民族地区神话传统的人类新神话。网络文学在文化视野上更为开阔，与好莱坞电影一样，呈现出“文化全球化”主力军的面貌。在当代文化的内在精神版图上，网络文学所代表的中国大众文化开始向整个世界洇染，中国网络文学的创造力将会不断为人类文明作出贡献，并改变世界大众文化版图。

记者问 3：网络文学能否经典化？如何达到经典化？

网络文学要说经典化，不能简单直接地要求网络文学向所谓“传统文学”靠拢，特别是不能在创作方式、创作手法上，让网络文学放弃自身所长而学他人所长。网络文学是大众文学，是在东西方神话、明清小说、世界大众文学、好莱坞电影、美剧、游戏动漫这个大众文化谱系中发生发展的，其想象——创作资源是共同的，创作方法与写作策略继承了以往的大众文艺的鲜活有效的传统，而思想伦理的表达也有自身规律，网络文学有大众文艺的经典谱系可以学习，可以要求网络文学更加具有社会责任感，建设人类文明的责任感，在艺术上更加追求完善，更有效地为读者服务。但是不能脱离大众文艺的创作规律，把它改造成另一种形态。

记者问 4：中国网络文学在世界的传播现状如何？

中国网络文学在世界各地的影响日益广泛，尤其是奇幻、玄幻、修真、仙侠类幻想小说，受到北美、欧洲地区读者的热情追捧，历史类、言情类小说，在东南亚各地受到热烈欢迎。我们可以发现，幻想类小说已经超越了中国传统文化辐射较多的地区，而被西方文化背景的地区热情接纳，说明神话传统对人类思维发生影响。人类精神世界的底层结构具有相似性、相通约性，所以以东西方神话为创作资源的幻想类小说，更具有可理解性，更能打通世界不同地区的社会文化壁垒，而顺利到达各地读者的精神世界。网络幻想类小说，不仅是网络文学成就最大的部门，也是中国大众文化走向世界的主力之一，应该受到尊重。

记者问 5：当今网络文学还存在哪些问题？如何解决？

网络文学自身发展可圈可点之处不少，但是社会文化评价系统对网络文学价值发现的能力还不够，网络文学理论界对网络文学的功能与形态的认识还不到位，对网络小说类型发生原因认识模糊，会发出不利于网络文学成长的舆论干扰，对创作的积极影响较弱。资本运行方不尊重创作规律，任意干涉作家具体作品的创作过程。凡此种种皆应该从理论认知、制定行业法规契约等方面做出努力，保护创作，保护作家权益。应该以改革开放的思维，创新网络文学、互联网文艺行业的管理方式，为网络文学进一步发展、进一步走向世界保驾护航。

发表于《人民日报》海外版 2018 年 4 月 25 日，
署名王祥

网络小说评点集

（这是近年来网络文学评选活动中，笔者个人的部分评点意见，反映了笔者的评价标准和研究方法。排名不分先后，随机呈现。）

一、《择天记》 玄幻 猫腻

《择天记》是最有情怀、最有人性力量的玄幻小说。其世界架构、人物创设、故事情节俱佳，故事与人物映射武则天时期历史与人物，但演绎的是玄幻世界中的人生而不是历史事件。它把中国的文学地理、中国的历史想象，压缩沉淀，搭建成一个中国玄幻故事的舞台，让主角陈长生与伙伴们演绎了完美的成长故事。作品对人类精神领域的探究，令人信服，引导读者跟随故事情节之河，与主角一起寻找精神港湾。网络文学的艺术力量在猫腻这里得到了加强，《择天记》是网络文学创作的重要成果。但是《择天记》又略显内敛了一些，让人怀念作者的《间客》的激情和张扬。世间安得两全法，既得内敛，又得张扬？所以希望猫腻的下一部书，更加富有激情，更加有冲击力一些，那更是猫腻该做的事情。

二、《完美世界》 玄幻 辰东

《完美世界》中，主角自强不息，迭经磨难，而成长为顶天立地的英雄，价值观表达正面、积极，情感力量丰沛，故事情节发展把控有度，角色性格鲜明，具有很强的艺术感染力。作品继承了华夏古典神话的想象遗产，进行了独创性神话再造，世界架构宏大而缜密，修炼体系层次分明，“法宝”“神通”层出不穷，动物种族与异类植物的创设丰富而新奇，源自于上古神话、佛教、道教神话的混世魔猿、鲲鹏、凤凰、麒麟、朱雀、白虎、金翅大鹏、夜叉等角色有了新的个性化形态，作者创设的妖兽、仙树品种更为炫目。这些都极大地丰富了人类神话的知识谱系，作品因而成为众多创意产品的源头。

三、《盘龙》 奇幻 我吃西红柿

《盘龙》融合了西方神话、奇幻文艺、游戏的世界设定元素，创造了一个游戏色彩很浓的神话世界，主角林雷在各个位面世界修炼战斗，不断晋级而成就大神地位，最终冲破宇宙束缚，傲然独立，不受他人主宰。作品的世界设定与职业体系、角色、法则规则、神器的创设，丰富而逻辑清晰，成就了作者世界架构巨匠之名，其创造思维与创作风格对网络小说影响极大。

四、《雪鹰领主》 玄幻 我吃西红柿

《雪鹰领主》的世界架构是西方神话资源与奇幻文艺、游戏的世界原型的混合，如主角的修炼世界“连天藤”的创设，是与北欧神话“世界树”、托尔金《魔戒》的圣树、游戏《魔兽争霸》中有治愈功能的三棵世界之树、宫崎骏动画片《天空之城》中支撑飞行之城“拉普达”的巨树，等等“世界树”家族一脉相承的，并具有作者个人标识的独创性，对“世界树”神话谱系的发展具有重要意义。但是作品的角色姓氏与修炼宗派是东方面孔，修炼功法源自于道家修炼观念，作品标示为玄幻小说也很合理。

五、《斗罗大陆》 玄幻 唐家三少

《斗罗大陆》《斗罗大陆 2 绝世唐门》《斗罗大陆 3 龙王传说》

系列小说创造了独有的魂师职业体系和神话情境，把西方奇幻文艺元素如位面空间观念、大陆世界架构、联邦国家、修炼学院、龙族角色等融入玄幻叙事，再造神话新世界。系列小说的主角都具有上进心、荣誉感，迭经艰险而奋发图强，作品呈现出积极、阳光的面貌，深受青少年读者喜爱，社会影响巨大。

六、《放开那个女巫》 奇幻 二目

这是近期奇幻小说的杰作。

作品是欧美奇幻小说的“大陆”地理世界架构，欧洲中世纪政治、宗教、修炼门派诸种势力分布，战争史诗故事形态，奇幻文艺的叙事艺术形式，融合创构而成，新奇性、独创性可以媲美英语小说《冰与火》(电视剧《权力的游戏》原著)。

主角穿越到了欧洲中世纪氛围的奇幻世界，吸纳、团结被迫害的女巫，用她们的魔力帮助主角攀登科技树，融合工程师的智慧和女巫的魔力，在主角的领地进行工业化，同时不断征战，统一大陆，与强大的魔鬼势力对抗。作者创设了上百个性格鲜明、功能各异的女巫，其中，贤淑聪慧、身心明净的安娜，能够控制魔火，像激光一般精确切割、炼制任何物件，帮助主角制造炼钢炉、蒸汽机、火枪；天真可爱的娜娜瓦·派恩，能够治愈伤残，再生肢体，是这个世界里的天使；机智敏捷、性感的夜莺(薇罗妮卡)，能隐身，瞬间穿越空间，战斗力强悍；女巫叶子，能与植物融为一体，所有被融合植物都成为她身体的一部分，如是等等，十足惊艳，举世少见。

作品的独创性与谋篇布局的能力、故事驾驭能力，令人信服，人们可以期待一部神作的最终完成。科技与非自然力的巫术，中间横跨着很难突破的思维障碍，如果能够令人信服地把科幻文与奇幻文融合在一起，那就能成就神作，《放开那个女巫》对网络小说文体发展具有重要意义。

七、《凡人修仙传》 修真　忘语

《凡人修仙传》讲述寒门小子韩立，在一个弱肉强食、尔虞我诈的修真世界，凭借自身努力和顽强的意志，修炼战斗而成仙的故事。作品继承了东方神话传统资源和修真小说的元素而自成体系，开创了“凡人流”修真小说流派，其法术、法宝、妖兽、灵草、丹药品类众多，层出不穷，表现出作者非凡的想象力与创造力，极大地丰富了网络小说的想象世界，影响深广。

但是，作品倾向于肯定丛林法则的合理性，这是作品的价值观表达的缺陷。主角所到之处，世界暗黑，坏人很多，主角放手杀戮夺宝，主角是丛林法则的获益者，也从中得到暴力宣泄的爽感。这种制造阅读快感的招数，与丛林法则世界观相互激发、互为前提、相辅相成的状况，在玄幻、修真、仙侠等类作品是普遍存在的，这对于社会文明是一种负资产，对于中国网络小说走向世界是一重无形的阻碍。

八、《斗破苍穹》 玄幻　天蚕土豆

《斗破苍穹》融合奇幻小说与玄幻小说的想象资源，创造了一个具有无数位面的大千世界，以及主角所在的斗气大陆，势力分布与角色创设，为主角修炼战斗营造了广阔空间，其斗气职业体系与火焰修炼很有特色。作品中的战斗情节创造，与青少年躁动的心灵非常合拍，简单直接，冲撞有力，把人生挫折与愤怒转化为快乐体验，因而在广大青少年读者中，引发精神潮汐，自成巅峰。

但是争强斗狠的暴力倾向，与文明社会对青少年的期许并不相符。

九、《大宋的智慧》 历史　孑与2

该作品是历史小说的代表性作品之一。

主要故事线索是主角穿越到北宋去，发家致富，纾解人生困苦，建功立业，为国消除内忧外患，推动国家进步与对外扩张的过程。作品行文流畅、面貌爽朗。故事情节组织、人物塑造很见功力，战争场面描写很出色，很多情节富有画面感，令读者过目难忘。

十、《雅骚》 历史　贼道三痴

贼道三痴著有品性独特的历史小说作品《雅骚》《上品寒士》。作者具有陶渊明、曹雪芹式的情怀与感触，是最可能光大中国古代文人小说传统的人，是喧嚣红尘中的隐士，作品一时难以大红大紫，却卓尔不群，随时间流逝而愈显其不凡。

《雅骚》展现了明朝末年中国士人的情操、胸怀与才华，主要人物张原、张岱诸人，诗酒风流又胸怀家国，趋向高洁文雅的境界，精神触觉遍及明末山河、人物、园林，主角吟诗作文则心灵飞扬，除恶护民、保家卫国则尽显赤子之心。文字真切灵动，极具画面感，创作每一章节，如同炮制灵药，务使作品“活”过来，赋予其生命，这种写法呕心沥血，所著文字都是灵魂的汁液，作品性灵闪烁，所以急剧消耗生命，所以艰难，所以作品结束亦较突然。天不假年，作者英年早逝，盖作者如同曹雪芹一样，不免死于穷尽文思与生活贫困耳。是为中国古今文人雅士之隐痛。

我们对于这样的作家作品，没有尽到责任。IP 英雄并不缺鼓吹者，自然能够流传甚广，而让《雅骚》《上品寒士》这样品位独特，接续华夏风雅文化血脉的作品，受到广泛重视，才能说明文学评论工作是有效的。

十一、《我欲封天》 玄幻　耳根

玄幻、修真、仙侠等类神幻作品，常见故事背景被设定为丛林社会，强者建功立业、制定规则，弱者趋炎附势，拼命向上攀登，逼着修炼者奋发图强，不被欺负灭杀，不断战斗升级、走向世界顶峰，这也是神幻故事情节展开的动力学理由，而成功者（主角）又常常会捍卫丛林法则社会的价值观。情节剧烈跌宕的好看的神幻小说常常与丛林法则世界相互勾连，它们在强化丛林社会的秩序。

反过来，如果主角在丛林法则社会中，力图建立公平文明的社会秩序，它就有了基本的人文价值，昭示文学的基本的人文标准，这才是我们该有的期许，长远来看，这是网络文学存在的根基。

《我欲封天》在这方面的价值观表达比较隐蔽。对手总是要杀主角而夺宝，主角因此杀对手而夺宝，从而功力大进，最终走向巅峰。如此解决杀戮的正当性问题，也已经不算坏。作品因为故事情节很精彩而走红。

十二、《一念永恒》 仙侠　耳根

《一念永恒》是优秀的仙侠类小说，其世界设定在传统神话基础上有所创新，变幻不居的时间观、空间观与修仙故事的主线很贴切。人物塑造很见功力，主角白小纯性格鲜明，带有喜剧风格，又具有复杂性，他谨慎胆小，关键时刻却能够为同门师友、为道义牺牲自己，与邪恶势力拼死战斗，主角的性格表现与故事情节发展互相推动，使得作品很有趣，人物行为很可信。整部作品弘扬侠义精神，表达了积极、向善的伦理倾向，比之于作者以前的作品，具有伦理平衡之善。

十三、《匹夫的逆袭》 都市　骁骑校

该作是难得的硬汉小说，具有现实真切感，也有痛快淋漓的愿望达成快感的冲击，在流行浅表性意淫的网络小说中独树一帜。主角刘汉东所有的人生成就都来自于辛苦打拼，来自于对恶势力的抗争，因此给予读者一步一个刻痕般的情绪反应过程。

主角刘汉东依靠个人武勇、智慧，对抗不公平的社会现实，面对威逼利诱，众人尽皆倒伏在地，蝇营狗苟同流合污之时，英雄人

物逆流而上，彰显了人类一种勇敢高贵的品质。

作品切入了人性深处，也辐射了广阔的社会面，人物性格鲜明，多样，情节富有张力。作者始终保持了饱满的写作情绪，显示出作者已经具备深厚功力和自我操纵的能力。

十四、《穿越者》 都市 骁骑校

《穿越者》是高水准的网络小说。主要人物身负使命穿越到不同历史时期，寻求解决人类危机的方法途径，穿越设定合理可信，是故事发展的重要推力，解决了一些穿越文的写作技术问题，大大地推动了穿越小说的文体发展。作品具有强烈的人文关怀精神，对人类欲望和科技发展带来的人类危机进行了深入的探讨，直面人类发展的伦理问题，作品具有真正的思想性。

主角从普通人追求个人幸福的行为开始，逐渐把拯救人类命运看作是自己的使命，看作是人生终结追求，并最终献出自己的一切，故事主体就是由普通人变为英雄的历程，故事情节环环相扣，人物性格特色、人物的成长与不同时代社会面貌的描绘皆有精彩表现。作品延续了作者一贯的英雄小说、硬汉小说的风格。

当人们在危难压顶之时，表现出自己的优势和美德，人们就会体验到深度的快乐，这就是硬汉小说比浅表性意淫小白文，更加能够给人以深度高潮、深刻的自我满足的原因。

十五、《乱世宏图》 历史 酒徒

《乱世宏图》展示了五代乱世的历史情境，主角有情怀有抱负，从一隅之地逐渐发展自己的势力，建立庇护民众、对抗强盗、军阀与异族侵略者的根据地，以此为基础，逐鹿天下，终结乱世，带来太平盛世，作品属于酒徒特色的种田文。

酒徒的历史小说，比较写实，努力营造浓郁的历史氛围，比较强调情节进展的合理性，有脚踏实地的“真实感”。

作品保持了酒徒小说的一贯品质。

十六、《紫阳》 仙侠 风御九秋

《紫阳》在东晋——五胡乱华时期的真实历史情境中，展开道术修真故事，把天下情怀与人生超脱感悟汇于一道，立论中正和平，写作路数较为独特。

相较一般爽文，此作直面历史情境与人生境遇的种种困苦，主角格外克己，谨守道家分寸，怜悯和谅解世人，努力超越于人类一般欲望，不枉杀，不枉取，求得自身超脱，既顺应天人本性，又不被欲望所控制，所谓自由，即是本分。如此清洁，在网文中殊为难得，在暗黑流大行其道之时，表达光明价值观的作品更为可贵，作者心胸见识远在一般网文作者之上，宜予鼓励。

十七、《太玄战记》 仙侠 风御九秋

《太玄战记》中，现代军人主角穿越上古部落社会，

联合金、木、水、火、土五个部落联盟的光明力量，经过艰难曲折的战斗历程，战胜邪恶势力，给人类带来和平福祉。主要人物行为光明正大，又各具个性，故事情节发展脉络分明，文字表达流畅干净。作品融合了东西方神话元素、五行观念、科幻元素，而自成体系，独创性突出。

十八、《血歌行》 玄幻 管平潮

《血歌行》融合了奇幻与玄幻小说的元素，构造了一个龙、魔、妖、人四族共处的世界，主角身份卑微，但是正直、开朗、志向远大，以战胜龙族侵略者为己任，创造了小人物完美逆袭的故事。作品也发挥了作者既往的创作特色，情节设置精巧，叙事收放自如，人物辨识度很高，情感力量充沛。

十九、《天道图书馆》 玄幻　横扫天涯

1. 主角——地球世界图书管理员穿越异时空后，成为异时空一个修炼学院教师，脑中出现“天道图书馆”，对当前面对的人、物、图书，可以自动以图书的形式呈现所需要的情报，特别是能展示对手的缺陷，还可以自动创造出无缺点的修炼功法，等等。这些设定有创意，令主角可以出其不意地轻松获胜，占便宜，打对手的脸，带来无数的暗爽情节。作品围绕这个设定不断开掘爽点，人物都是主角爽戏中的不同功能的角色：一脸懵逼的权威，深为主角的厉害而惊诧、佩服，道德败坏心胸狭窄的对手和敌人，不断被主角打脸、受到严惩，傻白甜的美妞想帮主角的忙，却只能成为爱慕主角的粉丝，他们都为达成主角暗爽效果而奔忙。这个招数用个不停，是特点、优点，也是缺点，——每天阅读一两章，只觉得酸爽，但是连续阅读，就觉得招数用老，略显单调。

2. 职业设定很丰富，囊括了神幻类小说的常见职业体系，还有许多独创的职业体系，其核心是“名师”职业，主角在各种职业中不断晋级，还指导许多学生、伙伴不断晋级，可算是升级情节大全。但是故事情节跟随职业升级过程移动场景，不断换地图，换一个地图就换一群人物（包括动物角色），大多数人物随时写随时丢，令人印象深刻的角色就比较少，这些角色不知道以后是否能够找回来？

3. 师生情描写是动情点之一。与作者的教师身份体验有关吗？

4. 读者接受反应分析：幻想类，特别是修炼战斗的神幻文，情节创造通常对应着读者的感觉—情感体验的基本单元，由焦虑、紧张、恐惧（主角面临障碍、挑战或者生死考验），分泌肾上腺素，释放力量（主角采取行动，战斗并取得战役胜利），转生愉悦性荷尔蒙（战胜敌人，得到胜利成果），令读者释放压力，享受愉悦。这个感觉—情感体验单元的不断循环，让读者产生上瘾——追随冲

动，这是商业写作取得成功的基础。

《天道图书馆》不断为主角设置敌人和障碍，主角在金手指（脑中的天道图书馆）以及盟友的帮助下，不断战胜敌人，破除障碍，赢得挑战，取得胜利，成长晋级迅速，不断获取名誉、财富与异性仰慕，低调装猪吃虎，令读者一个单元暗爽接着一个单元暗爽，快感连绵，但是不断重复这一进程，快感会递减。过度依赖这些招数，也会牺牲情节发展的合理性，影响读者对阅读体验的信仰。因此虽然阅读过程快感连绵，小波浪不断，却难以到达灵魂震颤的高峰体验。

综合评判，这是成功的商业写作，给读者带来上瘾的阅读快乐，是近期的网络小说杰作，但是阅读体验单一，也过于依赖打脸战术，希望后续情节能带来更丰富的高潮体验。

二十、《回到过去变成猫》 都市　陈词懒调

主角郑叹灵魂重生，却进入了一只黑猫的身体，在一个大学校区，与各色猫、狗、鹦鹉为伍，于是发现了一个动物的精神世界，营造出一个由主角“猫化”而带来的奇迹故事。该作使人类认识到，应该睁开被屏蔽的精神感官，更多关注自然与生命的奥妙之处。

作品体现了作者精细敏锐的感受力，飞扬的想象力。把幻想性的世界，真切地呈现出来，也需要作者具备生活经验和谨慎的笔触，才能令读者信以为真，在其中流连忘返，而作者做到了。

二十一、《原始战记》 玄幻　陈词懒调

《原始战记》主角穿越到原始社会环境下的“炎角”部落，融入部落渔猎生活，经历了部落迁移、完善火种，寻求部落发展壮大的道路，把原始狩猎、种植业、养殖业、冶炼业、商业诸部落联合起来，最终形成部落联盟的种种历程。作品形态在幻想类作品中，

独树一帜，故事情节主线，不是主角个人在修炼成神的道路上突飞猛进，追求个人成功的大神史，而是主角带领部落民众，寻求共同富裕、走向文明道路的奋斗历程。作品中奇异的动物与植物创设尤其令人惊艳，显示出作者的特殊才华和独创性追求。

二十二、《星河大帝》 玄幻 梦入神机

1. 作品中玄幻元素与科幻元素相融合，修真法宝与星际舰船齐飞，真气修炼与科技互通，且在同一个世界构造中共存，世界设定具有同一性基础，开辟、扩展了幻想小说的边界。

开始科玄合流时，作者努力用科幻的逻辑，解说玄幻笼罩的世界，这很了不起，但是后来科幻元素写丢了，回到纯粹的玄幻世界老路上去，就只剩下修真文明的玄思了。

2. 人物敌对关系设定与情节编织咬合得很紧。

3. 仍然具有作者一贯的暴力崇拜的思想痕迹，但比之于《阳神》，显然是在努力调整丛林法则世界构建，作品开始阶段具有平衡意识，以救人度人代替杀人，为得道途径。但是价值观表达仍然是不够统一的。

主角开始有意识地自我克制，不再吃人，主角的伙伴吃人，后来的主角吃天使，吃巨人，再后来用主角创造的世界吞噬吸收敌人，以进化自己，主角与自己创造的世界同体，间接从吞噬他人生命力中得到好处——还是没有能够抵抗食人自肥的诱惑。作者已经从写作《阳神》阶段的弑父吞噬其灵与肉，进化到间接吃人，但进入文明社会的门槛，还很遥远。

4. 这是一个远古神话以来，一直就存在的伦理禁忌—伦理信条。——不能吃人，因为这对人类种群的生存会带来严重危害，所以人类会自发抛弃吃人行为。一方面个体生命以进食其他种类生命（动植物）以得到能量，得到生命体的养料，另一方面，人类不能吞吃人类，特别是大规模吃人会导致种群退化，导致一些部族的特

殊个性基因的消失，威胁人类基因安全，所以禁绝吃人是人类不断强化的基础伦理，人类社会走向文明的过程，也可以说是禁绝吃人的过程。

对于文学作品中的个体而言，吞噬他人的生命与功力，会带来道德困境，在金庸《笑傲江湖》吸星大法的想象中已经解决。吸纳他人生命力，可以迅速强大，但是异己真气入体，会与自身真气冲突，带来修炼者的痛苦与死亡——这是对吞噬他人行为的惩戒，以维护人类基础伦理。

《星河大帝》作品主旨是超越，到达无限，而“无限”究竟是什么，作品的回答最后也只是不可说与不可思议。

这是一部立志要自我超越的作品，但是后来还是被自己的吃人恶习拉进了泥潭。

二十三、《修真聊天群》 都市　圣骑士的传说

现代普通人偶然被人拉进一个聊天群，其中成员都是分布世界各地的修真者，一些修真者是修为深厚的“古人”，并且已经与现代社会打成一片。主角得到群里前辈的各种支持，甚至在战斗的时候，得到他们的及时指点，主角因此得以迅速升级成长，成为实力惊人又十分幸运的修真者。聊天群是故事情节的贯穿线索，有时也是情节发生的驱动因素。用聊天群切入现代社会背景中的修真世界，这个创意不错，也可以算是一种新型的金手指。

作品创造出多种幻想世界或虚拟空间，与现实时空相混杂，普通人的世界与修真者的世界互相嵌合，让读者不知不觉地接受了这个想象的世界，丰富了都市异能类小说的世界地图。故事情节发展脑洞大开，带来新鲜刺激的感觉体验。人物性格鲜明，行为戏剧化，辨识度较高，特别是古代修士与动物角色的塑造很见功底，很有分寸感。

作品存在的主要问题是，修真小说必须战斗、难免杀人，但是

在现代法治社会环境下，个体以任何私人的理由杀人，都是违背法治秩序的，理应受到惩罚，作品中主角与主要人物杀人或者协助杀人，毁尸灭迹，实在太多，很难合法化。修真故事与现代社会环境的相容性，是一个难题。

作品追求故事情节的奇异感，这是作品的重要看点，有时候情节合理性不太充足，修真洞府、修真事件的现实可能性也令人疑惑，猎奇与合理性的平衡，也是一个创作难题。

作者脑力不济时，情节平淡，作品质量不够均衡。

二十四、《剑来》 仙侠　烽火戏诸侯

《剑来》是古典仙侠小说，讲述一个贫寒少年迭经磨难，却奋发图强，修炼成长而成为仗剑天下的大侠的故事，作者擅长描摹场景、营造氛围、刻画人物，叙事节奏控制感很强，作品具有较高文学价值。

缺点也与之相伴，作者时刻在控制作品的行进，人物行为被作者叙事摆布，以及大篇幅人物对话，会妨碍读者的代入感，读者的感觉体验也被控制与摆布，接受反应过程不够流畅，这样的文风作为网文是一种特点，可能也是缺点。但这仍然是辨识度很高而且质量较高的网络小说作品。

二十五、《造化之门》 修真　鹅是老五

作品是穿越玄幻小说，或星际修真小说，主角穿越到一个特殊的丛林法则世界中去，一路修炼战斗而至位面顶峰地位。世界架构、职业体系、角色创设都有创新，把神话资源与科幻元素、游戏元素相糅合，建构了一个很有弹性的故事世界。人物性格塑造很成功，修炼、战斗情节很精彩。以此而论，是很出色的网络小说。

但是，在作品中的弱肉强食的丛林法则社会，修炼者多数是贪婪狠毒的，主角为了生存，比其他人更狠更坚决，杀人如麻，以杀

人夺宝争取修炼晋级资源，以此构建故事情节。这与情节的精彩紧张程度密切相关，虽然有时候做了一定的道德包装，但多数情节仍然是在赤裸裸地渲染杀戮快感，有违写作伦理。

二十六、《天域苍穹》 玄幻 风凌天下

1.“笑尽天下英雄，宇内我为君主！万水千山，以我为尊；八荒六合，唯我称雄！”在这样小白文主旨的指引下，故事情节一路很夸张地进行下去，主角一路好运，一路占别人的便宜，一路打对手的脸，一路令敌人灭绝；主角受尽宠爱，父亲为了他可以调动军队接管城门，用军队清洗政敌和“腐败势力”，表现出不肯掩饰的暴力崇拜。

2. 金手指开得很大，一个能够提供各种灵气和丹药的特殊空间，莫名地进入主角丹田，随时帮助主角功力突飞猛进，帮助主角战胜强敌，直到宇内唯我独尊，以此制造爽感，调动读者跟随的脚步。尽管情节发展花样百出，也加上了亲情、友情、家国责任等元素，但是这种迎合青少年读者情感需求的模式，给人以过于熟悉的感觉，这样熟练的写作，商业上会继续取得成功，但是作为文学创作，确实需要升级了。

3. 在《天域苍穹》这样的神幻类小说中，描述一群古装修炼者言行的叙事语言，或者在人物语言中，忽然冒出几句现代网络流行语，很不合理，令人出戏。这种语言噱头可以舍弃。

二十七、《不朽剑神》 仙侠 雪满弓刀

《不朽剑神》世界设定有独创性，角色众多而性格鲜明，辨识度很高，主角自强不息，为了理想而修炼战斗，故事情节奇险而又合理性充足。人物性格表现与故事情节开展十分契合。

该作弘扬侠义精神，主角力行众生平等价值观，在暗黑流横行的玄幻修真仙侠小说中，可谓鹤立鸡群。

作品主体部分情节进展环环相扣，很有节奏感，但后五分之一部分略显拖沓、杂乱，这在长篇网文中是常见病，作为一部好作品也有这种情形，就很是遗憾。

二十八、《兽王》 玄幻　雨魔

雨魔成名于网络，辉煌于图书出版，自《驭兽斋》开始，他便以独特的宠兽系列作品在奇幻小说阵营中独树一帜。其《兽王》系列二十余本图书，构造了东西方神话与科幻为基础的奇异世界，创设了众多神采各异的动物形象，定义了人类与动物的各种伙伴关系。作品传达侠义精神，表达对人类世界的责任感，因此受到学生家长的信赖，陪伴着千万青少年读者走过成长历程。

二十九、《朱颜·镜》 玄幻　沧月

《朱颜·镜》极具创作个性，其世界架构、角色创设独特，特别是人族与鲛人族之间的爱恨情仇，男主角的独特的神话人物身份，为故事情节发展营造了神秘的氛围。女主角与男主角的性格与命运的冲突，带动着情节跌宕起伏，人物的情感变迁主导着读者的阅读体验。主要人物都有自己的使命感和价值目标，并勇于自我牺牲，呈现出古典诗剧、命运剧的艺术氛围，人物灵魂的力量能够深度介入读者的精神世界，文字表达成熟老到，有分寸感，作品整体质量均衡，是网络小说中少见的艺术类型。

三十、《狼毫小笔》 山水玄幻　莲青漪

《狼毫小笔》是清新奇特的“山水玄幻小说”，在形式上融合了玄幻小说与穿越小说的套路。主角因父母双亡，从上海的繁华世界回到绍兴老家平水镇宋家店，发现祖先传下来的狼毫小笔具有特异能力，主角用这支笔穿越时空，与伙伴一起进行历史时空探险，以实际存在的绍兴山水、文化遗迹为舞台，结识妖仙，与历史文化名人，如北宋的晏殊、南宋的陆游、元末明初的刘伯温等文人墨客，相遇相知，演绎亦真亦幻的故事。作品弥漫着一种浓郁的文化乡愁，文思雅丽，是中国的雅文传统在网络时代的变身，呈现着地方性知识之湖，在内部与中国传统文化的大海相通的情态，这种创作是难能可贵的。

三十一、《星坟》 科幻 天使奥斯卡

《星坟》搭建了蒸汽朋克的世界架构，生存游戏的剧情模式，其主角屡屡在绝境中展现自己过人的意志与力量，是硬汉小说主角的变身。此类生存游戏作品中，情境越是残酷，对人类的感觉体验价值就越大，可以令读者体验战斗逃亡的过程，使紧张感、恐惧感得以释放，得到脱离死亡威胁而幸存的喜悦，提高人们的生存智慧与技能。该作是别具一格的科幻 + 奇幻的小说，其创作设想值得鼓励。

三十二、《有药》 玄幻 七英俊

《有药》是颠覆之作，在一个架空的世界里，把穿越者们颠来倒去地戏耍了几番，却在戏谑中呈现了现代人的精神困境。灵魂穿越奇点、到异时空夺舍的设定有新意，作品探索了小说的诸多叙事技巧，如多视点跳跃式叙事，营造情节发展的上下起伏的奇诡效果，可看作是网络小说中的先锋派。

但是聪明机变的作者，想带着读者东跑西颠，读者要动着脑筋跟随作者的奇思，就会感到情节的流畅度不够，想在情节流动的河水中，体验各种情趣的读者——一般大众小说的读者，会不耐烦地走开。

情节创造以出人意料、上下起伏，制造奇诡效果为意趣。只是过多讲究奇巧、耍弄叙事技巧的作品，也挺累人。

三十三、《世界上所有的童话都是写给大人看的》 小说集 陈谌

一个汇集了各色幻想故事的短篇小说集，呈现了出色的想象力，也不乏人文气息，像生活一样有温度，像先锋文学一样有态度，然而又拥有自然生长的生命痕迹，体现出网络文学的可能性。中短篇小说，并不是以往的文学杂志发表的、那些固化的刻板的“纯文学”形态就能穷尽的，作品使人对互联网时代的文学充满期待。

三十四、《惊门》 都市异能 徐公子胜治

都市妖异小说。

主角偶得妖修功法，进入妖修群体，打开了另一个世界之门。作品接续了《聊斋志异》的想象传统。

与同类小说相比，比较克制，文字较干净。角色怪异，但是价值观表达无怪异之处，令人心安。

三十五、《宠物天王》 都市 皆破

作品是一部轻松有趣的都市生活作品，主角无意中下载了一款奇特的游戏，可以把历史上存在或者信念中存在的动物，带入现实，比如物理学概念中存在的“薛定谔的猫”（幸运猫），古埃及女王时期的猫神（招财猫），陪伴咏春拳大师练武的老猫（仁义猫），进入主角开设的宠物店，与主角一起演绎一幕一幕传奇故事。

主要人物与动物角色性格鲜明，动物角色心理描写与行为表现很细致可信，价值观表达朝向正面，特别是对仁义精神的演绎，颇令人安心。

该作因为其独创性和较强文字表达能力，令人期待其后续表现。

三十六、《第五名发家》 乡村小说　多一半

主角姓名为“第五名”，秦岭深处的农家子弟，大学毕业后在城里参与创办了一个集贸市场，因为市场发生火灾被嫁祸顶缸，回到故乡创业，捉虫、养鱼、生产饲料，在熟悉的市场客户中销售，获得自身的事业发展，也帮助农民发家致富。

作品依靠日常生活描写抓住读者，妙趣横生，文字灵动，有温度，有态度，人物性格塑造很见功力，形成了丰富多姿的乡村与市井人物群像，价值观表达正面。

是难得的写实类小说，但作品却是明明白白的大众传奇小说的形态。作品关注现实，但不可以归类为现实主义小说——传奇小说与现实主义小说，创作方法是不同的。

三十七、《相声大师》 都市　唐四方

《相声大师》是非常难得的写实性作品，但是也不必因为某种饥渴症，而把它捧成“现实主义佳作”，写实不等于现实主义。该作品的基本构成，还是明清小说以降发展成熟的传奇故事模式，世界围着主角转，主角创造奇迹，主角的愿望总能实现，配角总是会成为主角的垫脚石，这并不是按照现实生活的逻辑展开作品的，大众文艺以大众愿望趣味为依归，天然具有传奇倾向，与现实主义创作方法互相拮抗。

不必指鹿为马。

作品塑造了很多传统相声艺人，人物个性鲜明。相声表演好看，但是场面不好写，作者能够把主角及其伙伴的舞台表演的趣味、神韵表现出来，能把民间传统相声的笑点准确传达给读者，是下了功夫的，展现了作者的写作功底。

作品中的民间艺人的生活与民间传统相声作品，具有草根性，有市井趣味，不必要的脏口建议删除，以走得更远一些。

三十八、《至高使命》 都市　梦入洪荒

主角设定为清华大学建筑系高才生，四年拿了双学士和硕士学位，清华学生会主席，清华大学生辩论队的主力选手，毕业后做了选调生，到基层锻炼，一报到就因为种种原因成为村支书兼村长，经历种种考验，迅速得到各种高层青睐，不断走向成功。一些关键的故事情节合理性支撑不足，在写实性作品中乱开金手指，官场或政府机关相关知识准备不足，行文破绽太多，如此等等，显得该作写作准备不足，而想要的东西又太多。

基本上是官场文写作的套路，但是却有意识地伪装成“主旋律”写作，不断冒出政治正确的口号。在商业写作的官场文中，金手指大开，杰克苏、玛丽苏，都是可以接受的，甚至是必须的。但是在主旋律“农村题材”或者“反腐题材”的写作中，这些都需要加以隐蔽，甚至于需要克服的。否则，诸多不便，也腔调怪异。

三十九、《冠军之心》 体育竞技　林海听涛

主角是一个热爱足球的中学生，因为拼搏精神和金手指安排，带领所在足球队不断成长，引起世界关注，走向辉煌的故事，释放了国人的足球梦想，是一种具有民族性的精神补偿，被中国足球不断精神折磨的青年读者，因此而热捧此类作品。作品表达了正面价值观，彰显了拼搏精神，团队精神，友情，亲情。

作品中训练与比赛写得引人入胜，很见功力。

人物性格设定很见匠心。主角所经历的足球队，各个主要人物都有鲜明的性格。在网络小说中塑造人物群像，多个重点人物，分散笔墨，可能会减弱读者代入感。而该作把人物性格冲突与足球训练、比赛活动集合起来，还是制造了新鲜感的。

大脑中“虚拟的训练系统”设定也很有特点，在梦境中进行足球战术战略的训练，训练“一天”等于现实时间一个小时，使得主

角成长比别人更迅速。

四十、《回到八零年代打排球》 体育竞技　番茄菜菜

主角林燕重生到70年代末青年女排集训队队员林燕身上，经过刻苦训练，进入国家队，与一代伟大的女排队员一起顽强拼搏，赢得了世界女排大赛五连冠，创造了80年代中国女排辉煌史，发出了中国人昂扬向上的时代先声，成为几代中国人的难忘的集体记忆。作品中女排训练和比赛的艰辛、曲折、激动人心的过程，丝丝入扣，主要人物成长历程脉络分明，性格品性、音容笑貌，真切可感，这些既平凡又伟大的运动员教练员群像，令人难忘。

涉及一些真实的历史人物。虽然真实的历史人物名字都做了处理，但是重大历史事件是回避不了的，对真人真事，或者真人虚构事迹，需要慎重对待。

四十一、《一球成名》 体育竞技　救赎小艾

主角高中生方余为了获得女神的青睐而努力成为校队球员，后来因为热爱篮球、为了集体荣誉而拼搏，直至成为优秀的职业篮球高手，登顶世界篮球顶峰。主角迭经人生磨难而坚守正道，实现了人生价值。

成长的故事框架，主要人物关系，愿望—动机—行动，对手—阻碍，激励事件—阶段成果—情绪高潮，等等故事元素建构完备，情节发展脉络清晰，节奏控制良好，尤其是各种情境下的篮球比赛写得十分精彩，可看性较强。

四十二、《战神之王》 军事　丛林狼

军事加科幻，再加上升级设定，是军事类型文的一种进化。该作是成功的军事小说。

世界设定：未来某一年，世界被几大国家集团和几大非政府势力集团占据，联手围攻并企图瓜分主角所在国家——龙国，因此龙国四处皆敌，国内国际都是战场，为战斗情节的连续发生，提供了充分条件。但是这个世界发展趋势的合理性、内在统一性不足，好似这个世界专门为了特种兵耀武扬威而产生、存在的。

科幻设定：此时基因药物改变了人体条件，“基因之体”从一级到九级以至战神，故事主要是各国“基因战士”之间的特种作战，武器以激光武器，高速飞行器为主。

主角设定为高智商、“战神之体”、有高灵敏嗅觉的特种战士，战术大师，并逐渐成长为“战神”。

作者擅长营造战场氛围，每个战役的布局都很有章法，战斗情节很精彩，燃起读者阅读热情。

作者也在努力表现军事以外的内容，比如主要人物的情感生活，但明显是作者的短板。作者的社会倾向也令人有为之局促不安之感。

四十三、《升邪》 仙侠 豆子惹的祸

《升邪》价值观表达比较正面，一般信奉丛林法则价值观的修炼小说或者神幻小说，主角直奔自己的目标而去，视凡人如土狗，而本书主角努力做一个好人，尊重凡人生命，不肯滥杀无辜，努力制定凡人与修炼者的平等的伦理关系。

职业体系设定有独创性。

主角缺少主要敌人、主要对手，故事矛盾冲突主线的布局不够明确，以致情节线不集中，不能调动读者对故事发展的期待，整体布局缺少匠心，尽管局部趣味的营造很努力很辛苦，但还是抓不住读者。作品不均衡，开局部分比较精彩热闹，而后情节则比较松懈。

网络修炼—战斗小说，如何协调价值观表达与战斗故事的合理性、连续性问题，这是一个永恒的难题。

文字风格活泼有趣，但是作者经常跳出来介绍、解释情节的发生缘由、故事背景，并且要说得有趣老练，作者很累，也无助于战斗情节的紧张感的营造。

一个死于叙说语言的文本。

四十四、《青瑶纪事》 仙侠 苏如烟

故事主体是女性的仙侠想象与爱恨情仇的缠绕情态。女主与男主迭经万年的、几世的伤害与爱恋，最终男主为女主慨然自我牺牲，成就女主神仙巅峰事业，并转世成为女主的弟子，被女主疼爱，彼此以新的形态相互依恋。

爱情能够穿越岁月沧桑而恒久、稠密，这样的故事有助于加强人类的爱情信仰，对人类文明有益。

作品呈现出女性写作的缠绵文风，文字表达比较干净，价值观表达没有明显缺陷，主角的愿望达成较为克制。

世界设定、角色创造、人物关系建构都很有特点。

四十五、《地下城生长日记》 奇幻 黑糖煮酸梅

世界设定、角色创设很奇特而阴郁，语言很有力度，有一种哥特式的美感，但文风沉郁，确实很考验阅读耐心。

四十六、《万古仙穹》 仙侠 观棋

故事开始主角古海以人心为战场，救一国灭一国，而“观棋老人”与苍天以一千个大陆为棋盘下了一盘大棋。创意不错，情节不均衡。人气很旺。主角较腹黑。

四十七、《炼神领域》 玄幻 失落叶

作品与游戏密切相关，故事情节、角色、职业体系创设，以满足游戏开发需要为依归，开头主角从游戏情境中出来，穿越到另一个游戏世界中去，这个设定有新意。

该作者的文学表达能力始终拖其创意的后腿，一些情节与细节描写总是在重复。

四十八、《萌神恋爱学院》 奇幻　八面妖狐

作品是《哈利·波特》学院故事模式的中国化叙事。作者把华夏神话元素加入到学院奇幻小说框架中，构成以女性愿望为叙事灵魂的幻想小说，可读性强，文风活泼或者说是轻佻，主角的终极理想是从废柴凡人，变为有支配力的女神，可以任意挑选男神为伴……其实可以增加一些能够匹配故事主线的，正面思想伦理表达的内容。

四十九、《奇迹王座》 玄幻　半醉游子

修炼者灵魂穿越到三万多年前，一个落后的远古玄幻世界，主角用元力驱动阵法发电点亮电灯泡，用元力符烧热钢平底锅与汤锅，烧菜赚钱……但是电灯泡与钢锅是谁生产的？那个能够生产电灯泡钢锅的工业体系在哪里？设定有漏洞。

五十、《星尘战记》 科幻　大胖爱美眉

1. 作品意图让科幻与仙侠元素合流，但是科学思维与神话思维的融合与互相阐释是很难驾驭的，融合得好就是神作如《奥术神座》《放开那个女巫》，融合不好就是一堆乱码。主角从科幻设定的世界中死去，灵魂重生到一个神话设定的世界，“阿妈梅素是处女生子”（来自两河流域神话一脉），主角生身母亲是处女突然怀孕，生下长着尾巴的低贱的龙人一族的主角，这个设定很突兀。

2. 故事情节没有耐心展开，过度跳跃，作品好像是一个创作构思练习，作者可能知道自己的意图，读者一头雾水。

五十一、《无尽神域》 玄幻 衣冠胜雪

废柴流玄幻小说，主角走投无路之际，得到“九天刑印”进入精神领域，可依据“善功”获得神力，代神执掌刑法，惩罚世间坏人。金手指设定有特点，情节也很精彩。可惜作者的意图没有得到完满实现，受到“买断”这种经营模式的干扰，故事发育、进展不充分，中断了故事的正常行进。

五十二、《三界仙缘》 仙侠 东山火

主角被雷劈穿越到异时空的玄幻世界，接着，主角又被雷劈而吸收电能，进阶……但几次都是被动挨雷劈，而不是靠主角的奋斗而升级，就缺少愿望达成的喜悦，就显得故事情节的观感奇诡有余而紧迫感、喜悦感不足。故事中的各种法宝道法构想还是有想象力的，颇有明清小说的余韵。

五十三、《仙路争锋》 仙侠 缘分0

作品的世界设定、人设尚可，但是故事情节进展缓慢，剧情越往后越平淡。作者过于迷恋自己的抖机灵耍聪明的叙述，——如果作者自我感觉聪明，那没有人比读者聪明，读者会变少。

五十四、《御天神帝》 玄幻 乱世狂刀

开始主角是寒门废柴，受尽欺辱，但是不断一鸣惊人，打对手的脸，是一种套路写作，文字也较粗疏，人气尚可。打脸文很容易被当成是弘扬“自强不息”精神的作品推荐，但是主角通常阴狠残忍，被打脸的配角落入各种悲惨结果，以此制造发泄快感，这是打脸文长盛不衰的原因，也是单纯的打脸文上不了台面的原因。

五十五、《在中原行镖的日子》 武侠　三观犹在

把历史情境与现实生活、文艺作品中的生活，混搭在一起，造成凌乱中的幽默感，在网文中，也是一个小传统。这部作品的混搭很有趣，然而也真凌乱，没有解决好艺术假定性的边界问题。

五十六、《诸天至尊》 玄幻　纯情犀利哥

作品熟练地扮猪吃虎、打脸与撩妹，以此为卖点。扮猪吃虎、打脸文写作，为了剧情的突发反转，就要把一些信息藏起来，令对手大意，对主角实力展现感到意外，比如该作品开篇，主角消失三年（人们不知道这个纨绔经过强悍的训练），突然出现在皇都，一边撩妹一边潇洒地打强大的对手的脸，杀死强大的敌人等等，有意识地营造打脸效果。这种路数市场效果不错。但是，纯情和犀利，真的谈不上，希望目标定得高一点。

五十七、《书剑长安》 仙侠　他曾是少年

作品有一股锐气，可以鼓励。

文字很别扭，转文经常转得不通，作者与读者都会在字面上被拖累。对文学性的理解不到位。

五十八、《超自然大英雄》 都市　青狐妖

作品中，可以看到美剧、美国电影《生化危机》《金刚狼》《吸血鬼》《× 档案》等系列的影响，或者说该作是对几个系列的基本设定的模仿融合。

西方奇幻文艺中，吸血鬼与狼人家族是来自于远古的血脉传承，而在《超自然大英雄》中，被设定为“病毒感染”的结果。这些奇幻设定与科幻设定混合在一起，可能需要在内在一致性上更有说服力。

作者以更新量大著称，文字始终较粗疏。常见大段大段信息量很低的对话、介绍情况式的叙说，缺少分量感。

五十九、《百妖谱》 玄幻 娑罗双树

“百妖谱”这个设想有意思，很多角色有特点。

女性写作常见文风——说说说，说个没完。一两个场景，两三个角色，说往事，说现状，说想法，一说一天，情节推进缓慢。

不赞成小说这样写。

六十、《君九龄》 古代言情 希行

主角为了给父母报仇而刺杀皇帝，结果死于乱刀之下，重生于另一个自杀者的身体，故事主线是主角的复仇行动。

这个世界充斥着阴谋、残暴气息，作品气氛比较晦暗，这也是一种小说形态。

文字比较琐碎，连篇累牍的人物对话，有点像是电视剧台本，但是缺少戏剧台词该有的张力。

六十一、《灭世之门》 科幻 黑暗荔枝

异种侵犯地球，同化吸收地球生物，人类皆成为其养料，主角却吸收了异种的一部分，成为变异的人类——但不是异种，并不断在吸收异种的过程中，强化自身，为挽救人类而奋战。

其设想中有好莱坞电影和美剧的“异种”元素，但还是有所创新的，科幻小说应该得到鼓励的。

故事情节的营造、文字表达也很有章法。

六十二、《全职法师》 玄幻 乱

作品有特点，文字幼稚粗鄙。

世界设定合理性不足：在一个与现实世界很相似的科技逻辑的

故事世界里，一梦醒来，熟人还是熟人，亲人还是那些亲人，但是世界忽然变成了魔法世界，学校教育是学习魔法体系的九年制义务教育体制——如果人人自小学习魔法，现实科技世界是怎么来的？

六十三、《特战风暴》 历史架空 三北人

主角唐克敌，高中未毕业当兵，因为表现好，受到父亲军中世伯及其闺女的青睐。设定比较奇葩：主角服役仅仅五年，便由一个小兵升到了现在的海军特战旅“海狼”部队下面的尖刀连连长，军衔中尉。其带领的演习小分队中有一位军校里的高才生，“主攻空气动力学和火箭”，学成毕业后直接到海军陆战旅里的短程导弹营当了导弹兵，很快就升任了士官……这是哪一家军队，军校高才生只能经过努力而升做士官，而高中未毕业的主角能当中尉连长？

主角穿越抗战战场后，也很快获得国军总长及其闺女的青睐，带来诸多奇遇。类似酸爽设定太多。浅表性意淫、抗日奇迹故事勾兑出来的杂和菜。

六十四、《统御万界》 玄幻 石三

主角重生至异界的一个修炼能力低下的少年身上，起点很低，遇到奇迹、经过努力修炼而不断升级至高峰。异界大陆世界、职业体系设定有特点。

但是主角嗜杀，以杀为爽。因为要争上风、报复欺负自己的同辈，就连续杀死或有意致残数位本家兄弟，秉持丛林法则价值观而得意洋洋，邪气凛然。

六十五、《御宠医妃》 架空言情 姒锦

女特种兵穿越，成为一个架空王朝的女神医，并且与最高统治者们纠缠不休的故事。

作者擅长用动作性很强的情节，撩拨读者生理感受。

一些女性作品中，女主角在勾搭中给予男性人物以肉体伤害，来制造泄愤快感的写法，很受某些读者欢迎，从而刺激了作者们不断发展这种手段，成为女性写作中的常见现象，似乎性别战争正在深化，其中蕴含着需要研究的社会心理问题。

如《御宠医妃》中女主角初遇男主角的这个段落：

先人板板！

赤脚的逐鹿，穿靴的吃肉，她怕个卵！

牙齿一咬，夏初七握紧桃木镜的小刀，索性随了他的勾缠扑过去“投怀送抱”，还故意状若无害地柔声细语。

“大爷，惜香怜玉你懂不懂？阿嚏——！”

对方略微一愣。

抓住机会，夏初七借力使力，脚丫子一蹬，手中尖刀直取他脐下三寸的男性要害……

“断子绝孙吧你——”

论武力值她不如他，可要论收拾人的阴招？她夏初七若称第二，没有人敢称第一！

很明显，对方没有料到她一个年龄不大的小丫头，会有这么不要脸的杀着，虽极快地避开了断子绝孙的危险，可锋利的刀刃却也恰到好处地贴着他的腰窝儿划过。

绣了金线的裤腰带，刹那断裂，本就裸着上身的他，绸裤哗地滑落，露出里头大红色的亵裤来。

六十六、《盛世医妃》 古代言情 凤轻

《盛世医妃》，重生架空历史言情小说。主角是亚洲第一女杀手，意外身亡后，到一个架空时代楚国公嫡女身上重生，再次成为高明的杀手，并与隐藏身份的燕王之子（一个杀手组织的操纵者）相识成婚，他们介入了削藩夺权战争（与明朝初年历史相似），建立功勋，后来成为太子和太子妃。故事构成要素是常见的女性的皇

室生活迷恋，具有身份感的爱情，口舌争锋的权谋争斗，靠女性的小巧腾挪去改变历史，是一种历史的身体化呈现。

情节安排紧凑，有些情节出人意表，转换很快。

故事的基础设想合理性不足，男女主角身份地位那么高，却作为杀手，而不是利用政治力量去介入重大事件，带来历史变迁。庙堂有庙堂的行事逻辑，江湖有江湖的诡秘路径，乱搞一气，读者阅读会不会感到很踏实？一些女性的小气褊狭的乐趣，比如主角“打脸”继母与同父异母妹妹，等等，作者津津有味地写，一些女性读者津津有味地看，研究者读之可能有不适感。

六十七、《凡人修仙传·仙界篇》 修真 忘语

1. 承续了《凡人修仙传》前部的基本设定和风格，主角跳地图修炼和战斗为主要故事线索。但是整体构思略显紊乱，有走一步看一步，边施工边设计，不断填料铺路之感。

原来的金手指——可以加速灵药生长的掌天瓶还在发挥作用，并附加了更多功能——可以增加药物的法则力量；原有神通逐渐觉醒，也有其他神通的生长过程，如真言宝轮、重水真轮道兵，豆兵等等。神通法宝的想象始终是作者最为擅长的部分。

2. 主角出现在这部作品中时，已经失忆，并失去了大部分神通，再次从底部向上攀登，同时处于被追杀的逃亡情态中，在丛林法则社会中苟活。因此，主角严重缺少安全感，举世皆敌，不信任任何人，即使是依附爱恋他的美女，也是合作之后，各走各路，再无牵挂。独自一人面对危机，不向他人吐露秘密，随时迁移，重要的东西都带在身上，很难在一个地方长期停留，只有修炼升级，消除隐患，才能增强安全感。

这种单一而强烈的不安感，以及为了生存而拼命挣扎的感觉，对应着现实生活中，每一个惶恐不安的个体求生的心理—行为。人们因为面临生存危机，挣扎图强，可以排除其他需求如爱情友谊需

要的满足，把生存焦虑转化为安心的感受，上升为最强烈的需要，而对此需要的满足，亦可成为最可靠的喜悦。

所以该作品前四百多章提供了多轮次的情绪体验过程：生存危机——修炼战斗图强杀死敌人——释放压力——获得喜悦。预期这样的情绪体验还会继续轮回行进下去。

3. 与前部一样，出现的人物大多是自私自利的，只有利益而没有友谊，故事基本上是一次接着一次的杀人夺宝，这是价值观表达的缺陷，也是一种写作策略上的单调，作者的创作思维惯性使然，依靠杀戮制造快感，人类的复杂性和文学的可能性，并未得到体现。长期如此，作者创作的价值评估最终会受损。

六十八、《太初》 仙侠 高楼大厦

1. 作品的职业体系创设具有独创性。

少年进入门派前的“仙种”——天赋等级测量，有“无色”，“有色”之灰种、黄种、紫种、赤种等名目，教派对有色者就倾斜培养，而对无色者视如韭菜。修仙职业等级有仙苗、仙树、仙轮、仙婴、道果、道宫等名目，而后来主角经常越级杀人取胜，也是一种暗爽模式。

金手指设定，主角被来历奇特的一条小蛇咬了一口，从此能够灵魂转移至小蛇身上，灵魂力量得到特殊锻炼，日渐强大，且不为人知。而且灵魂附体小蛇，可以到达一般人类不能到达的特殊地域，取得修炼资源，因而能够出人意料地战胜对手。

作品中的很多秘法很炫，如利用影子进行影遁：躲藏在他人影子里，跟随他人行进，他人影子交叠时，可以移动进入另一个人的影子。各种灾难种子，种入人体，随时引发各种灾难病痛，如皮囊难，可以令被种者患严重疾病。

敌我斗争线索，目前以教派战争、仙魔战争为主。

如是等等，构成了作品的类型艺术特性。

主角天资很差，是无色之仙种，却依靠自身努力和莫名的运气，超越各种天资优越的同辈，获得宗派与江湖认可，为宗派建功立业。作品主角的经历告诉人们，后天努力比天赋和阶级重要。这种励志精神是正向的。

2. 作品提倡宗派团体的集体归属感，忠于朋友，个人成功与教派兴旺发达相融合。

这比宣扬丛林法则社会的极端个人主义好，但是主角所在团体蔑视人命、不尊重个体生命与权利，如一个紫种弟子犯罪，就把他身体中的“紫种”转移给其他弟子；主角在低级弟子时，受到门派百般蔑视，主角成为大能，受到掌教青睐后，就享有很多特权。

作品在面貌上有个性，由凡人修仙传式的个人单打独斗，变成团伙作案，变个人成功为团伙成功，但是故事主体还是杀人夺宝，没有基本的人类文明大义目标。

3. 该作“吃人”形态比较特殊而且执着。

主角秦浩轩身边的几个伙伴角色，叫作刑的魔、石皇石头、空空儿都狂热地喜欢吃人、吃尸体，特别是吃修仙者的身体，以增加自身功力，而主角或者帮助他们，或者听之任之，以换取他们的忠诚和帮助。

这是在变相迎合人类爬行脑的需求。人类从爬行动物进化而来，大脑构成中，有爬行脑、情绪脑、思维脑三部分，人类残留着爬行动物的吞噬同类的欲望，可在战斗情节中刺激一满足读者爬行脑潜伏的欲望，从而得到快感。在网络小说中有许多返祖式体现，是有生物学原因的，然而这是人们还未意识到的严重的伦理危机。

主角的修炼伦理标准也十分奇特，主角利用僵尸、鬼、魔，任何势力，以求各种好处，不在乎任何修炼伦理，典型的实用主义。主角残忍嗜杀，一言不合，弄死一片，毁灭一片，而每次杀人，体内魔种就会壮大。——还不知道主角会受到怎样的伦理惩戒。

综合评判，《太初》是一部有所创新的人气较旺盛的作品，但也是写作伦理上存在严重问题的作品。

2018 年 9 月 30 日整理

后　记

网络文学具有宽阔无边的可能性，网络文学研究是一片新的海上牧场。放牧者的视野与陆上不同，有些研究者可能找不到坐标，感到不适，而这宽阔无边的视野与触目所及的生物品种，却刚好是我想要的，我原有的理论设想在这里得到了直接印证，变得更为明确、融会贯通，再以此去映照原来的陆上生物，同样看得更为真切。

自 1983 年 8 月，我从南京大学中文系毕业分配来到中国作家协会文学讲习所（鲁迅文学院前身）任教，已经三十五年，之所以从未离开，是因为一个执念已经深植于心：在文学创作的教学活动中，激发、提炼、创造出一个在创作实践中能够行得通的文学理论体系，而这里是最为靠近这一目标的地方。

现代文艺理论与创作实践之间存在着若干相互脱节之处，人们很难把文学系教科书中的理论主张，直接运用于创作实践，这个现象是世界性的。通行文艺理论是批评家、学者发明创造的，并且在其批评实践中自圆其说，但是作家们经常实际做一套，而理论性表达却是另外一套——通常是向教科书靠拢，以求安稳。文学系以学者们、批评家们编写的著述为通用教科书，而实用性的创意写作专业，却依靠作家、编剧、编辑教授着各种写作技巧，这些写作技巧与通行文学理论要么无关，要么相互矛盾。

能不能把创作实践与文学理论之间的墙壁打通呢？能不能有

一种文学理论体系，是基于创作实践而产生，能对创作有实际的帮助呢？这就需要大量的开创性理论研究工作，更需要在创作实践和教学实践中，进行理论发明和检验。在长期的创作指导与教学实践中，我的一系列的理论观点和研究方法逐渐形成，并在网络文学研究与写作教学中得以贯通性印证，因此形成了若干论文和专著《网络文学创作原理》。

这本论文集中大多数文章是已经发表的网络文学研究论文，有些文章在不同时期论述不同的问题，但是却涉及我个人创设的相同的、或者相互关联的基本观念，因此行文有所重叠或重复，如果予以删改，则该论文就可能难以理解，因为它们还不是不言而喻的常识，所以这些段落就保留了。特向相关刊物、出版社致谢。

《中国现当代文学中的故乡想象与未完成的现代性》一文虽然不是研究网络文学的，但其中的观点与研究方法，是我个人从事网络文学研究的重要的思想背景，在我的网络文学研究论著中也有所体现，可以相互佐证某些思想理念的产生过程，所以也放在这个集子中。

我的研究工作与中国作协各位领导的鼓励、鲁迅文学院的工作环境和历任院长的支持密切相关。特别是施战军老师来院以后，鼓励我改变述而不作的习性，把我的论文直接寄到若干“核心期刊”“C 刊”去发表，而我居然不知道在这些尊贵的刊物发表论文，需要人们怎样的努力。邱华栋老师来院以后，一直鼓励我安心于学术研究，希望我尽快把研究结果转化为专著和论文集，时时见面，时时勉励。有时候，我与施战军老师、邱华栋老师的学术观点多有不同，但他们予以包涵，希望这些可能有些“各色”的学术观点为人所知，如是种种豪阔气象，令我这样一个愚痴的研究者，对学术界生出许多信心。

这些论文的写作、论文集的出版得到同事与同行们、作家出版社的编辑出版人士的诸多帮助，请允许我表达敬意。

这些年，我的妻子伊莎照顾我和儿子很辛劳，儿子王导每日努力生长，我本人每日勉力前行，在我们自己内心的洞府中，三个人的苦与乐，汇聚成温润人心的夜明珠，亦宜铭记于此。

王 祥

2018 年 11 月 16 日

图书在版编目（CIP）数据

海上牧场：网络文学研究论文集 / 王祥著．-- 北京：作家出版社，2019. 1（2023.2重印）

ISBN 978-7-5212-0394-3

Ⅰ. ①海… Ⅱ. ①王… Ⅲ. ①网络文学 – 文学研究 – 中国 – 文集 Ⅳ. ①I207.999-53

中国版本图书馆CIP数据核字（2019）第033807号

海上牧场：网络文学研究论文集

作　　者： 王　祥
责任编辑： 李宏伟　秦　悦
装帧设计： 申晓声
出版发行： 作家出版社有限公司
社　　址： 北京农展馆南里10号　　**邮　　编：** 100125
电话传真： 86-10-65067186（发行中心及邮购部）
86-10-65004079（总编室）
E-mail:zuojia@zuojia.net.cn
http://www.zuojiachubanshe.com
印　　刷： 固安兰星球彩色印刷有限公司
成品尺寸： 152 × 230
字　　数： 207千
印　　张： 16.25
版　　次： 2019年5月第1版
印　　次： 2023年2月第2次印刷
ISBN 978-7-5212-0394-3
定　　价： 48.00元